Hiltrud Leenders / Michael Bay / Artur Leenders

Clara!

Kriminalroman

grafit

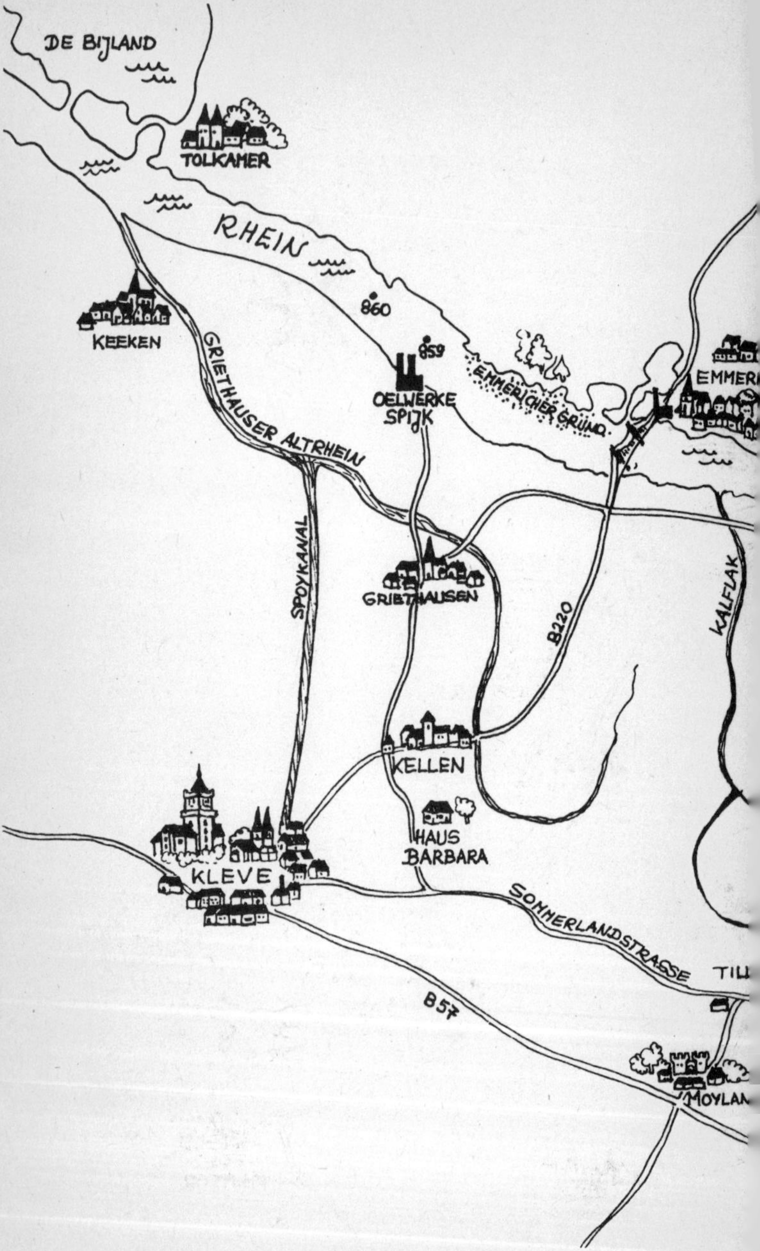
DE BIJLAND
TOLKAMER
RHEIN
860
859
KEEKEN
OELWERKE
SPIJK
EMMERICHER GRUND
GRIETHAUSER ALTRHEIN
SPOYKANAL
GRIETHAUSEN
B220
KALFLAK
KELLEN
HAUS
BARBARA
KLEVE
SOMMERLANDSTRASSE
B57

Chemnitzer Str. 31, D-44139 Dortmund
Internet http://www.grafit.de
e-mail grafit@knipp.de

Umschlagfoto: ART STUDIO Hendricks, Kleve
Karte: Sabine Seegers
Druck und Bindearbeiten: Elsnerdruck, Berlin
ISBN 3-89425-071-2
3. 4. 5./99 98 97

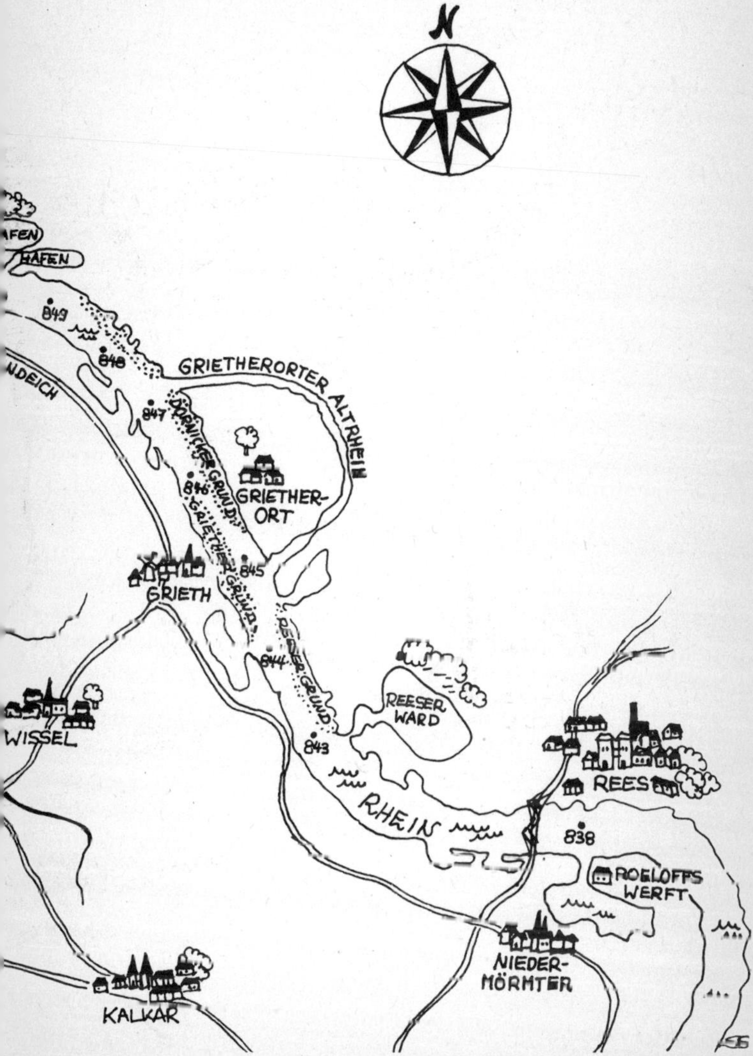
N
HAFEN
849
848
847
846
845
844
843
838
GRIETHERORTER ALTRHEIN
GRIETHER-
ORT
GRIETH
WISSEL
KALKAR
REESER
WARD
REES
RHEIN
ROELOFFS
WERFT
NIEDER-
MÖRMTER

Die Autoren

Hiltrud Leenders, geboren 1955 in Nierswalde (Niederrhein), hat Germanistik und Anglistik studiert. Von 1979 bis 1982 war sie als Übersetzerin tätig, und sie hat sich als Lyrikerin einen Namen gemacht. Sie ist Mutter von zwei Söhnen.

Michael Bay erblickte 1955 in Rheine (Westfalen) das Licht der Welt und verdient als Diplompsychologe in Bedburg-Hau sein Geld. Er ist verheiratet und hat drei Kinder.

Dr. Artur Leenders, Vater oben genannter Jungen, ist 1954 in Meerbusch (Rheinland) geboren. Als Chirurg im Emmericher Krankenhaus sorgt er für das Überleben seiner Familie.

Alle drei Mitglieder des Trio Criminale wohnen in Kleve. Seit 1988 konspirieren sie in gemeinsamer Wertschätzung von Doppelkopf, Clouseau, Pin Sec und Monty Python's Flying Circus.

Bisher sind von ihnen erschienen: *Königsschießen* (1992; nominiert für den ›Glauser 1992‹, den Autorenpreis deutschsprachiger Kriminalschriftsteller), *Belsazars Ende* (1993), *Jenseits von Uedem* (1994) und *Feine Milde* (1995).

1

»Was hab ich bloß getan, daß Gott mich so straft?«

Grimmig trat er in die Pedale. Keiner, wirklich keiner, hatte so bescheuerte Eltern wie er. Ließen sich scheiden, nur um zwei Jahre später wieder zusammenzuziehen. Nicht als Paar wohlgemerkt, nein, Papas Freundin war ebenfalls mit von der Partie, und womöglich würde Mamas Fuzzi demnächst auch noch einziehen. Total Banane! Es war nicht nur peinlich, es war ... nein, ein einziges Wort reichte da nicht.

Den anderen hatte er nichts erzählt. Bis jetzt waren ihm immer noch Ausreden eingefallen, warum man ihn nicht besuchen konnte. Das ging aber bestimmt nicht mehr lange gut, und er fühlte sich mies dabei; irgendwie war das ja auch gelogen, oder? Und wie sollte er das jemals Clara beichten?

Mit den Schwestern im Heim hatte er auch nicht darüber geredet, aber in diesem Kaff kannte jeder jeden. Die wußten Bescheid. Schwester Angelika hatte eben wieder so komisch geguckt, als sie sagte: viele Grüße zu Hause.

Clara war heute nicht gekommen. Sie wäre krank, hatte Angelika gesagt. Was mochte sie wohl haben? Ob er mal bei ihr zu Hause anrief und fragte?

Ein eisiger Windstoß fegte ihm die Kapuze vom Kopf. Er bremste, stieg vom Rad und pellte sich aus den Handschuhen. Die klammen Finger hatten Mühe, einen Knoten zu binden. Er versuchte, die Lippen zu spitzen, aber sein Gesicht war taub von der Kälte. Wenn er heute abend mit dem Rad nach Grieth fuhr, mußte er sich seinen dicken Schal bis über die Nase binden.

Christian Toppe war auf dem Heimweg vom Altenheim in der Burg Ranzow. Vor zwei Jahren hatte er ein paarmal ziemlichen Mist gebaut, Sachen mitgehen lassen und so, und sie hatten ihn zu Sozialstunden verknackt. Zuerst mußte er im Tiergarten arbeiten, und als sie ihn zum zweiten Mal erwischten, hatten sie ihm die Ätze von Altenheim aufs Auge gedrückt.

Aber dann war es gar nicht so übel gewesen. Mit Opa Czesnik hatte er sich sofort echt verstanden. Überhaupt waren die Alten irgendwie klasse, jedenfalls viel abgefahrener als seine Eltern. Inzwischen ging er freiwillig hin, meist zweimal die Woche, spielte Karten und quakte mit Opa Czesnik und den anderen Männern, ging für die Omas Kuchen holen und solche Sachen.

Außerdem traf er dort Clara jeden Sonntag und manchmal auch mittwochs. Wenn er heute abend sowieso in Grieth war, konnte er ja einfach mal bei Albers klingeln und gucken, was mit ihr los war.

Er war so in Gedanken, daß er die Kurve zur Esperance zu flott nahm und mit dem Hinterrad wegrutschte. Die Nebenstraßen waren immer noch eisglatt. Im letzten Moment fing er sich ab. Kackwinter! So kalt war es doch wohl überhaupt noch nie gewesen.

In drei Monaten wurde er achtzehn, aber seine Alten hatten ihm schon gesagt, ein eigenes Auto könnte er sich von der Backe putzen, und für den Führerschein sollte er mal fein jobben gehen. Wo, bitte schön, sollte er denn wohl die Zeit dafür hernehmen? Schule konnte man schließlich auch nicht einfach so aus dem Ärmel schütteln. Er schon zweimal nicht. Aber Clara hatte versprochen, mit ihm für die nächste Mathearbeit zu pauken.

Er bog in den Feldweg ein, der zu seinem neuen Zuhause führte. Hoffentlich war wenigstens das Essen fertig.

Helmut Toppe, im Hauptberuf Leiter des Klever K 1 für Gewaltverbrechen, jetzt aber schon seit Wochen eher Klempner, Maler, Elektriker, zog mit aller Kraft an dem Haken – endlich hielt er. Toppe stieg von der Leiter, schaute zur Decke hoch und rieb sich den Nacken. Sieben Löcher, wo der Putz bei seinen vergeblichen Versuchen, den Kippdübel zu verankern, in großen Placken heruntergefallen war. Jedesmal wenn man irgendwas an den Decken befestigen wollte, wurde man daran erinnert, daß das Haus über zweihundert Jahre alt war. Jetzt mußte er wohl auch noch verputzen lernen. Probeweise hob er den Kronleuchter an. Das Monstrum wog bestimmt einen halben Zentner. Das bekam er nie allein aufgehängt. Astrid hatte das Ding vor Jahren von ihrer Großmutter geerbt, es damals in eine Kiste gepackt und auf dem Speicher bei ihren Eltern untergestellt, weil es für ein normales Zimmer einfach viel zu bombastisch war. Hier in der Eingangshalle aber mache es sich wunderbar, hatte sie gemeint, es gäbe dem Ganzen den Touch eines englischen Landhauses.

Im oberen Stockwerk dröhnte eine Bohrmaschine. Gabi hängte Bilder auf. Toppe seufzte.

»Astrid«, rief er, bekam aber keine Antwort. Wo steckte sie denn? Eben hatte sie doch noch Bücher in ihr Zimmer geschleppt.

»Astrid!«

Oben wurde die Bohrmaschine abgestellt, und Gabi beugte sich über das Treppengeländer. »Die füttert mal eben die Hühner. Kann ich dir helfen?«

»Das wär noch schöner«, brummelte er.

»Was hast du gesagt?«

»Nein, danke!«

»Muffkopp!« Damit verschwand sie und schmiß den Bohrer wieder an.

Muffkopp? Er setzte sich auf die Treppenleiter und zündete sich eine Zigarette an. Nein, muffig war er nicht. Eher immer noch ein bißchen durcheinander. Vor anderthalb Jahren hatten Astrid und seine Exfrau nicht nur ihre Sympathie füreinander, sondern auch dieses Haus hier entdeckt. Ein prächtiges Haus, zugegeben, ein alter Bauernhof mit dreihundert Quadratmetern Wohnfläche, mehreren tausend Quadratmetern Obstwiese und Nutzgarten, und dann auch noch ziemlich zentral gelegen. Die beiden Frauen hatten sich in den Kopf gesetzt, daß eine Wohngemeinschaft die Lösung aller Probleme sein konnte: Astrid und Toppe mußten nicht mehr in der kleinen Wohnung allzu dicht aufeinanderhocken, Gabi konnte endlich aus dem ungeliebten Eigenheim gleich neben ihren Eltern raus, und Toppe würde wieder mehr Einfluß auf die Erziehung seiner beiden Söhne haben, die, so Gabi und Astrid, gerade mit vierzehn und siebzehn die väterliche Zuwendung brauchten. Toppe hatte sich gegen die Idee gewehrt, allerdings etwas halbherzig, wie er sich eingestehen mußte. Zunächst hatten sie das Haus nur mieten wollen, aber dann war der Besitzer gestorben und der Hof war an eine Erbengemeinschaft gefallen, die sich nicht einig wurde, was denn passieren sollte. Helmut Toppe hatte das als göttliche Fügung verstanden und erleichtert einen Makler beauftragt, ein kleines Haus zu suchen, nur für Astrid und sich. Er hatte sich einfach nicht vorstellen können, wie das funktionieren sollte mit ihm, der quirligen Astrid, die nicht nur seine Geliebte sondern auch Kollegin war, und Gabi, die er immer noch furchtbar gern hatte. Aber die beiden Frauen hatten nicht locker gelassen, und das Endergebnis war, daß sie das Haus schließlich zu drei gleichen Teilen gekauft hatten. Immer wenn er darüber nachdachte, wurden ihm die Knie weich. Die Hypothek lief über fünfzehn Jahre. Fünfzehn Jahre auf Gedeih und Verderb ...

Astrid hatte sich wegen der ganzen Geschichte sogar mit ihren Eltern überworfen. Zwar hatte ihr Vater zähneknirschend einen Vorschuß auf ihr beachtliches Erbe gezahlt, sich dabei allerdings mit seiner Meinung über fragwürdige Moral nicht zurückgehalten. Und so was ließ sich Astrid nicht sagen, schon gar nicht von ihrem Vater.

Toppe ging in die Küche und suchte einen Aschenbecher. Seit sechs Wochen wohnten sie jetzt hier, hatten sogar, wenn auch ziemlich provisorisch, zusammen Weihnachten gefeiert.

So schlecht lief es bisher eigentlich gar nicht. Gabi wohnte oben mit den Jungen, Astrid und er hatten die untere Etage für sich. Nur die große Wohnküche und das Bad mußten sie sich teilen. Hin und wieder saßen sie alle, Astrid, er, die Jungs, Gabi, womöglich noch deren Freund, gemeinsam beim Abendbrot. Dann kam er sich immer noch vor wie im falschen Film, und er mußte an die Kollegen denken. Ackermann war derjenige gewesen, der ausgesprochen hatte, was allen anderen nur als Grinsen in den Augenwinkeln hockte: »Meine Fresse, Chef, zwei schöne Weiber und Sie als Hahn im Korb – traumhaft! Wenn ich da meine Phantasie loslaß, da läuft die aber Galopp.«

Immerhin hatte Toppe zum ersten Mal in seinem Leben ein eigenes Zimmer.

Auf dem Herd köchelte die Spaghettisauce, die er vorhin gemacht hatte. Er holte einen Löffel aus der Schublade und probierte noch mal – gut, genau die richtige Menge Knoblauch. Astrid hatte den Topf für die Nudeln schon aufgesetzt, aber das Wasser kochte noch nicht.

In der Halle roch es warm nach Wachs. Sie hatten den Kunststoffbelag rausgerissen und darunter einen schönen alten Steinboden gefunden, taubenblau gesprenkelt, mit einer gemusterten Kachelreihe an den Rändern. Ein ganzes Wochenende lang hatte Toppe auf den Knien gelegen, die Fliesen gesäuert und gewachst.

Es dämmerte. Wenn er den Leuchter nicht langsam aufhängte und anschloß, würden sie heute abend mit Taschenlampen durch die Halle schleichen.

Aus dem Verschlag unter der Treppe holte er den Besen und kehrte die Putzbrocken und den Staub zusammen. Das Kehrblech konnte er nicht finden, bestimmt hatte Gabi es mit nach oben genommen.

Die Hände in den Taschen seiner Jeans schlenderte er zum Fenster hinüber. Es hatte wieder angefangen zu schneien, dicke, nasse Flocken. Er sah Christian den Weg hochradeln. Astrid kam aus dem Stall und schob den rostigen Riegel vor die Tür. Die Frauen hatten ihre Liebe zum Landleben entdeckt. Seit einer Woche hausten dort drüben sechs Legehennen und ein Hahn. Auch Schafe waren neuerdings im Gespräch. Gegen einen Hund hatte Toppe sich erfolgreich wehren können, aber im Frühling würden sie zwei Katzen bekommen.

Astrid blieb mitten auf dem Hof stehen und schaute hinauf zum Himmel in den wirbelnden Schnee. Ihr dunkles Haar fiel ihr bis über den Po. Das Ziehen tief unten in seinem Bauch war zwar angenehm, aber im Moment reichlich unpassend. Er klopfte gegen die Scheibe. »Christian!«

Der Junge, der gerade das Fahrrad gegen die Stallwand gelehnt hatte und sich die Kapuze abfummelte, fuhr ertappt zusammen, schaute aber nicht herüber. Er ging schnell zum Stall, öffnete die Tür und schob sein Rad hinein. Toppe grinste. So hatte er das gar nicht gemeint, aber es war fein, daß die jahrelangen, ewig gleichen Diskussionen über den Wert von Dingen und sauer verdientem Geld doch gefruchtet haben mußten. Auch wenn das Fahrrad schon alt war, mußte es nicht unbedingt draußen verrosten, wo es doch höchstens dreißig Sekunden dauerte, es in den trockenen Stall zu schieben.

Astrid hielt Christian die Haustür auf.

»Prima, daß du gerade kommst, mein Sohn«, meinte Toppe aufgeräumt. »Du kannst mir mal eben helfen, das Ding da aufzuhängen.«

Christian warf stirnrunzelnd einen Blick auf den Kronleuchter. »Doch wohl nicht vor dem Essen! Ich bin kaputt.«

»Du bist kaputt?« Toppe schwoll der Hals.

»Das Essen ist noch nicht fertig«, fuhr Astrid dazwischen. »Ich muß noch die Spaghetti kochen.«

Der Junge schälte sich aus der Steppjacke. »Okay«, brummte er und sah seinem Vater ins Gesicht.

»Die zweite Leiter steht hinten auf der Tenne«, rief Astrid und verschwand in der Küche.

2

»Mor'n, Franz.«

»Tach.«

»Hasset auch so kalt?«

»Dat kannste wohl sagen! Für deine Knochen muß dat ja Gift sein.«

»Ja, obwohl trockene Kälte wär ja noch nich' so

schlimm, sagen die, aber dat gibbet bei uns ja nich'.« Ernst Willi ließ sich ächzend auf einer Holzkiste nieder. »Eins sach ich dir, mit dem Rheuma, lang mach ich dat hier nich' mehr. Nächs' Jahr laß ich mich kaputt schreiben.«

»Wenn de ma gescheit bist!«

Die Frühschicht der Ölwerke Spyck machte ihre erste Pause, und wie jeden Morgen trafen sich Ernst Willi und Franz beim großen Fenster zum Fluß.

»Ir'ndwie wird et überhaupt nich' hell heut.«

Ernst Willi nickte. »Kein Wunder, bei der Milchsuppe da draußen.«

Über dem Rhein waberte der Nebel so dick, daß man das gegenüberliegende Ufer nicht sehen konnte.

Franz klappte sein Butterbrot auseinander und schnaubte unwirsch.

»Wat is', Jung? Haste schlechten Sinn?« wollte Ernst Willi wissen.

»Dat kannste mir glauben. Meine Karre is' im Arsch.«

»Ha, hab ich et doch richtich gehabt vorhin. Ich denk noch, dat is' doch der Franz, der da mit de Fiets kommt, aber dat konnte ja nich'. Is' et wat Ernstes?«

»Kupplung.«

»Pottverdekke, dat haut rein! Haste den Hans schon ma' gefracht?«

»Wie? Den Hans?«

»Hans Mölders, der macht doch so wat unter de Hand.«

Franz grunzte nur und spähte durch das halbblinde Fenster hinaus in den griesen Morgen.

»Ma' kucken.« Dann stutzte er, sprang auf und drückte die Stirn gegen die Scheibe.

»Komm ma' her.«

Schwerfällig erhob sich Ernst Willi und schlorrte mit gebeugtem Rücken heran. »Wat is' denn?«

»Da vorne. Da liecht doch wat im Wasser.«

»Un'? Da liecht doch immer wat im Wasser.«

»Aber doch nich' so wat! Kuck dir dat doch ma' an.«

Auch Ernst Willi mußte das Gesicht ans Fenster pressen, um das Ufer am Fuß des Gebäudes sehen zu können.

»Has' recht. Dat is 'n Mensch, wenn de mich frachs'.«

»Red doch nich'! So sieht doch kein Mensch aus.«

Sie sahen sich an.

»Los, komm!«

Franz stürmte aus der Halle die Treppe hinunter, besann sich dann und wartete auf seinen Freund. Gemeinsam erreichten sie die Eisentür, stießen sie auf und standen im Sand. Eine flache Welle schwappte über ihre Arbeitsschuhe.

Der Körper hatte sich in der Verladeanlage verfangen und dümpelte auf und ab.

»Kommste dabei, Franz?« krächzte Ernst Willi.

»Warte, halt mich ma' fest hinten. Ja, so. Warte – jetz'! Gottsameliev, den es doot!«

Franz stemmte beide Füße in den Sand, und sie zogen mit aller Kraft.

Der Tote hatte nur ein halbes Gesicht.

Ernst Willi drehte sich weg. Franz rieb die Handflächen an der Jacke und schaute den Fluß hinauf.

»Wat jetz'?« meinte Ernst Willi schließlich.

»Kripo«, antwortete Franz tonlos.

»Wat haben die denn für 'ne Nummer?«

»Wat weiß ich? Einfach die Bullen.«

Der Tag im K 1 begann wie jeder Montag mit einer Teambesprechung.

Walter Heinrichs, der am Wochenende Dienst gehabt hatte, erstattete Bericht. Toppe lehnte an der Fensterbank. Neben ihm gluckerte die Kaffeemaschine, und es war angenehm warm im Büro. Er war immer noch gern an seinem alten Arbeitsplatz.

Vor einem Jahr hatte man ihren Chef, Stanislaus Siegelkötter, weggelobt, und die Stelle war bis jetzt unbesetzt geblieben. Für den 1. März war eine neue Leitung angekündigt, und wenn man den Gerüchten glauben konnte, würde es sich um eine Frau handeln. Siegelkötter hatte, als letzte Amtshandlung gewissermaßen, Toppe sein schniekes Chefbüro überlassen. Schließlich sei Toppe

Leiter des ersten Kommissariats, und es wäre doch höchste Zeit, daß das endlich mal jedem klar würde. Seitdem hatte Helmut Toppe das, wovon er so viele Jahre geträumt hatte: Platz, frische Luft und Ruhe zum Nachdenken. Aber er gewöhnte sich nur langsam daran. An seinen Aufgaben hatte das neue Büro übrigens nichts geändert. Vor anderthalb Jahren war ihr Kollege Breitenegger bei einem Unfall ums Leben gekommen, und man hatte dessen Stelle einfach gestrichen. Jetzt bestand das K 1 nur noch aus vier Leuten, und Toppe mußte genauso viel lästige Beinarbeit leisten wie die anderen.

Walter Heinrichs war seitdem der Aktenführer im Team, das war ein Schreibtischjob, den er nur zähneknirschend übernommen hatte. Trotz seiner 55 Jahre und erheblichen Übergewichts war er immer in Bewegung und am liebsten draußen vor Ort tätig. Aber nach einem schweren Infarkt vor fünf Jahren war sein Herz schwach, und jeder, außer ihm selbst, sah ein, daß er kürzer treten mußte. Deshalb hatte Toppe ihn, in stiller Übereinkunft mit den anderen, auf den ruhigeren Posten verbannt, obwohl wahrlich niemand behaupten konnte, daß Heinrichs dafür die optimale Besetzung war. Sein Ordnungssinn war eigenwillig und deckte sich in keiner Weise mit dem der anderen. Sein Schreibtisch, auf dem sämtliche Unterlagen, Berichte, Notizen zu einem Fall sortiert und abgeheftet werden sollten, sah immer aus, als sei gerade eine Windhose darüber hinweggefegt. Man mußte Heinrichs allerdings zugute halten, daß er selbst die Sache im Griff hatte und auf Anhieb fand, was er suchte. Problematisch wurde es immer dann, wenn er Urlaub hatte oder ein paar Tage krank war.

»Was meinst du, Helmut, sollen Astrid und ich das übernehmen?«

»Wie bitte?« Toppe lächelte verlegen. Er hatte keine Ahnung, was Heinrichs von ihm wollte.

Norbert van Appeldorn, der wie immer lässig, die Beine auf dem Schreibtisch, da saß, grinste frech: »Ich würde zu gern wissen, wo du wieder mit deinen Gedanken warst.«

Heinrichs schlug die Augen zur Decke und fing noch einmal von vorn an. Gestern abend war ein sechzehnjähriges Mädchen auf einem Parkplatz an der Hoffmannallee vergewaltigt und schwer verletzt worden. Jemand mußte zum Krankenhaus fahren und mit dem Mädchen und den Ärzten sprechen.

Toppe sah Astrid fragend an; die nickte.

Heinrichs fackelte nicht und griff nach seiner Jacke, bevor Toppe es sich womöglich anders überlegte und ihm irgendwelchen Schreibkram aufs Auge drückte. Er schob Astrid vor sich her zur Tür.

Die beiden waren kaum weg, als das Telefon auf Heinrichs' Schreibtisch klingelte. Van Appeldorn erhob sich gemächlich und nahm den Hörer ab. Er lehnte sich gegen den Tisch und kreuzte die Beine. Toppe betrachtete ihn aus den Augenwinkeln. Seit fast zwanzig Jahren arbeiteten sie zusammen, und wenn man bedachte, wie verschieden, wie fremd sie einander oft waren, lief es erstaunlich gut. Van Appeldorn war zehn Jahre jünger als er, Akademiker, hatte mal Jura studiert; er war sehr groß mit langen dünnen Beinen, hatte pechschwarzes, immer ein bißchen zu langes Haar und einen gelangweilten, oft müde herablassenden Gesichtsausdruck. Toppe stellte fest, daß der Kollege so langsam seine dürre Schlacksigkeit verlor. Das Hemd spannte deutlich über dem Bauch. Man konnte sehen, daß er schon seit einer Weile nicht mehr aktiv Sport trieb, wohl aber immer noch mit den alten Fußballkameraden in der Vereinskneipe vom SV Siegfried Materborn seine Bierchen trank.

Van Appeldorn legte den Hörer auf die Gabel. »Eine Wasserleiche bei den Ölwerken in Spyck«, meinte er säuerlich.

Sie fuhren nach Griethausen, am Ortsende durch das dicke Tor im alten Deich, das bei Hochwasser geschlossen und mit Sandsäcken verstärkt wurde, um den Ort vor den Fluten des Rheins zu schützen. In den letzten beiden Jahren waren diese Bollwerke überall am Niederrhein bitter nötig gewesen. Sie überquerten den Altrhein, und

Toppe staunte. »In all den Jahren, in denen ich jetzt hier wohne, war der aber noch nie so dick zugefroren.«

»Es war ja auch schon ewig nicht mehr so lange richtig kalt bei uns«, meinte van Appeldorn, »aber als ich klein war, sind wir eigentlich jeden Winter Schlittschuh gelaufen. Auch auf dem Altrhein.«

Er zeigte nach links auf die Eisenbahnbrücke, die schon vor etlichen Jahren stillgelegt worden war. »Das Ding haben die doch jetzt tatsächlich unter Denkmalschutz gestellt.«

Toppe nickte. »Die hat ja auch was.«

»Findest du?« Van Appeldorn bremste. »Für mich ist das bloß ein Haufen Schrott, der die Landschaft verschandelt.« Er schmunzelte. »Man muß wohl aus der Großstadt kommen, wenn man so was schön findet. Von wegen Industrieromantik.«

Toppe hielt den Mund; er kannte das Spiel. Auch nach zwanzig Jahren galt man hier immer noch als Zugereister.

Links ab ging es über den großen Banndeich nach Schenkenschanz. Die Wiesen dahinter waren gesprenkelt mit Bleßhühnern; gelbstrohige Felder an der rechten Seite, hin und wieder konnte man die Spuren des Pfluges in der gefrorenen Erde erkennen.

Die verschachtelten Gebäude der Ölwerke tauchten vor ihnen auf, und die schmale Straße gabelte sich. Schräg links führte sie weiter zum Städtischen Klärwerk, geradeaus ging es direkt aufs Werksgelände. Toppe rümpfte die Nase. Der satte organische Geruch in der Luft war schwer zu ertragen. An der Weggabelung standen zwei niedrige Wohnhäuser. Toppe schüttelte sich. »Wie kann man hier bloß wohnen! Den Gestank hält doch kein Mensch aus, oder glaubst du, man gewöhnt sich daran?«

Van Appeldorn zuckte die Achseln. »Das liegt am Ostwind, und den haben wir hier ja so gut wie nie.«

Er fuhr durch das breite Tor auf den Hof. Die Verladerampe an der Rückseite des Hauptgebäudes hing wie ein abgeknickter Finger über dem Fluß, dicke, schmutziggelbe Schläuche wanden sich an den Seiten entlang.

Vor dem Eingang standen dicht zusammengedrängt Männer in Arbeitskleidung. Sie waren bleich, und man konnte ihre Atemwolken sehen. Einer trat aus der Gruppe heraus, kaum daß Toppe die Wagentür aufgestoßen hatte.

»Franz Claassen«, stellte er sich vor. »Ich und mein Freund haben die Leiche gefunden. Wenn Sie da um die Ecke rumgehen, kommen Sie direkt ans Ufer.«

Van Appeldorn runzelte die Stirn, nickte knapp und verschwand in der angegebenen Richtung.

»Guten Morgen«, gab Toppe dem Mann die Hand. »Um wieviel Uhr haben Sie die Leiche gefunden?«

Franz Claassen überlegte gründlich.

»Um Viertel nach neun«, sagte er schließlich. »Kann auch zehn nach gewesen sein.«

»Gut«, meinte Toppe, »dann will ich auch erst mal schauen.«

Er bog um die Ecke, sah van Appeldorns blasses Gesicht.

Früher war es Toppe schwer gefallen, einen Leichnam genau zu betrachten, er hatte sich immer zwingen müssen, besonders bei Sektionen. In den letzten Jahren hatte er es sich angewöhnt, das Gesamtbild wie ein Foto in sich aufzunehmen, aber bei diesem Toten war das schwer. Jetzt wußte er auch, warum die Arbeiter so bleich aussahen; wahrscheinlich hatte jeder von ihnen einen Blick auf die Leiche werfen wollen.

Er atmete tief durch, aber es half nichts, der fette Gestank in der Luft machte es nur noch schlimmer.

Auf dem Strom war reger Verkehr. Ein schweres Containerschiff kämpfte sich stetig gegen die Strömung den Rhein hinauf, zwei kleinere Frachtschiffe glitten flußabwärts. Am Fuß einer Buhne, keine hundert Meter entfernt, klemmte schief das ausgebrannte Gerippe eines Lieferwagens.

Eine männliche Leiche, das war das einzige, was man mit Sicherheit sagen konnte. Der größte Teil des Schädels fehlte, ein Stück Gesicht war noch da, ein Auge, zerfetzte Lippen, ein Ohr.

»Rufst du den ED?« drehte sich Toppe zu van Appeldorn herum.

»Was willst du denn hier für Spuren finden?«

»Das sehen wir dann.« Toppe vergrub die Hände in den Manteltaschen und stand mit hochgezogenen Schultern.

Van Appeldorn zündete sich eine Zigarette an. »Soll ich auch den Transport in die Pathologie anleiern?«

»Nein, Bonhoeffer will sich Wasserleichen immer erst mal an Ort und Stelle ansehen. Ich weiß nicht mehr, warum. Hat irgendwas mit Beschädigung beim Transport zu tun.«

Arend Bonhoeffer, der Pathologe am Emmericher Krankenhaus, der für sie die gerichtsmedizinischen Untersuchungen machte, war Toppes Jugendfreund. Ihre Berufe hatten sie beide zufällig zur selben Zeit an den Niederrhein verschlagen.

Van Appeldorn ging zum Auto zurück, um den Erkennungsdienst herzubestellen, und Toppe machte sich im Betrieb auf die Suche nach einem Telefon.

Bonhoeffer war gleich selbst am Apparat, ausgeglichen und so guter Laune, daß es Toppe schon ärgerte.

»Helmut, grüß dich. Na, wie läuft dein Harem?«

»Jetzt fängst du auch noch an!«

Bonhoeffer lachte. »Ich warte immer noch auf die Einladung zur Einweihungsparty.«

»Die kommt schon noch«, gab Toppe lahm zurück.

»Na gut«, Bonhoeffer wurde ernst. »Deinem Ton nach geht es um was Dienstliches. Und wenn ich mich nicht täusche, ist es nicht gerade erbaulich, oder?«

»Stimmt. Wir haben eine Wasserleiche, männlich. Mehr kann ich dir nicht sagen, nicht mal das ungefähre Alter.«

»Hm, ein Selbstmörder?«

»Das hoffe ich doch sehr. Ich hoffe wirklich, daß da nur Schiffsschrauben und Aale am Werk waren.«

»Wo liegt er?«

»Ölwerke Spyck, gleich unter der Verladerampe.«

»In Ordnung, ich komme raus, und die Sektion mache ich dann direkt im Anschluß. Kannst du dich schon mal um den Transport kümmern? Ach, noch was, Helmut, ich werde Hilfe brauchen, und von hier kann ich niemanden loseisen. Ist van Gemmern bei dir?«

Toppe schmunzelte. »Wir haben den ED verständigt. Wer von denen kommt, weiß ich nicht, aber vielleicht hast du ja Glück.«

»Hoffen wir's. Also, in zwanzig Minuten dann.«

Van Appeldorn saß im Auto und machte sich Notizen.

»Norbert.« Toppe klopfte gegen die Scheibe. »Bonhoeffer kommt sofort und will danach auch gleich mit der Sektion anfangen. Sag mal, macht es dir was aus, wenn du das diesmal übernimmst? Ich würde dann schon mal zum Präsidium fahren. Die Presse wollte kommen wegen der Vergewaltigung.«

Van Appeldorn klappte den Notizblock zu, stieg aus und hielt Toppe die Wagenschlüssel hin. »Regelst du das mit dem Transport?«

Toppe nickte. »Ich rufe den Bestatter an.«

»Brauchst du meine Beschreibung von dem Toten?« wedelte van Appeldorn mit seinem Block.

Toppe verzog den Mund. »Wohl kaum. Sag dem ED, er soll Bonhoeffer zur Hand gehen.«

3

»Warum, zum Teufel, habt ihr mich geholt? Hier gibt's nichts für mich zu tun!«

Klaus van Gemmern mußte ziemlich wütend sein, wenn er seine berüchtigte Schweigsamkeit vergaß.

»Mach halblang, Klaus«, meinte van Appeldorn sanft. »Bonhoeffer muß jeden Moment hier sein, und der braucht jemanden, der ihm zur Hand geht, wie Helmut sich ausdrückte.«

Van Gemmern murrte und schüttelte den nassen Sand von den Hosenbeinen.

»Macht Berns mal wieder blau?« wollte van Appeldorn wissen.

»Wenn der im letzten halben Jahr zwei Wochen am

Stück gearbeitet hat, dann ist das viel.« Van Gemmern kramte den Tabak hervor und drehte sich eine Zigarette. »So langsam hab ich die Faxen dicke. Ich komme keinen Tag vor zehn aus dem Labor, von den Wochenenden ganz zu schweigen.«

Paul Berns, der Leiter der Spurensicherung, war nie einer der fleißigsten gewesen, aber seit er die Pensionierung dicht vor Augen hatte, kam er nur noch selten zum Dienst. Mal war's der kaputte Rücken, mal eine chronische Bronchitis.

»Was hat er denn diesmal?« grinste van Appeldorn. »Haarwurzelentzündung?«

Berns war inzwischen kahl wie eine Billardkugel, aber van Gemmern konnte über den Witz nicht lachen. Er lachte überhaupt so gut wie nie, jedenfalls nicht bei der Arbeit, und ob das privat anders war, wußte, bis auf Astrid, von den Kollegen niemand.

»Virusgrippe«, schnaubte van Gemmern. »Könnte länger dauern. Ich habe um eine Krankheitsvertretung gebeten, aber die stellen sich stur.« Er hielt inne und horchte. »Ich glaube, da kommt Bonhoeffer.«

Van Appeldorn lugte um die Ecke und sah den grauen Jaguar heranrollen.

Arend Bonhoeffer stieg aus, warf einen kritischen Blick auf das Ufer und ging dann zum Kofferraum, um Stiefel anzuziehen und seine Tasche zu holen.

Etwas anderes als ein Jaguar würde überhaupt nicht zu ihm passen, dachte van Appeldorn, und auch der graue Anzug, der pelzgefütterte Ledermantel, die Stiefel aus echtem Gummi – made in England – wirkten an Bonhoeffer nicht protzig, sondern nur selbstverständlich. So war das wohl bei einem, der aus altem westfälischen Geldadel stammte und von Kindesbeinen an immer mehr als genug gehabt hatte.

»Morgen«, begrüßte er die beiden Männer. »Wo steckt denn Helmut? Hat der sich wieder aus dem Staub gemacht?«

Van Appeldorn lachte. »Nee, der hat eine Pressekonferenz.«

»Die arme Socke!« Bonhoeffer zog sich dicke Gummihandschuhe an. »Das ist für den ja noch schlimmer als eine Sektion.«

»Sieht nicht so aus, als wäre der Mann ertrunken«, meinte van Gemmern harsch. »Kein Schaumpilz vor dem Mund.«

Langsam ging Bonhoeffer um den Leichnam herum und nickte. Van Appeldorn wippte ungeduldig auf und ab. »Ich kriege hier langsam Frostbeulen! Warum konnten wir den Typen eigentlich nicht gleich zu dir in den Keller bringen?«

Bonhoeffer kniete sich neben dem Toten in den Sand. »Weil man beim Transport einer Wasserleiche sehr viel falsch machen kann«, antwortete er. »Hilfst du mir mal?« wandte er sich an van Gemmern und fing an, die Leiche zu entkleiden.

Van Appeldorn schluckte. »Und was kann man da so falsch machen?«

»Nun ja, wenn zum Beispiel die Kleidung vor dem Transport nicht entfernt wird, schreitet die Mazeration fort, und ich schätze die Wasserzeit zu lang ein.«

Unter der dicken schwarzen Lederjacke trug der tote Mann eine Weste aus rotem Webpelz, zwei Pullover und ein Unterhemd. Van Appeldorn nahm die Jacke, hielt sie weit von sich – grauer Schlamm lief aus den Ärmeln – und betrachtete sie genauer. Dann die hohen Stiefel, die Bonhoeffer in den Sand gestellt hatte. »Motorradfahrer«, murmelte er.

»Mazeration?« fragte er dann.

»So nennt man die Veränderung des Körpers durch Wasser«, erklärte Bonhoeffer. »Kann man ganz gut an Händen und Füßen erkennen.«

Jetzt hatten sie auch die Lederhose und die Socken ausgezogen. »Hier.« Bonhoeffer deutete auf die Fußsohle.

»Ach so«, brummte van Appeldorn, »Waschhaut meinst du.«

»Genau. Und die Wasserzeit, von der ich gesprochen habe, ist die Zeit, die die Leiche im Wasser gelegen hat. Normalerweise müßte der Tote unter Kühlung in die

Pathologie gebracht werden, aber das ist bei den momentanen Temperaturen wohl nicht nötig. Außerdem ist es ja nicht weit. Aber wenn es warm ist, kommt es bei Wasserleichen ganz schnell zu massiven Fäulnisprozessen, und es besteht die Gefahr, daß man die Todeszeit falsch einschätzt, wenn man die Leiche nicht sofort in Augenschein nimmt.«

Bonhoeffer beugte sich vor und zog dem Toten mit beiden Händen den Slip herunter. Das Genital fiel schlaff zur Seite.

Van Gemmern grunzte befriedigt.

»Du hattest wohl recht, Klaus«, sagte Bonhoeffer.

Van Appeldorn sah fragend von einem zum anderen, aber sie beachteten ihn nicht, drehten den Toten herum.

»Klärt mich vielleicht mal einer auf!«

Van Gemmern räusperte sich. »Guck dir doch mal den Penis an.«

»Nein.«

»Beim Ertrinken in kaltem Wasser kommt es zur Retrahierung von Penis und Skrotum.« Bonhoeffer richtete sich auf und streckte den Rücken durch. »Und das ist hier nicht der Fall, wie man deutlich erkennen kann. Also, Norbert, es sieht ganz so aus, als sei der Mensch schon tot gewesen, bevor er ins Wasser kam. Und noch etwas: vermutlich ist er vor seinem Tod schwer mißhandelt worden. Die Schädelverletzung könnte von einer Schiffsschraube stammen, aber das kriege ich später noch genauer. Das hier jedoch«, deutete er auf die dunklen Striemen an den Seiten und auf dem Rücken, »das waren Schläge mit einem Stock oder einer Stange. Und vorn an Brust und Bauch ...« Ein kurzer Blickwechsel mit van Gemmern, und sie kippten den Toten wieder herum. »Diese dreieckigen Abdrücke, das könnten Fußtritte sein.«

Van Appeldorn schlug verdrossen den Mantelkragen hoch. »Na, prima. Seid ihr jetzt hier fertig? Sonst würde ich nämlich mal kurz telefonieren gehen und Helmut seine Selbstmörderhoffnung nehmen. Außerdem wüßte ich gern, wo das Transportunternehmen bleibt.«

»Geh ruhig«, sagte Bonhoeffer. »Ich muß noch die Körper- und die Wassertemperatur nehmen. Obwohl ...« Er überlegte. »Am genauesten kriegen wir die Rheintemperatur von der Wasserschutzpolizei. Klaus ...«

Van Gemmern sprang auf die Füße. »Okay, ich kümmere mich darum. Sollen die auch eine Wasserprobe nehmen auf biologisch aktive Stoffe?«

»Ja, aber eine wird da wohl nicht reichen, fürchte ich. Wer weiß, wo der ins Wasser gekommen ist.«

»Ich werde sehen, was sich machen läßt. Bis später.«

Christian überlegte hin und her, aber eigentlich blieb ihm gar nichts anderes übrig. Wenn er sicher gehen wollte, mußte er die Doppelstunde Bio sausen lassen.

Nach dem Schellen zur fünften Stunde wartete er noch gute zehn Minuten auf dem Klo, bis auch der lahmste Pauker in seiner Klasse sein mußte und er ungesehen durch die Pausenhalle verschwinden konnte.

Der kürzeste Weg führte durch die Fußgängerzone; auf seinem Rad flitzte er die Große Straße hinunter, schlug elegante Bögen um Papierkörbe und Bäumlinge und lachte über die keifenden Mütter und wütenden Opis. Als er endlich an der alten Kirche in Kellen vorbeifuhr, war ihm heiß, und er bremste ab. So ausgepowert und atemlos wollte er nicht ankommen.

Das Haus tauchte auf, groß, weiß, imposant mit seinen Türmen. Die Schieferplatten an den Giebeln gaben ihm Würde und Wärme, das frischrote Dach leuchtete. Zwischen den Pappeln blinkten die beiden Kolke.

Das Schild am Torpfosten war glanzpoliert: *Gemeinschaft zur Anbetung des reinen Herzens – Haus der Heiligen Barbara.*

Christian spürte seinen Herzschlag, als er das Rad gegen die Hauswand lehnte, und betete sich ganz langsam noch einmal die Sätze vor. Dann klemmte er die Handschuhe auf dem Gepäckträger fest, nahm den Rucksack mit den Schulsachen ab und läutete. Es dauerte keine Minute.

Über der bodenlangen Tunika trug die Frau eine

Strickjacke mit norwegischen Hirschen, das blonde Haar war wie immer zu einem dicken Zopf geflochten, der über der linken Schulter lag. Sie runzelte für einen Moment die Brauen, strahlte aber sofort und streckte ihm beide Hände entgegen: »Christian! Wie schön, dich wiederzusehen.« Dann zog sie ihn zu sich heran und drückte ihn.

»Tag, Magda.« Er lächelte scheu und legte die Hände an die Oberschenkel.

»Nun komm schon herein, sonst erfrierst du noch.«

Schnell schloß sie die Tür, nahm seinen Rucksack. »Was führt dich zu uns, Lieber?«

»Das Seminar nächstes Wochenende.« Mist, er quatschte wie ein Roboter! »Ich ... ich wollte fragen ...«

»Du meinst die Exerzitien? Möchtest du gern dabei sein?«

»Ja, wenn das noch geht. Es tut mir leid, aber ich habe erst gestern im Jugendkreis davon gehört, sonst hätte ich schon vorher ... Letztes Mal war es so toll, und ich wollte gerne ...«

Sie stupste ihn kurz und lachte. »Komm mit ins Büro. Ich werde mal sehen, was ich tun kann. Du weißt ja«, raffte sie ihre Tunika, »den Bürokram macht eigentlich Bernhard, und der ist heute in Köln. Aber zur Not schaffe ich das auch. Beim Jugendkreis hast du davon gehört? In Grieth?«

»Hm, ja, Markus hat es erzählt, aber die anderen wußten es schon. Ich glaube, die kommen fast alle.«

Magda öffnete eine Tür und schob ihn vor sich her in den Raum. »Komm, setz dich. Laß mich mal sehen, ob ich die Anmeldeliste finde.«

Der polierte Mahagonischreibtisch war voller Papiere, alle in wohlausgerichteten Stapeln. In der Mitte lag ein Rosenkranz.

Christian ließ sich vorsichtig auf dem Lederstuhl nieder.

»Prima, hier habe ich's«, freute sich Magda. »Also du, paß auf, zwei Plätze sind noch frei, du hast Glück, wirklich.«

Er konnte auf einmal nicht richtig atmen, sah ihr in die Augen, lachte dann. »Super!«

»Die Gebühr ist diesmal 150 Mark, Christian.«

Er nestelte an seiner Jacke. »Ja, ist klar, weiß ich.«

»Also, fünfzig als Anzahlung würden wohl reichen. Schließlich kennen wir dich doch.«

»Hab ich da. Den Rest kriegt ihr dann am Wochenende, is' kein Problem.«

»Warte, laß mich mal den Quittungsblock ...« Sie suchte in der Schreibtischlade. »Hier ist er ja. Dieser dumme Papierkram immer! Aber was sein muß, muß sein. Hast du das Programm schon?«

»Nö.« Christian schob ihr zwei Zwanziger und einen Zehner über den Tisch. Sie ließ das Geld liegen, ging zum Bücherschrank, holte eine Mappe heraus und blätterte sie durch. »Weiß der liebe Herrgott, wo Bernhard die restlichen Programme ...« Plötzlich drehte sie sich um. »Willst du nicht einstweilen Bruder Ignatius begrüßen? Er ist draußen bei den Enten und würde sich bestimmt unheimlich freuen, wenn du kommst.«

Christian sah zum Fenster und druckste: »Eigentlich müßte ich gleich wieder ... Biologie und so.«

»Na ja, du siehst ihn dann ja sowieso am Wochenende. Ah ja, hier habe ich wenigstens den Entwurf für das Programm. Warte mal ... nein, da hat sich nichts mehr geändert. Also, am Freitag um 18 Uhr geht es los, gemeinsames Abendbrot und anschließende Messe.« Sie las murmelnd weiter. »Na ja, Ende der Veranstaltung ist jedenfalls Sonntag nach dem Mittagessen gegen 14.30 Uhr. Da hast du wenigstens die Eckdaten. Tut mir echt leid, daß ich dir nicht mehr ...«

»Geht schon klar, ist doch kein Problem, Mensch ...« Christian nahm seinen Rucksack und bewegte sich langsam zur Tür. »Also, bis Freitag dann«, meinte er unschlüssig.

Magda folgte ihm schnell, hielt ihm die Tür auf.

»Hat Clara sich auch angemeldet?« fragte er mit lockerer Stimme.

»Oh ja!« Sie legte ihm beide Hände auf die Schultern.

Ihre blauen Augen waren fast durchsichtig. »Und weißt du was? Sie wird diesmal nicht nur unser Gast sein. Sie wird selbst eine unserer Gruppen zur inneren Einkehr übernehmen. Ist das nicht wundervoll? Kannst du dir vorstellen, wie wir uns alle darüber freuen?«

4

Die Leute von der Presse fuhren gerade ab, als Toppe am Präsidium ankam. Er fand Heinrichs allein im Büro.

»Hast du mit den Zeitungsfritzen gesprochen?«

Heinrichs nickte. »Ich weiß doch, wie sehr du dich darum reißt. Du siehst angeschlagen aus.«

Toppe hängte seinen Mantel auf und setzte sich. »Es war auch scheußlich. Hier, lies selbst.« Er schob Heinrichs van Appeldorns Beschreibung der Leiche rüber. »Und wie war's bei euch mit dem Mädchen?«

»Genauso scheußlich. Die Kleine ist vollkommen fertig. Gott sei Dank hat sie es gleich ihren Eltern gesagt, und die sind sofort mit ihr zum Krankenhaus gefahren. Sie hat Verletzungen in der Scheide, Blutergüsse an den Armen, im Gesicht, auf der Brust und eine Platzwunde am Hinterkopf.«

Toppe seufzte und rieb sich die Stirn. »Und die haben eine Spermaprobe genommen?«

»Ja, sicher. Das Mädchen kennt den Mann. Er ist der Vater ihrer Freundin.«

»Mein Gott! Aber wenigstens ist damit die Sache klar.«

»Von wegen«, schnaubte Heinrichs. »Der Mann streitet alles ab. Astrid ist gerade mit ihm beim Ermittlungsrichter. Bis die DNA-Analyse vom BKA zurückkommt, das kann eine Weile dauern.« Das Telefon klingelte. »Ich hoffe, die buchten den solange ein.« Er nahm den Hörer ab und meldete sich. »Hier, für dich, Helmut«, gab er ihn weiter und schaltete gleichzeitig den Lautsprecher ein.

»Ja, hallo, Norbert hier. Ich wollte dich bloß vorwarnen. Unser Toter ist offenbar nicht ertrunken. Sein Schwanz ist zu lang.«

»Wie bitte?« Auch Heinrichs riß die Augen auf und tippte sich an die Stirn.

»Ist ja egal«, meinte van Appeldorn. »Erkläre ich dir alles später. Bonhoeffer geht jedenfalls davon aus, daß der Mann schon tot war, bevor er ins Wasser gekommen ist. Außerdem ist er offensichtlich mißhandelt worden. Was ist? Hast du schon mal geguckt, ob die Jungs unten eine Vermißtenmeldung haben?«

»Nein, ich bin noch nicht dazu gekommen«, gab Toppe zurück. »Fahrt ihr jetzt in die Pathologie?«

»Ja, ich melde mich dann nachher.«

Astrid war blitzwütend. »Männer!« fauchte sie. »Es ist nicht zu fassen.«

»Der Richter hat ihn auf freien Fuß gesetzt«, stellte Heinrichs fest.

»Richtig. Ein Quadratarsch, sag ich euch. Das wäre beim Knickrehm anders gelaufen.« Sie sah auf einmal ziemlich müde aus. »Die übliche Begründung: fester Wohnsitz, geregelte Verhältnisse, keine Verdunklungsgefahr. Dabei lügt der Typ, daß sich die Balken biegen. Der war es, und zwar mit hundertprozentiger Sicherheit. Er behauptet, er hätte das Mädchen zwar nachmittags kurz bei seiner Tochter gesehen, sei aber dann den ganzen Abend mit ein paar Kumpels auf Sauftour gewesen. Und dann hat dieses Schwein auch noch die Stirn zu sagen, die Kleine müßte sich nicht wundern, immer so kurze Röckchen, jedem Mann schöne Augen machen – das ganze Gewäsch. Und dieser Richter, dieser angebliche, der nickt auch noch verständnisinnig!«

»Hol mal Luft«, legte Toppe ihr die Hand auf den Arm.

»Ach!« Sie machte sich los und ging zum Fenster. »Manchmal kann ich es einfach nicht mehr haben.«

Heinrichs und Toppe kannten das Gefühl, es gab nicht viel dazu zu sagen.

»Ich habe unseren Bericht schon fertig«, hielt Heinrichs ein paar Blätter hoch. »Ist das ein kleiner Trost?«

Sie versuchte zu lächeln. »Ja, gut.« Dann sah sie Toppe an. »Und was ist mit eurer Wasserleiche?«

»Vielleicht kann Walter es dir erzählen. Ich muß mal eben nach unten.«

Um diese Zeit war auf der Wache nie viel los. Die Kollegen aßen Streuselkuchen.

»Mahlzeit, Toppe! Auch 'n Stücksken?«

»Nein, im Moment nicht, danke.«

»Komisch, ich hab gehört, Sie wären so 'n Süßer. Ach«, grinste der Kollege dann breit, »ihr hattet ja 'ne Wasserleiche heute morgen!«

Toppe verzog unwillig den Mund. Er hatte wenig übrig für derbe Scherze. Seine Abneigung gegen die rüde Flapsigkeit, mit der einige sich den häufigen Umgang mit Toten erträglich zu machen suchten, war in den letzten Jahren immer stärker geworden und hatte so manchem schon einen Rüffel oder auch einen kleinen Vortrag über Pietät und Menschenwürde eingehandelt. Was Toppe bei einigen Kollegen nicht gerade beliebt machte, die anderen zumindest verunsicherte. Der Beamte hielt denn auch den Mund und guckte nur fragend.

»Ihr habt nicht zufällig eine Vermißtenmeldung vorliegen?«

»Ha, wat et alles gibt! Wochenlang war nix, aber ...« Er bückte sich und holte unter dem Tresen ein Formular hervor.

»Hab ich übrigens selber aufgenommen. Hier, ein Herr Poorten aus Griethausen hat am letzten Samstag – das war der 10.2. – um 18 Uhr gemeldet, daß sein Sohn Ralf verschwunden ist. Ralf Poorten, 19 Jahre alt, 182 cm groß, schlank, dunkles, kurzes Haar, braune Augen. Zum letzten Mal gesehen worden von seinen Eltern am Freitag, den 9.2. zu Hause gegen 19.30 Uhr. Sein Motorrad ist auch weg. Eine schwarze BMW, Kennzeichen hab ich hier. Bekleidet war der Junge vermutlich mit einer schwarzen Lederhose, schwarzer Lederjacke und Motorradstiefeln, auch schwarz. Außerdem trug er wohl einen Integralhelm in Pink und Blau.«

»Hm«, nickte Toppe. »Was habt ihr unternommen?«

Der Kollege hob die Schultern. »Viel noch nich'. War ja

Wochenende. Das Übliche eben. Is' der denn jetzt eure Wasserleiche?«

»Könnte gut sein.«

»Und? Wat machen wir jetzt? Sollen wir die Eltern benachrichtigen?«

Toppe schüttelte heftig den Kopf. »Wir müssen den Pathologiebericht abwarten. Identifizieren kann den Toten nämlich so keiner mehr.«

Der Beamte verzog angeekelt das Gesicht. »Ba!«

»Höchstens anhand der Kleidung. Laßt mich mal eben an euer Telefon. Ich muß Bonhoeffer sagen, daß er Fingerabdrücke nehmen soll. Falls das überhaupt möglich ist ...«

Behutsam, immer den Blick an die Decke geheftet, stieg Toppe von der Treppenleiter. Es klingelte.

»Die Tür ist offen«, rief er verhalten und ließ die frisch verputzte Stelle nicht aus den Augen.

»'n Abend«, sagte van Appeldorn und schloß die Haustür.

Platsch! machte es, und der nasse Klatschen Zement landete auf Toppes Schulter. Er breitete resigniert die Arme aus. »Ich kriege das einfach nicht hin, Mensch.«

Van Appeldorn betrachtete die großen Löcher in der Decke, dann die Zementplacken auf dem Boden und schmunzelte. »Da muß auch ein Fachmann ran.«

»Und der bist du?«

»Quatsch, nein. Aber mein Freund Rudi, der kann so was. Soll ich den mal fragen?«

Toppe versuchte, den Dreck von der Schulter zu wischen. »Ja, mach das, wäre nett. Warst du bis jetzt in der Pathologie?«

»Siehst du das nicht? Ich bin blau gefroren. In dem Bunker ist es auch nicht viel wärmer als draußen.«

Gabi huschte auf nackten Füßen die Treppe hinunter. Als sie van Appeldorn sah, raffte sie schnell ihren Bademantel am Ausschnitt zusammen. »Hallo, Norbert«, grüßte sie und verschwand in der Küche.

Van Appeldorn hob die Augenbrauen. »Hallo, Gabi«,

rief er ihr nach. »Ihr habt's aber schön warm hier.«

Aus dem Badezimmer kam Astrid, mehr schlecht als recht bekleidet mit einem weißen Badetuch, das sie über der Brust zusammengeknotet hatte. »Grüß dich, Norbert.«

Van Appeldorn schluckte kurz. »Living life the easy way«, summte er dann.

Astrid griente. »Ich zieh mir schnell was an und komme dann zu euch. Du hast doch sicher was zu erzählen.«

»Gib mir deinen Mantel«, streckte Toppe die Hand aus. »Wir gehen in mein Zimmer. Ich hab vorhin den Kamin angemacht.«

Van Appeldorn ging voran. »Ein eigenes Zimmer mit offenem Kamin. Nicht schlecht, muß ich sagen, nicht schlecht.«

Er sah sich um, ein großer Schreibtisch, viele Bücher, zwei Ohrensessel vor dem Feuer. Sein Blick ruhte lange auf dem Bett, das zwar breit, aber eindeutig ein Einzelbett war. Man konnte sehen, wie er an der Frage schluckte.

»Willst du was trinken?« Toppe stand noch in der Tür.

»Hast du irgendwas Warmes da? Grog oder so.« Jetzt war van Appeldorn eine passende Formulierung eingefallen: »Ihr nutzt das Zimmer wohl auch für Gäste?«

»Nein.« Toppe schwankte zwischen Belustigung und Ärger. »Wir haben jeder unser eigenes Zimmer und jeder unser eigenes Bett. Setz dich schon mal.«

Van Appeldorn ließ sich im Sessel nieder. »Kann ja unter gewissen Umständen ganz praktisch sein«, murmelte er vor sich hin. Er fröstelte, rückte dichter ans Feuer und streckte die klammen Hände vor. Seine Zehen spürte er schon seit heute morgen nicht mehr, dabei trug er die gefütterten Schuhe, die Marion ihm für einen Skiurlaub gekauft hatte, der nie gelaufen war. Irgendwas war damals dazwischen gekommen, aber er konnte sich nicht mehr erinnern, was es gewesen war. Er sah sich um. Sein Blick glitt über die Bücherwand, die beiden gerahmten Drucke, den indianischen Bettüberwurf. Dieses Zimmer war so gemütlich, daß es schon aufdringlich war.

»So, jetzt bin ich wieder einigermaßen salonfähig.« Astrid stand da und hielt ihm eine Schale Pistazien hin. Sie trug irgendwas langes Schwarzes und dicke graue Socken. Er winkte ab, wollte eigentlich nur endlich nach Hause. Toppe brachte drei Becher Grog, bot Astrid den zweiten Sessel an, aber sie wollte lieber auf dem Boden gleich vorm Feuer sitzen.

Van Appeldorn holte seine Notizen aus der Innentasche. »Männliche Leiche, 181 cm groß, Gewicht: 74 kg, Schuhgröße 42, braunes Haar, braune Augen, Alter ca. 20 Jahre. Es ist inzwischen eindeutig, daß der Mann bereits vor seinem Eintritt ins Wasser tot war. Darauf weist der geringe, nur passive Wassereintritt in die Lunge hin. Die Lunge war zunächst mit Luft gefüllt, dadurch war sie leicht. Das heißt, der Leichnam ist relativ spät gesunken.«

»Was muß ich mir unter relativ spät vorstellen? Eine Stunde, zehn Minuten?« fragte Toppe.

Van Appeldorn runzelte entnervt die Stirn. Er war müde, und jede Unterbrechung bedeutete, daß er noch länger hier sitzen mußte. Aber er riß sich zusammen. »Ich weiß es nicht. Die Frage ist mir, ehrlich gestanden, nicht in den Sinn gekommen. Soll ich Bonhoeffer deswegen anrufen?«

»Ach was, das hat Zeit bis morgen.«

»Also weiter ... relativ spät gesunken. Das kann man deutlich an der Betonung der Totenflecken an Kopf, Armen und Beinen sehen.«

Astrid räusperte sich vorsichtig und sah ihn an. Van Appeldorn legte seine Zettel auf die Sessellehne. »Bevor eine Leiche sinkt, hängt sie quasi im Wasser.« Er beugte sich vor, ließ Kopf und Arme baumeln. »So. Alles klar?«

Toppe nickte ruhig.

»Gegen den Tod durch Ertrinken sprechen auch noch andere Dinge: das Blut ist nicht auffällig flüssig sondern völlig normal, der Mageninhalt ist nicht schaumig. Der Mann hatte nichts verschluckt, da war kein Schlamm in der Speiseröhre, kein Wasser in der Paukenhöhle. Vor allem aber gab es im Magen keine Diatomeen.«

»Selbstverständlich, ist doch ganz klar«, murrte Astrid.

»Kieselalgen«, erklärte van Appeldorn. »Und der Tote hat keine Gänsehaut.«

Er ließ den Satz ein bißchen stehen, und beide schauten ihn an. »Ich fand das auch spannend. Leute, die ertrunken sind, haben eine Gänsehaut. Verrückt, nicht? Aber weiter: Es liegen einige Verletzungen vor, die erst nach dem Tode beigebracht worden sind: parallele Schnitte mit kreidig-weißlichen Rändern, besonders am Gesichtsschädel, weisen auf Kontakt der Leiche mit einer Schiffsschraube hin. Ferner gibt es Rißwunden ohne Einblutung – weil der Mensch eben schon tot war – die auf einen Aufprall schließen lassen. Brückenpfeiler, Buhnen, die Verladerampe bei Spyck oder so. Wichtiger für uns sind aber die Verletzungen, die dem Mann vor seinem Tod zugefügt worden sind. Die Totenflecken sind spärlich, was auf eine Anämie hindeutet, auf einen Blutverlust vor dem Tod durch blutende Verletzungen. Es finden sich Hinweise auf Schläge mit einer Stange, Parallelstreifen, wo die Haut unterblutet ist. Des weiteren Anzeichen für Tritte, nämlich dreieckig abgerundete Blutergüsse. Der Tote hat mehrere Knochenbrüche: rechter Oberschenkel, rechter Ober- und Unterarm, ein paar Rippen. Die darüberliegenden Weichteile sind eingeblutet. Bonhoeffer hat«, van Appeldorn mußte auf seinen Zettel schauen, »einen leichten Katecholaminanstieg im Blut gefunden, ebenso einen Histaminanstieg. Beides bedeutet, daß der Mann vor seinem Tod unter Streß gestanden hat. Er war ziemlich eindeutig in einen Kampf verwikkelt. Darauf weisen Abwehrverletzungen an Händen und Unterarmen hin.«

»Woran ist er denn gestorben?« wollte Astrid wissen.

»Durch die Knochenbrüche ist es zu einer Fettembolie der Lunge mit Rechtsherzstauung gekommen. Aber wahrscheinlich ist er an einer Milzruptur gestorben. Die Milz ist gerissen, vermutlich durch die Fußtritte. Und Bonhoeffer sagt, an so was stirbt man ganz fix. Ob der Tote noch eine Hirnverletzung gehabt hat, war nicht mehr festzustellen, denn das Gehirn war ja nicht mehr da.«

»Hat Arend Fingerabdrücke nehmen können?« fragte Toppe.

»Ja, das war nicht so schwierig. Er hat irgendwas in die Fingerbeeren gespritzt. Glyzerin, glaube ich. Und dann ging's.«

»Hast du sie bei dir?«

Van Appeldorn sah ihn irritiert an. »Nein, die kriegen wir morgen zusammen mit dem Bericht. Wieso ist es denn plötzlich so eilig?«

»Es gibt einen Vermißten, dessen Beschreibung auf unseren Toten paßt.« Toppe holte die Anzeige vom Schreibtisch und gab sie van Appeldorn.

Es klopfte, und Gabi steckte den Kopf herein. »Bleibst du zum Abendbrot, Norbert?«

»Danke, aber ich möchte schnell nach Hause, in die heiße Wanne und dann ins Bett.«

Gabi nickte nur und war schon wieder verschwunden.

Van Appeldorn stand auf und gab Toppe die Vermißtenmeldung zurück. »Willst du heute noch was unternehmen? Die Kleidung von dem Jungen hab ich im Auto.«

Toppe seufzte. »Mir wird ja wohl nichts anderes übrig bleiben.«

Van Appeldorn schwieg unbehaglich, und Toppe befreite ihn schnell von seinen Sorgen. »Nein, ich erledige das schon. Du hast dir deinen Feierabend verdient. Gib mir die Klamotten und mach, daß du nach Hause kommst.«

5

»Aber Zeit zum Essen habt ihr doch wohl noch«, maulte Gabi. »Ich meine, wenn ich schon stundenlang Salat schnippele ...«

Toppe schickte Astrid einen unglücklichen Blick. Er hätte die Sache gerne schnell hinter sich gebracht. Aber Astrid nickte Gabi zu. »Ich hab schrecklichen Hunger.«

»Kinder, Essen!« brüllte Gabi nach oben.

Oliver kam in einer viel zu weiten Latzhose, offene Baseballschuhe an den nackten Füßen, die Treppe runtergepoltert und fegte in die Küche. »Igitt, Nudelsalat«, kiekste er, schnappte sich drei Scheiben Gouda vom Teller und war schon wieder zur Tür hinaus. »Hab keinen Hunger!«

»Junger Mann«, rief Toppe ihm hinterher, wußte aber, daß es zwecklos war – Oliver litt schon seit einer Weile unter plötzlich auftretenden Hörstörungen.

Christian war heute abend ungewohnt freundlich. Nicht nur, daß er auf Fragen in ganzen Sätzen antwortete, er lobte auch den köstlichen Salat, schenkte nicht nur sich selbst, sondern auch den anderen Milch nach und bedauerte seinen Vater und Astrid, daß sie doch tatsächlich immer noch nicht Feierabend machen konnten. »Ich finde das echt stark, wie ihr so was wegsteckt. Keine Klagen oder so. Übrigens, kann mir einer hundert Mark leihen?«

Astrid kicherte leise – prima Vorarbeit.

»Schon wieder?« meinte Gabi stirnrunzelnd.

Toppe schob seinen Teller weg. »Wieso suchst du dir nicht endlich einen Job? Wir können uns das Geld schließlich auch nicht aus den Rippen schneiden.«

»Und wo soll ich die Zeit dafür hernehmen?« schnippte Christian zurück.

»Du könntest zum Beispiel aufhören, dich für lau in diesem Altenheim ausbeuten zu lassen. Dann hättest du mehr als genug Zeit.«

Gabi schnappte nach Luft. »Also ehrlich, Helmut! Du kannst doch wirklich froh sein, daß der Junge ...«

»Quatsch! Mir ist dieser plötzliche Sozialtick sowieso schleierhaft. Du bist fast volljährig, mein Sohn, und wenn du Extrageld brauchst, dann verdiene es dir gefälligst. Ich mußte schon mit vierzehn ...«

»Oh, bitte, Vater«, hob Christian dramatisch die Hände, »nicht wieder die Leier mit dem Zeitungsaustragen!«

»Wozu brauchst du das Geld eigentlich?« fragte Gabi.

Christian schob sich eine Gabel Nudelsalat in den Mund und kaute erst mal. »Ich habe mich da für ein Seminar am kommenden Wochenende angemeldet.«

»Wo?«

»Haus Barbara, unten am Breijpott.«

»Ach so!« Gabi lächelte.

Astrid zündete sich eine Zigarette an, schob Toppe die Schachtel rüber und ging zur Anrichte, um einen Aschenbecher zu holen. »Haus Barbara? Hab ich noch nie gehört. Was ist denn das für ein Seminar?«

»Exerzitien«, antwortete Christian scharf.

Astrid verschluckte sich am Rauch. »Exerzitien?« hustete sie. »Du meinst, so was Katholisches?«

»Genau.« Christian sah ihr hart ins Gesicht.

Astrid schüttelte ungläubig den Kopf. »Was hat dich denn gebissen? Du hattest doch noch nie was mit Kirche am Hut.« Dann lachte sie. »Komm, du nimmst mich auf den Arm!«

»Keineswegs! Und im übrigen glaube ich nicht, daß ich dir Rechenschaft schuldig bin.«

Astrid überhörte den Satz. »Oder ist das 'ne Sekte?«

»Nein«, schnauzte Christian, »es ist keine Sekte. Und es geht dich, verdammt noch mal, nichts an!«

»Das finde ich auch«, sagte Gabi.

Astrid zuckte zusammen, holte tief Luft und stand dann auf. »In Ordnung. Ich hole meine Jacke. Bist du dann auch fertig, Helmut?«

Toppe wußte nicht, gegen wen er seine Wut richten sollte.

Gabi schob ihren Stuhl zurück und folgte Astrid in die Halle. »Hör zu, ich hab das nicht so gemeint.«

Astrid drehte sich zu ihr um. »Doch Gabi, ich glaube, das hast du so gemeint. Und du hast ja wohl auch recht.«

»Komm, hör doch auf.« Gabi legte ihr die Hände auf die Schultern. »Es ist doch nur, weil ich wirklich froh bin, daß der Junge endlich von der schiefen Bahn runter ist und was Anständiges macht.«

Astrid verzog skeptisch den Mund. »Was Anständiges? Na, das ist noch die Frage.«

Aber dann nahm sie Gabi in den Arm. »Komm, laß uns nicht streiten. Wir reden noch mal drüber.«

»Fahr nicht so schnell, es ist spiegelglatt«, meinte Toppe, als sie den hart gefrorenen Feldweg entlang schaukelten.

»Wirklich, Helmut«, lachte Astrid, »manchmal führst du dich auf wie der letzte Macho.«

Er antwortete nicht, war schon mit seinen Gedanken in Griethausen.

»Bei Unfällen kommt es doch auch schon mal zu Milzrissen«, meinte sie nach einer Weile. »Stumpfer Aufprall.«

Er nickte. »Und?«

»Ach, ich frage mich nur, wieso Norbert so sicher sein kann, daß der Junge mißhandelt worden ist. Er könnte doch auch nur einen schweren Unfall mit seinem Motorrad gehabt haben, irgendwo am Rhein.«

»Dann hätte aber eigentlich mittlerweile das Motorrad auftauchen müssen.«

»Norbert hat nichts davon erzählt, wie lange der Junge im Wasser gewesen ist. Angenommen, es ist erst gestern abend passiert, an irgendeiner abgelegenen Stelle. Da gibt's doch Hunderte von Wegen am Rhein, wo tagelang kein Mensch hinkommt.«

»Hm, aber Arend hat auch was von Fußtritten gesagt.«

»Mutmaßlich Fußtritte. Vielleicht ist er gegen ein Geländer geprallt und dann auf die spitzen Steinbrocken am Ufer. Das könnte doch die gleichen Male hervorrufen.«

»Arend ist normalerweise eigentlich nicht vorschnell mit seinen Interpretationen. Laß uns seinen Bericht abwarten, dann wissen wir mehr. Mir wäre es wahrhaftig lieber, wenn es nur ein Unfall gewesen wäre.«

»Oder er ist doch von der Brücke gesprungen und mehrfach aufgeschlagen.«

»Und das Motorrad?«

»Das hat er irgendwo im Gebüsch abgestellt.«

Toppe sagte nichts mehr.

»Ist schon in Ordnung«, meinte sie. »Ich frage mich halt nur, was wir den Eltern erzählen sollen.«

Menschen reagierten verschieden auf Schreckensnachrichten, das hatte Toppe oft genug erlebt. Einige brachen laut zusammen, andere fielen in dumpfe Apathie, viele verhielten sich so wie diese beiden: sie waren zunächst sprachlos, funktionierten aber dann wie Automaten. Der Zusammenbruch, erst recht die Trauer würden später kommen, wenn die Polizei wieder aus dem Haus war.

Sie hatten das Ehepaar offensichtlich aus einem gemütlichen Fernsehabend gerissen. Der Apparat lief noch mit voller Lautstärke – eine grelle Glitzershow.

Wolfgang Poorten trug einen verwaschenen Trainingsanzug und braune Cordschlappen. Er saß vornübergebeugt im Sessel, die Ellbogen auf den Oberschenkeln, die Hände fest verschränkt. Er war noch nicht alt, Ende Vierzig vielleicht, aber man sah ihm an, daß er sein Leben lang körperlich gearbeitet hatte.

»Ich hab mir den Toten nicht angeguckt«, sagte er so leise, daß Toppe ihn kaum verstehen konnte.

»Was meinen Sie?« fragte er.

Der Mann hob den Kopf. Eine schwarze Haarsträhne fiel ihm ins Gesicht. Er strich sie fahrig zurück. »Ich arbeite auf den Ölwerken. Ich hab das mitgekriegt, heute morgen.«

»Mein Gott«, raunte Astrid.

Die Frau saß auf der Sofakante und hielt die Jacke ihres Sohnes auf dem Schoß fest. Sie waren beide sicher, daß die Kleider ihrem Kind gehörten.

Astrid stand auf und schaltete den Fernseher aus. Die Frau schaute irritiert hoch. Sie war zierlich, mit einem herzförmigen Gesicht und kurzen braunen Locken. Adrett, hätte Heinrichs gesagt und »grundanständige Menschen«.

»Wie ist es passiert?« Die Mutter suchte einen Anfang.

»So ganz genau wissen wir das noch nicht«, antwortete Toppe. »Morgen können wir Ihnen mehr sagen, Frau Poorten. Wann haben Sie Ihren Sohn zuletzt gesehen?«

»Am Freitag nachmittag. Er hat noch mit uns Kaffee getrunken, wie er von der Arbeit kam. Dann ist er duschen gegangen, und dann war er in seinem Zimmer. Ich habe seinen Fernseher laufen hören.« Ihre Stimme verlor sich.

»Meine Frau und ich haben freitags Kegeln«, kam ihr Mann zu Hilfe. »Wir sind um halb acht gegangen.«

»Ralf muß kurz nach uns weg sein«, erinnerte sich die Mutter. »Ich hatte ihm Schnittchen gemacht, aber die standen noch auf dem Küchentisch, als wir nach Hause gekommen sind.«

»Wann war das?«

»So zwölf, halb eins.«

»Haben Sie noch mehr Kinder?« fragte Astrid. »Oder wohnt noch irgend jemand mit Ihnen hier, der Ralf gesehen haben könnte?«

Wolfgang Poorten schüttelte den Kopf. »Wir haben noch eine Tochter. Aber die war Freitag gar nicht zu Hause. Die geht in Kleve aufs Gymnasium, die Sigrid, und wenn die am Wochenende was vorhat, dann bleibt sie schon mal über Nacht bei ihrer Freundin.« Er verzog das Gesicht. »Aber die wußte auch nicht, daß Ralf irgendwohin wollte. Wir haben auch alle Nachbarn gefragt, ob die ihn noch gesehen haben, aber ... nix.«

»Mir hat er gesagt, er wollte sich einen ruhigen Abend machen«, flüsterte die Mutter.

»Bleibt Ihr Sohn öfter über Nacht weg?«

»Nein, einfach so hat er das noch nie getan.«

»Er ist ein guter Junge«, sagte der Vater.

»Was hat er beruflich gemacht?« fragte Toppe.

»Er ist Bootsbauer ... gewesen. Im letzten Lehrjahr, bei Roeloffs in Niedermörmter. Da hab ich auch schon angerufen. Die wußten von nix.«

»Könnte er sich mit Freunden getroffen haben?«

»Ja, sicher, vielleicht, aber ich kann nicht sagen ...«

»Unsere Tochter«, unterbrach ihn seine Frau, »die weiß besser, mit wem Ralf so zusammenkam.«

»Sie ist nicht zu Hause?«

»Nein, die hat heute abend Segelkurs.«

Toppe schälte sich umständlich aus seinem Parka. Das Zimmer war überheizt, und die Wärme vernebelte ihm den Kopf.

»Können Sie uns das Motorrad beschreiben?«

Wolfgang Poortens Augen blitzten kurz auf. »Es ist eine alte R 25, ein einmaliges Stück. Super gepflegt. Hat Ralf von seinem Opa geerbt, der Vater von meiner Frau. Ist selbst schon tot. Der Junge hat die Maschine gehütet wie seinen Augapfel und ist auch immer sehr vorsichtig gefahren. Deshalb kann ich auch nicht verstehen, wie ...«

Die Frau schluchzte auf.

»Na ja«, meinte Astrid, »das Wetter im Moment ...«

»War Ihr Sohn vielleicht in einem Motorradclub?« fragte Toppe. »Ich meine, ich hätte mal gehört, daß es so was in Kleve jetzt auch gibt.«

»Nicht, daß ich wüßte, oder Brigitte?«

Sie zuckte die Achseln. »Doch, ich glaube, der hat sich schon mal mit so Leuten getroffen.«

»Ach ja«, fiel es dem Vater wieder ein, »mit denen war er ja auch voriges Jahr auf dem Elefantentreffen.«

»Können Sie sich an irgendwelche Namen erinnern?«

»Nein.«

Toppe stand auf. »Ich danke Ihnen für heute. Wir werden uns morgen im Laufe des Tages wieder bei Ihnen melden.«

Astrid hängte sich ihre Tasche über die Schulter und ging zur Wohnzimmertür. »Können Sie uns bis dahin wohl ein Foto von Ihrem Sohn heraussuchen, und vielleicht haben Sie auch eins von dem Motorrad?«

Die Frau starrte auf die Jacke in ihrem Schoß und bewegte sich nicht mehr, aber der Vater stand auf und nickte, brachte sie in den engen Flur hinaus, schüttelte beiden die Hand.

»Das Motorrad«, sagte er unvermittelt. »Sie haben es nicht gefunden!«

»Noch nicht«, antwortete Toppe. »Aber gleich morgen kümmern wir uns darum.«

»Man hat uns schon 25.000 Mark dafür geboten ...«

»Ihr Sohn hatte keine Papiere bei sich«, fiel es Toppe ein.

»Die hatte er immer im Tankrucksack.«

Der Mann machte die Haustür auf und knipste die Außenlampe an. Sie stiegen die Stufen zur Oberstraße hinab.

Astrid drehte sich noch einmal um. »Morgen würden

wir uns gern Ralfs Zimmer anschauen. Es wäre gut, wenn Sie nichts verändern würden.«

Wolfgang Poortens Gesicht war mit einem Mal schmerzverzerrt.

»Ja«, sagte er tonlos, »in Ordnung.« Dann schloß er die Tür.

Astrid verkroch sich in ihren Mantel. Aus der Kneipe weiter unten tönte Musik und Gelächter, sonst war alles still, kein Mensch auf der Straße. Man konnte den Altrhein riechen.

»Laß uns irgendwo noch ein Bier trinken gehen«, sagte Toppe.

Christian nahm die Milchpackung aus dem Kühlschrank. Er hatte kein Licht gemacht, der Mond schien hell genug. Ihm war heiß vom Fahrradfahren. Eigentlich ganz schön beknackt, daß er nur für die zwei Stunden nach Grieth gejuckelt war. Und Clara hatte er wieder nicht getroffen – immer noch krank.

Er hörte die Haustür ins Schloß fallen. Aha, der Alte kam von seinem Scheißjob zurück. Leise machte er den Kühlschrank zu und drückte sich gegen die Wand. Er hatte jetzt wirklich keinen Bock mehr auf Gesülze.

Irgend etwas plumpste zu Boden. Himmel, warum verpißten die sich nicht endlich!

Und warum japste Astrid so? Vorsichtig lugte er um die Ecke.

Astrid hatte ihren Mantel und ihre Handtasche fallen lassen. Sie lehnte am Türrahmen. Toppe stand breitbeinig vor ihr, hatte ihr den Pullover weit hochgeschoben, den Mund an ihren Brüsten. Im hellen Mondlicht konnte Christian deutlich ihre harten, dunklen Brustwarzen sehen.

Er zuckte zurück. Waren die besoffen, oder was? Wieso verschwanden die nicht endlich in ihrem Zimmer? Und sowieso, das Schwein! Vorige Woche, als Astrid zwei Tage auf einer Fortbildung gewesen war, hatte der Alte bis nachts um zwei bei seiner Mutter oben gehockt; er hatte sie lachen und flüstern gehört.

Es raschelte, ein Reißverschluß wurde aufgezogen. Er hielt die Luft an und beugte sich vor.

Astrid hielt Toppes Hände fest und schob ihre Zunge in seinen Mund. Dann glitt sie sehr langsam ganz dicht an seinem Körper herab. Ihr Gesicht war vom Mantel verdeckt, aber sie bewegte ihren Kopf vor und zurück – steter Rhythmus. Toppe vergrub seine Hände in ihrer schwarzen Mähne, legte den Kopf weit in den Nacken und stöhnte leise.

Christian wurde die Hose eng, er schluckte trocken. Oh, mein Gott! Die feuchte Stirn gegen den Türpfosten gepreßt, schloß er die Augen ganz fest und fing an zu beten.

6

Als Toppe am nächsten Morgen in sein Chefbüro kam, fand er eine Notiz von van Appeldorn auf dem Schreibtisch: *Bin in Emmerich. Hole Fingerabdrücke und, falls fertig, Bericht. N.*

Es mußte ihn gewurmt haben, daß er gestern nicht an die Fingerabdrücke gedacht hatte, wenn er sich so früh auf den Weg machte, denn normalerweise kam van Appeldorn morgens nur langsam in die Gänge.

Toppe gähnte und streckte sich in dem dick gepolsterten Schreibtischsessel aus. Ganz fit war er selbst auch noch nicht. Es war reichlich spät geworden gestern abend. Er lächelte vor sich hin – gut, daß er bei der Planung des Badezimmers auf einer Doppelwanne bestanden hatte.

Astrid mußte schon längst im Präsidium sein. Sie fuhren meist in getrennten Autos zum Dienst; man wußte nie, was passierte, und Dienstwagen waren immer knapp.

Er hatte bei ihr geschlafen, letztendlich, und den Wekker nicht gehört – vielleicht hatte sie ihn auch gar nicht gestellt – jedenfalls war sie schon fix und fertig angezogen gewesen, als er sich endlich aus seinem Traum in den

Tag gekämpft hatte – ein bißchen verquer, denn wenn es besonders lang und intensiv gewesen war, wachte er gern mit ihr zusammen auf, langsam und in Ruhe. In der einen Hand ein Butterbrot, in der anderen ihre Autoschlüssel, hatte sie kurz ihr Gesicht an seinem Hals vergraben und gemeint: »Ich muß mich beeilen, sonst krieg ich Ärger mit meinem Chef.«

Er grinste. Sie hatte von Anfang an deutlich gemacht, daß sie nicht daran dachte, aus der besonderen Situation Vorteile zu ziehen; vermutlich kamen die anderen im Team deswegen so gut damit klar. Obwohl Toppe sich manchmal fragte, wie zum Beispiel Walter Heinrichs als praktizierender Katholik die Geschichte mit seinen persönlichen Moralvorstellungen vereinbaren konnte.

Toppe gähnte noch einmal, reckte sich und rief sich selbst zur Ordnung: Ralf Poorten war jetzt das Problem.

Astrid und Heinrichs standen vor der großen Karte vom Kreis Kleve, die im K 1-Büro an der Wand hing, und diskutierten.

»Guten Morgen«, sagte Toppe frisch.

Astrid drehte sich um, ein weicher, wissender Blick, dann ging's wieder. »Morgen, Helmut«, antwortete Heinrichs, aber er nahm die Augen nicht von der Karte. »Man müßte natürlich Genaueres wissen über die Strömungsgeschwindigkeit im Rhein an der Stelle, über Verwirbelungen und so.«

Er war in seinem Element. Nichts konnte ihn mehr begeistern als Puzzles, Gedankenspiele und Hypothesen.

»Die Jungs von der Wasserschutzpolizei, die müßten das doch wissen, oder was meint ihr?« Immer noch starrte er die Landkarte an. »Ich könnte ja auch mal in meinem Rheinhandbuch nachgucken ...«

»Rheinhandbuch«, bestätigten Toppe und Astrid gleichzeitig. Bei Heinrichs wunderte sie, was seine Bibliothek anging, schon lange nichts mehr. Seit frühester Jugend hatte er sich für nichts anderes als Kriminalistik interessiert – er hatte denn auch erst mit Vierzig geheiratet, es allerdings noch geschafft, fünf Kinder zu zeugen und zu erziehen – und alles zusammengetragen, was es auf dem Markt zu kaufen gab. Einschließlich der angelsächsischen und französischen Literatur zu dem Thema. Mit letzterer hatte er allerdings, wie er auch gern zugab, seine Schwierigkeiten, was das Sprachverständnis anging. Fast alles hatte er gelesen, und er war daher auch immer schnell mit Parallelfällen von Anno Tobak zur Hand, was manchmal nervte, manchmal lustig und manchmal durchaus hilfreich war, sei es auch nur, daß es bei allen die Phantasie anregte.

Toppe setzte sich auf van Appeldorns Stuhl und schüttelte jetzt doch den Kopf: »Wozu hast du denn ein Rheinhandbuch? Ich denke, so was brauchen nur Rheinschiffer und allenfalls Segler, oder was weiß ich.«

»Ach«, Heinrichs guckte schräg, »da war mal so ein Fall in Duisburg. Da hatte man einen Türken – oder war es ein Kurde? – also, den hatte man in ein Hafenbekken ...« Er unterbrach sich, schließlich hatte er mit den Jahren dazugelernt. »Das führt jetzt zu weit. Jedenfalls wollte ich da mal so ein paar Angaben überprüfen.« Er zog an seinem Hosenbund, der mal wieder unter seinen Bauch gerutscht war. »Wie dem auch sei, Astrid hat überlegt, ob es sich nicht wohl doch um einen Unfall gehandelt haben könnte, und jetzt gucken wir gerade mal, wo das gewesen sein kann. Vor allem, wo man mit dem Motorrad ...«

Er schaute wieder auf die Karte, dann zu Astrid. »Da gibt's mehr als hundert Wege, und die unbefestigten stehen hier gar nicht alle drauf. Der Mensch könnte doch auch einfach oben über den Deich gefahren sein. Guck mal, hier und hier und hier ...«

»Da sind aber eine Menge Zäune dazwischen, das weiß ich, und auch Höfe und so. Jedenfalls auf unserer Seite«, gab Astrid zurück. »Wie das rechtsrheinisch ist, weiß ich allerdings nicht.« Es klang kleinlaut.

Heinrichs lachte. »Wer kennt sich denn schon op de Gönnekant aus? Das sag mir mal!«

»Und warum ist Poorten bei Nacht und Nebel und in dieser eisigen Kälte an den Rhein gefahren?« fragte Toppe.

»Vielleicht hat er jemanden treffen wollen«, überlegte Astrid.

»Drogen«, sprang ihr Heinrichs hilfsbereit zur Seite.

Toppe verdrehte die Augen. »Wir wissen doch überhaupt nichts über den Jungen.«

»Das kommt schon noch«, sagte Astrid, setzte sich auf die Schreibtischkante gleich neben Toppe und schlug die Beine so übereinander, daß sie mit dem Fuß seinen Schenkel berührte.

»Wenn du nichts anderes für mich hast, würde ich am liebsten gleich noch mal zu seinen Eltern fahren und mir sein Zimmer ansehen. Da gibt es bestimmt was, was uns ein bißchen mehr über Ralf Poorten erzählt.«

Toppe zog sein Bein weg und sah sie an. Sie hob unschuldig die Brauen.

Heinrichs hatte nichts mitgekriegt – vermutlich.

»Auf jeden Fall muß doch das Motorrad zu finden sein«, sagte er bestimmt, ließ endlich von der Karte ab und setzte sich auch. »Das Flußufer geht überall flach rein, und so ein Ofen verschwindet nicht einfach. Soll ich die Suche organisieren, Helmut?«

Toppe rieb sich die Stirn und versuchte sich zu konzentrieren. »Ich wünschte, Norbert käme mit Arends Bericht, damit wir endlich wissen, womit wir es zu tun haben ... Aber das Motorrad müssen wir auf alle Fälle finden. Also gut, Walter, mach mal.«

»... und die Wasserschutzpolizei?«

Toppe verkniff sich das Grinsen mit Mühe. »Damit warten wir noch. Wenn wir das Motorrad finden, ist die möglicherweise überflüssig.«

»Wer weiß ...« murmelte Heinrichs unheilvoll.

»Und du«, tippte Toppe Astrid an, »fährst raus zu Poortens und guckst, was du findest. Und nimm van Gemmern mit, wenn er gerade Zeit hat. Wir müssen Fingerspuren von Poorten nehmen, um das Ganze wasserdicht zu machen. Da fällt mir gerade ein: Weiß einer von euch was über einen Motorradclub in Kleve?«

Astrid winkte ab, auch Heinrichs guckte ziemlich irritiert. »Am besten fragst du mal einen von den Grünen

Jungs unten. Look, vielleicht, der ist doch so motorradbesessen, oder?«

»Morgen, allerseits!« Van Appeldorn schlackste herein, legte einen Stapel Papiere auf den Aktenschrank gleich an der Tür und schälte sich dann geruhsam aus Handschuhen, Mantel und Schal, hängte alles mit Sorgfalt auf den altersgebeugten Garderobenständer.

»Schon bei irgendwelchen Theorien?« fragte er heiser, räusperte sich, sah sich um.

»Falls ja, vergeßt alles, ich habe den endgültigen Bericht.« Er holte die Papiere vom Schrank, blätterte, hielt Toppe einen Umschlag hin: »Die Fingerabdrücke!«

Dann machte er erst einmal eine ausgiebige Pause, kramte in seinen Hosentaschen, ging zum Garderobenständer zurück und holte ein Päckchen Zigaretten aus dem Mantel.

Heinrichs verlor die Geduld. »Jetzt leg endlich los, Norbert! Wenn du's schon so spannend machst, dann kann es eigentlich nur ein Unfall gewesen sein. Hab ich recht? Und damit ist für uns die Sache vom Tisch.«

»Unfall?« Van Appeldorn war ehrlich erstaunt. »Wieso denn Unfall? Davon war doch nie die Rede, oder?«

Bonhoeffer hatte keine Zweifel; ein Verkehrsunfall konnte nicht der Grund für die schweren, vor allem so verschiedenen Verletzungen sein. Besonders die Abwehrverletzungen an Händen und Armen sprachen dagegen.

Van Appeldorn zeigte ihnen Fotos vom Leichnam. »Und diese Striemen hier, die sind nicht nur an einer Körperseite, sondern auch an den Oberschenkeln und auf dem Rücken. Er ist also nicht irgendwo draufgeknallt, sondern mit einem Knüppel oder einer Stange geschlagen worden. Von wegen Unfall! Nein, den hat sich jemand vorgeknöpft, und für mich sieht das ganz so aus, als wären das mehrere gewesen.«

»Zeig mal her, was Bonhoeffer über die Wasserzeit sagt.« Heinrichs nahm sich den Bericht vor. »Also, hier steht es: ›Der Leichnam treibt ca. zwei bis drei Stunden an der Wasseroberfläche (möglicherweise da schon Verletzung durch Schiffsschraube). Danach sinkt der Körper ab und bleibt für zwei bis drei Tage (48 bis höchstens 60 Stunden) unter Wasser, und zwar bei weniger als 0,5 atü Druck, d. h. in weniger als fünf Metern Tiefe (Sandbank? Ufernähe?). Danach kommt er wieder an die Oberfläche und treibt an. Die Wassertemperatur lag am Fundtag und an den drei voraufgegangenen Tagen zwischen 3,0 und 3,5 Grad Celsius.‹ So, so.« Heinrichs kratzte sich hinterm Ohr. »Jetzt laßt uns mal rechnen. 48 bis 60 Stunden ... Die genaue Fundzeit war?«

»9.25 Uhr am Montag morgen«, antwortete van Appeldorn bereitwillig.

»Das heißt 48 Stunden vorher wäre Samstag morgen gewesen und 60 Stunden Freitag abend um 21 Uhr. Wann ist der Junge eigentlich verschwunden?«

»Auf jeden Fall nach 19.30 Uhr am Freitag«, sagte Toppe. »Ich tippe auf Freitag nacht. Es muß dunkel gewesen sein. Wenn der noch an die drei Stunden an der Oberfläche getrieben ist, müßte den sonst jemand gesehen haben.«

Heinrichs nickte. »Wenn man bloß was über die Strömung wüßte ...«

Toppe ging nicht darauf ein. »Hör mal, Norbert, hast du schon mal was von einem Motorradclub in Kleve gehört?«

Van Appeldorn guckte verblüfft. »Komisch, ich hatte genau denselben Einfall. Ich dachte, marodierende Skins haben wir bei uns ja Gott sei Dank noch nicht, aber vielleicht so was Ähnliches ...«

»Kann es sein, daß ich da bei euch so ein paar kleine Klischees raushöre?« amüsierte sich Astrid.

Ein heftiger Niesanfall verhinderte van Appeldorns Erwiderung. Er holte ein buntes Taschentuch aus der Hosentasche und rieb sich die Nase. »Ich habe Look eben unten auf dem Parkplatz getroffen«, meinte er dann. »Es gibt tatsächlich so eine Art Motorradclub. Look geht da selbst schon mal hin. Muß aber ein ganz zahmer Haufen sein, wie er sagt. Die machen schon mal Reparaturkurse, organisieren gemeinsame Fahrten und so Sachen. Eine

Gang ist das wohl kaum, aber wer weiß. Der Chef ist ein gewisser Eckard Gellings.« Er hielt erwartungsvoll inne, aber von den anderen kam keine Reaktion.

»Sagt euch der Name wirklich nichts mehr?«

»Sollte er denn?« fragte Toppe.

Heinrichs starrte finster die Wand an und rieb sich die Nasenwurzel. »Doch, gebt mir eine Minute. Gelesen habe ich den Namen auf jeden Fall schon irgendwo.«

»Arno Landmann, unser erschlagener Richter«, half ihnen van Appeldorn auf die Sprünge.

»Ach Gott, ja, Ecki!« Toppe mußte grinsen. »Ecki und seine Mopedbande von der Annabergstraße. Das ist doch bestimmt schon fünf, sechs Jahre her.«

»Siebeneinhalb«, korrigierte ihn Heinrichs, wie aus der Pistole geschossen. »Das war Ende August 88.«

»Ja.« Auch Astrid erinnerte sich. »Und am 1. September habe ich dann bei euch als Praktikantin angefangen, und ihr habt mir den ganzen Aktenberg Landmann auf den Schreibtisch gelegt. Da hatte ich dann erst mal genug zu tun.«

Van Appeldorn nieste wieder in sein Taschentuch und krächzte dann: »Jedenfalls hat Ecki Gellings jetzt einen Laden unten im Industriegebiet – Autozubehör. Soll ich dem mal auf den Zahn fühlen?«

Toppe stand auf. »Ich komme mit.«

»Moment mal«, hielt Heinrichs ihn auf. »Was ist mit dem Bericht von eurem Gespräch mit Poortens Eltern? Ich komme doch kein Stück weiter.«

»Schon gut, den schreibe ich noch schnell«, ergab sich Astrid.

7

Autozubehör war eindeutig geschmeichelt, es schien doch eher ein gediegener Schrotthandel zu sein.

Zwei Arbeiter in wattierten Jacken und mit flauschigen Ohrenschützern hantierten draußen herum. Es sah nach einem ordentlichen Betrieb aus. Offensichtlich hatte Ecki es geschafft, was vor acht Jahren sicher nicht zu erwarten gewesen war.

»Chef da?« bellte van Appeldorn; sein Atem stob weiße Fetzen.

Der ältere der beiden Männer schaute hoch und grunzte: »Im Büro.«

Das Büro war ein grauer Containerbau in der hinteren Ecke des Gevierts und sah aus wie ein großer Schuhkarton. An die Fensterscheibe gleich neben der Tür hatte jemand mit gelbem Isolierband ein Pappschild angeklebt: *Büro*, mit dickem Filzer geschrieben.

Ecki war früher ein langer, spilleriger Kerl gewesen mit pomadiger Elvistolle und einer enorm großen Klappe. Mit Anfang Zwanzig hatte er nicht nur in der Mopedbande das Sagen gehabt, sondern war allgemein einer der angesehensten Bürger von Klein-Chicago gewesen.

Die Elvistolle und die Klappe waren immer noch da, aber sonst hatte er sich mächtig verändert. Er mußte sie durchs Fenster gesehen haben, denn er riß die Tür auf, bevor die beiden Kripoleute anklopfen konnten. »Da setzt man sich glatt auf den Arsch, das Gespann von Mord und Totschlag! Habt ihr mal wieder einen toten Richter gefunden?« bollerte er lachend. »Immer rein in die warme Baracke! Hier draußen frieren einem ja die Eier ab.«

Ecki ließ sie vorbei und klopfte ihnen auf die Schultern. »Ihr habt euch überhaupt nicht verändert.«

»Was man von dir nicht behaupten kann, Ecki.« Van Appeldorn tatschte ihm auf den Bauch. »Pilsgeschwür?«

Ecki lachte schallend. »Du hast die alte Nummer ja immer noch drauf, Stürmer. Oder spielst du kein Fußball mehr?«

»Nö«, meinte van Appeldorn. »Aber jetzt halt mal die Luft an, sonst stehen wir morgen noch hier rum.«

Toppe wußte, was Gellings mit der »alten Nummer« meinte. Als van Appeldorn und er damals anfingen zusammenzuarbeiten, hatten sie eine ganz bestimmte Art, wenn es darum ging, schwierige Typen zu vernehmen: van Appeldorn pöbelte rum, respektlos, kalt, provozierend, brachte sie aus der Fassung, und Toppe konnte dann als der verständnisvolle, freundliche Schlichter absahnen. Sie waren gut damit gefahren. Inzwischen hatten sich die Rollen abgeschliffen, oder vielleicht war ihm alles auch nur in Fleisch und Blut übergegangen. Er wußte aber noch gut, daß van Appeldorn ihm damals oft unangenehm gewesen war.

»Hast recht, Stürmer«, meinte Gellings. »Jetzt setzt euch endlich und sagt mir, was ich für euch tun kann.« Damit zwängte er sich hinter seinen Schreibtisch und tätschelte seine Wampe. »Alles Muskeln und Samenstränge«, zwinkerte er zufrieden.

Der MCK – Motorradclub Kleve – traf sich einmal im Monat in der Vereinskneipe in Hau. Man organisierte gemeinsame Fahrten zu Motorradrennen und -treffen, ab und an mal ein Zeltlager mit begleitendem Besäufnis. »Da sind dann auch die Bräute dabei.« Außerdem half man sich gegenseitig bei Reparaturen, Ersatzteilbeschaffung und allem, was so anfiel. Wie viele Mitglieder der Club hatte, wußte Gellings nicht auswendig. »Um die dreißig, würde ich sagen. Die Liste hab ich zu Hause. Könnt ihr kriegen, wenn ihr wollt.« Es waren eine ganze Reihe ältere Semester dabei. Vereinsmäßig organisiert waren sie nicht, und darauf legte auch keiner Wert. Alles ging recht locker zu, und Gellings hielt die Fäden mit leichter Hand zusammen, wie es schien.

»Warum müßt ihr das denn alles wissen? Hat einer von den Jungs was angestellt?«

»Kennen Sie einen Ralf Poorten?« fragte Toppe.

Gellings legte die Stirn in Falten. »Wartet mal, Poorten, Poorten ... Ist der aus Griethausen? Ach, Ralfi! Dat Jüngsken! Und der soll was angestellt haben? Glaub ich nicht.«

»Der ist tot«, sagte van Appeldorn.

Gellings hielt das für einen Witz. »Komm, Stürmer, verarschen kann ich mich alleine. Der ist doch noch nicht mal trocken hinter den Ohren.«

Er war ehrlich erschüttert, als er hörte, was passiert war, und brauchte einige Zeit, bis er kapiert hatte, warum sie zu ihm gekommen waren. Dann aber regte er sich richtig auf. »Ihr habt sie ja nicht alle! Wir sind doch kein

Schlägertrupp! Oder meint ihr etwa auch, daß alles was Leder trägt, automatisch mit Ketten um sich kloppt? Und überhaupt, der war für uns doch noch ein Kind. Wenn wir nicht gewesen wären, hätte der seinen Bock nie ans Laufen gekriegt. Und dann mußten wir auch noch immer aufpassen, daß der keinen Scheiß damit macht. Ach Mensch, das ist doch alles gar nicht wahr!«

Besonders gut kannte Gellings den Jungen nicht, wie sich herausstellte, und soweit er wußte, hatte auch kein anderer aus dem Club privaten Kontakt zu Ralf Poorten gehabt hatte. Sie hatten ihm geholfen, das Motorrad auf Vordermann zu bringen, ihm Ersatzteile besorgt und Tips gegeben. Einmal hatten sie ihn mit zum Nürburgring genommen. »Aber da war der ein echter Klotz am Bein. Fuhr die ganze Zeit wie 'ne Jungfrau. Der wär mit 'nem Dreirad schneller gewesen.«

Astrid blieb in der Tür stehen und sah sich um. Ralf Poortens Zimmer war nicht sehr groß, zwölf Quadratmeter vielleicht, und einfach eingerichtet mit leichten Kiefernmöbeln. Hellgelb gestrichene Wände und der Fußboden mit blauem Kunststoff belegt, der blitzsauber war. Es roch nach warmer Schmierseife – Frau Poorten hatte sich wohl doch nicht daran gehalten, nichts zu verändern, wenigstens den Boden hatte sie noch gewischt. Der Tür gegenüber, an der anderen Schmalseite des Zimmers, ein Fenster, rechts und links Gardinen, die bis auf den Boden reichten, blau mit weißen Segelbooten. Unter dem Fenster auf einem Schemel ein großer, schon reichlich angejahrter Fernsehapparat, an der linken Wand aufgereiht ein Regal, ein Kleiderschrank, das schmale Bett, frisch bezogen und aufgeschüttelt, ein Nachttisch. Rechts gleich an der Tür ein Schreibtisch mit einem Stuhl. An den Wänden gerahmte kleine Bilder von Schulschiffen, neben dem Fenster eine polierte Schiffsglocke und über dem Kopfende des Bettes ein Kreuz mit einem aufwendig gearbeiteten Christus.

Astrid trat zur Seite, um van Gemmern vorbeizulassen, und entschied sich, mit dem Schreibtisch anzufangen.

Oben drauf stand ein Modellschiff, das schon lange nicht mehr abgestaubt worden war. Daneben lagen Berichthefte von der Berufsschule, an der Wand aufgereiht Bücher über Seefahrt, Abenteurer, *Die großen Entdecker der Welt* las sie. Sie schlug ein paar Hefte auf. Die Handschrift war ziemlich ungelenk, aber bemüht sauber. Er war ein guter Schüler gewesen, lauter Zweier.

Die oberste Schublade war aufgeräumt, Papier, Stifte, Lineale, ein Locher. Die anderen Laden waren vollgestopft mit allem möglichen Kram. Es sah aus, als habe jemand beim Aufräumen einfach alles, was sich auf Anhieb nirgends einsortieren ließ, wahllos hineingestopft: Motorradzeitschriften, Aufkleber, zerknüllte Tankrechnungen, Schachteln, Streichhölzer, ein Playboyheft, mehrere Blitz Illus, ganz hinten in der mittleren Schublade eine Packung Kondome, noch ungeöffnet.

Über dem Bett hing ein Foto, das Ralf Poorten, sein Motorrad und einen alten Mann – vermutlich seinen Großvater – zeigte. Es war eine Riesenvergrößerung, die jemand wenig gekonnt auf eine Hartfaserplatte aufgezogen hatte. Daneben das Kreuz und ein einzelnes Regalbrett, an Triangeln aufgehängt. *Die Heilige Schrift* mit Goldschnitt. Astrid nahm das Buch in die Hand und blätterte es auf. Es war viel darin gelesen worden. Dann lag da noch ein ganzer Stapel Hochglanzheftchen, *Licht in der Dunkelheit*, mit frommen Sprüchen, farbigen Fotos von glücklichen oder beseelten Menschen, Sonnenuntergängen und Schilfrohr, Geschichten über Einkehr und Buße. Sie blätterte nach hinten, fand den Herausgeber, eine katholische Gruppierung, und unter anderem auch den Namen ›Haus Barbara‹. Dieser religiöse Fimmel schien in Mode zu sein, und sie hatte davon überhaupt nichts mitgekriegt.

Auf dem Nachttisch stand eine Lampe, lag ein bißchen Kleingeld rum. Unter dem roten Wecker fand sie eine Klarsichthülle mit NIAG-Aufdruck, darin ein Stück Foto, das eindeutig aus einem größeren Bild mit der Schere ausgeschnitten worden war: ein Mädchen, vielleicht siebzehn. Sie hatte blondes, halblanges Haar, hohe Wangenknochen, einen vollen Mund und strahlende Augen. Sie lachte nicht in die Kamera, sondern irgendwen außerhalb des Fotos an, voll offener Wärme. Ein sehr hübsches, fesselndes Gesicht.

Astrid steckte das Foto ein und machte sich dann an den Kleiderschrank. Dort war alles ordentlich gestapelt und duftete frühlingsfrisch: mehrere Jeans in Blau und Schwarz, ein Stapel T-Shirts, ein Stapel Sweat-Shirts, keine Unterhemden, die Unterhosen aus weißem Feinripp, wenig aufregend. Ganz unten ein Ausreißer, hellrosa Boxershorts mit kopulierenden Schweinchen; bestimmt ein Geschenk von irgendeinem Witzbold. Außerdem waren da noch zwei dunkelblaue Badehosen und ein Frotteemantel in Größe 176, der durfte wohl kaum noch gepaßt haben.

Ein guter katholischer Junge, dachte Astrid, und ihr war ein bißchen flau dabei.

Jetzt blieb nur noch das schmale Regal neben dem Kleiderschrank. In hellblauen Pappschachteln lagen Kinderfotos, Sieger- und Ehrenurkunden von Bundesjugendspielen, das Blättchen von der Kommunion, ein paar schon vergilbende Briefe von einer Tanja aus Gelsenkirchen, ein Angelschein, Segelscheine, ein paar Reiseprospekte, die auch schon älter waren, lauter Dinge, die man nicht wegwerfen wollte, die aber für das augenblickliche Leben nicht wichtig waren.

Im untersten Fach ein paar Schnellhefter aus Pappe mit Zeitungsausschnitten zu allen möglichen Themen, völlig unsortiert, anscheinend immer obenauf abgeheftet: Bootsbau, Bootsmessen, der wiederaufgenommene Fährbetrieb in Grieth, Testberichte von Motorrädern, Artikel über Drogentote und Sekten, viel über Sekten und religiöse Verführer. Astrid stutzte. Wie ging das denn zusammen? Nun ja – sie kam aus der Hocke hoch und schaute sich noch einmal um. Nein, sie hatte wohl nichts übersehen.

Van Gemmern fummelte am Nachttisch herum. Er hatte bisher noch kein Wort gesagt, sein einziges Interesse galt den Fingerabdrücken, die er nehmen sollte. Sie beobachtete ihn, wie er konzentriert, bleich und unbewegt seine Arbeit tat. Nie schien ihn irgendwas zu berühren. Ein paar Monate lang hatte sie mit ihm geschlafen, damals, als sie gerade zum K 1 gekommen war, hatte an die Stille-Wasser-Geschichte geglaubt. Es war nicht mehr daraus geworden als ein lockeres, fragwürdiges Verhältnis, aus dem sie von einem Moment auf den anderen ausgestiegen war. Selbstverständlich hatte er auch da keine Regung gezeigt.

In diesem Moment drehte er sich um und bannte ihren Blick mit seinen harten blauen Augen. »Ich habe jetzt alles, was ich brauche.«

»Ja, gut«, meinte sie und zog das Foto von dem jungen Mädchen aus der Tasche. Sie mußte noch einmal mit der Mutter sprechen, fragen, ob sie das Mädchen kannte und ... Ja, was noch?

Van Gemmern ließ das Schloß an seiner Tasche zuschnappen, ging zur Tür und wartete schweigend.

»Geh schon mal vor zum Auto, Klaus. Ich muß der Mutter noch ein paar Fragen stellen, aber ich beeile mich.«

8

Wenn Walter Heinrichs nicht mindestens zweimal am Tag pünktlich seine warme Mahlzeit kriegte, konnte er ziemlich nörgelig werden. Das hatte Astrid oft genug erleben müssen und sich deshalb zu einem Mittagessen in der Kantine überreden lassen.

»Die Pressefritzen wollen um zwei noch mal vorbeikommen. Hoffentlich ist van Gemmern bis dahin mit den Abdrücken fertig.«

Heinrichs leckte genüßlich die Finger ab und nahm sich die nächste Hähnchenkeule. Astrid staunte mal wieder über die Portionen, die dieser Mensch verdrücken konnte. *Kroß gegrillter Hähnchenschenkel mit Pommes frites und feinen Erbsen* stand heute als Tagesmenu auf dem Plan. Schon vor Jahren hatte Heinrichs mit den Frauen an der Essensausgabe Sonderkonditionen ausgehandelt, und so bestand seine Portion heute aus drei Hähnchenschenkeln, einem Berg Pommes und einem Löffelchen Erbsen.

Astrid schob den Teller weg – von wegen ›kroß gegrillt‹, das Fleisch war nicht mal richtig durchgebraten. Sie holte das Foto aus ihrer Handtasche, ein Abzug von dem großen Bild, das über Ralf Poortens Bett hing, und schob es Heinrichs über den Tisch. »Das ist der Junge.«

Heinrichs nahm das Foto mit spitzen Fingern an einer Ecke hoch und schluckte. »Der sieht aber nicht aus wie neunzehn.«

»Das Bild ist auch schon älter. Ein neueres hat die Mutter nicht gefunden.« Sie knüllte die Papierserviette zusammen und warf sie auf den Teller. »Soll ich schon mal hochgehen und im Labor ein paar Abzüge für die Presse machen lassen? Am besten wäre wohl eine Ausschnittvergrößerung vom Gesicht des Jungen.«

»Hm«, überlegte Heinrichs. »Ist vielleicht gar nicht so schlecht, wenn das Motorrad mit auf dem Foto ist.«

»Hast du die Suche nach dem Ding schon angeleiert?«

Er sah Astrid unzufrieden an. »Im Augenblick halten alle Streifen besonders Ausschau, aber eigentlich müßte man das ganze Ufer in einzelne Abschnitte einteilen und gezielt absuchen, und zwar auf beiden Rheinseiten. Aber versuch doch mal, die Leute dafür zusammenzubekommen.«

Astrid nickte; seit Siegelkötter weg war und die Chefstelle unbesetzt, war zwar das Arbeitsklima deutlich besser geworden, aber wenn es um die Zusammenarbeit verschiedener Abteilungen ging, wurde es meist schwierig.

»Hoffentlich kriegen wir jetzt kein Hochwasser«, meinte sie und zündete sich eine Zigarette an.

»Dann brauchten wir erst gar nicht mehr nach der Maschine zu suchen. Aber ich habe mich beim Wetteramt erkundigt. Es sieht nicht so aus, als würde es in den Bergen so bald schon tauen ...« Heinrichs starrte auf ihre Zigarettenpackung. Seit seinem Herzinfarkt rauchte er offiziell nicht mehr. Sie schob ihm die Packung und ihr Feuerzeug rüber.

»Danke«, grinste er ein wenig verlegen. »Und? Hast du mehr über den Jungen erfahren?«

»Zu wenig.« Sie sah Toppe und van Appeldorn über den Parkplatz kommen und klopfte gegen die Fensterscheibe. Toppe nickte ihr zu und wandte sich zum Eingang. Van Appeldorn zögerte, folgte ihm dann aber.

Heinrichs holte zwei Stühle vom Nebentisch. »Wollt ihr auch was essen?«

Van Appeldorn schüttelte hustend den Kopf, aber Toppe hatte schon sein Portemonnaie in der Hand. »Soll ich jemandem noch was mitbringen?«

»Einen Liter Milch«, krächzte van Appeldorn.

»Bist du krank?« wunderte sich Astrid, aber van Appeldorn gab keine Antwort.

»Nun erzähl schon«, drängelte Heinrichs. »Was ist jetzt mit dem Gellings?«

»Nix«, meinte van Appeldorn, hängte seine Jacke über die Stuhllehne und setzte sich. »Bei dem Verein ist nichts zu holen. Die kannten den Poorten kaum.« Dann putzte er sich erst einmal die Nase.

»Du hast dir eine Grippe geholt«, stellte Heinrichs mißbilligend fest.

»Quatsch!« Van Appeldorn nahm die Milchpackung vom Tablett, das Toppe auf den Tisch stellte.

»Hühnerkeulen waren alle.« Toppe betrachtete nachdenklich den Knochenberg auf Heinrichs' Teller, sagte aber nichts dazu, sondern machte sich über seine Pommes her.

Astrid erzählte von Ralf Poortens Zimmer. »Ein ganz biederer Junge, würde ich sagen, fast schon langweilig. Und ziemlich katholisch, wie es scheint. Der hat einen ganzen Stapel Heftchen von diesem Haus Barbara.«

Die drei Männer schauten sie verständnislos an.

»Haus Barbara, Helmut«, meinte sie ungeduldig. »Christian hat doch dort am Wochenende seine komischen Exerzitien.«

»Ach ja«, fiel es Toppe wieder ein. »Läg hier in Kellen, gleich am Breijpott, hat er gesagt. Was ist das eigentlich für eine Geschichte?«

Astrid zuckte die Achseln. »Irgendwas Katholisches, ziemlich heilig. Muß wohl in sein bei den Kids. Na, wie auch immer, Hinweise auf Drogen habe ich nicht finden können. Das würde auch nicht zu dem Jungen passen. Eigentlich hätte ich gern mit seiner Schwester gesprochen, aber die steht kurz vorm Abi und war in der Schule. Ich fahre heute nachmittag noch mal hin. Die Mutter wollte dafür sorgen, daß das Mädchen um fünf zu Hause ist. Eigentlich müßte die doch eine Ahnung haben, mit wem ihr Bruder befreundet war und was der in seiner Freizeit so getrieben hat. Außer Motorrad fahren und beten, meine ich.«

Auf Heinrichs' Schreibtisch lag eine Nachricht von van Gemmern: *Fingerabdrücke identisch – v. G.*, und Astrid machte sich sofort mit dem Foto auf den Weg zum Labor, um die Abzüge für die Presse machen zu lassen.

»Als nächstes steht dann wohl Poortens Arbeitsplatz an«, meinte van Appeldorn.

»Ja.« Toppe stand schon vor der Kreiskarte. »Hast du mal die Adresse da, Walter?«

Heinrichs langte ihm über die Schulter, und sein dicker Zeigefinger senkte sich auf einen blauen Fleck dicht vor der Reeser Rheinbrücke. »Ich hatte mir das schon angeguckt. Die Werft liegt an diesem See, oder was das ist, und der hat einen direkten Zugang zum Rhein.«

»Ach was?« kam es von van Appeldorn, der am Tisch saß, die Stirn in beide Handflächen gestützt.

Heinrichs drehte sich um. »Geht es dir nicht gut?«

Van Appeldorn gab sich einen Ruck. »Mir geht es ausgezeichnet, Mensch. Das ist bloß kein See, sondern ein Sporthafen, und als solcher hat der natürlich eine Verbindung zum Rhein. Da liegen Boote vom Wassersportverein Xanten, soweit ich mich erinnere.«

»Und woher weißt du das?« fragte Heinrichs pikiert.

»Ich war beim letzten Hochwasser mal in der Gegend. Wir hatten Besuch aus dem Schwarzwald. Du weißt ja, wie Touristen sind ...«

»Ist ja auch egal«, unterbrach ihn Heinrichs. »Wir müssen uns auf alle Fälle dort umsehen.«

»Roeloffs-Werft«, sagte Toppe. »Die bauen ziemlich dicke Motoryachten, hab ich mal gelesen.«

»Stimmt genau, Chef«, kam es von der Tür, und alle drei fuhren sie herum. Keiner hatte Ackermann hereinkommen hören.

»Ich hab geklopft«, verteidigte er sich.

Jupp Ackermann, ein Kollege vom Betrugsdezernat, Kranenburger Urgestein, den nicht einmal eine Naturkatastrophe bewegen würde, seinen Niederrhein zu verlassen. Drei Wochen Spanien im Sommer, der Familie zuliebe, und die vier Tage über Ostern auf Ameland waren das äußerste, vielleicht noch das ein oder andere Wochenende bei seinen holländischen Schwiegereltern, aber die wohnten gottlob in Cuyk, und das war ja quasi Inland. Er war letztes Weihnachten vierzig geworden – »wat könnt' ich wohl anders sein als 'n echtes Christkind!« – aber der Zahn der Zeit hatte bisher nur unwesentlich an ihm genagt: Die Haare waren immer noch schulterlang und fragwürdig gepflegt, auch von seinem Zottelbart hatte er sich noch nicht getrennt. Meist trug er schmuddelige Jeans und irgendwas obenrum und Turnschuhe, im Sommer an den nackten Füßen Sandalen, die er ›Jesuslatschen‹ nannte. Zumindest hatte er anläßlich des großen Wiegenfestes – »ir'ndwann mußt et ma' sein, die Konkurrenz schläft nich'« – eine gründliche Zahnsanierung durchführen lassen und das alte Kassengestell für seine dicken Brillengläser durch eine neue neongrüne Fassung ersetzt.

Van Appeldorn schloß laut stöhnend die Augen. »Laß es nur das Fieber sein, Herr!«

»Hallo, Ackermann«, grüßte Heinrichs munter, und Toppe grinste. »Was führt Sie denn zu uns?«

»Die pure Langeweile. Bei uns is' total tote Hose, un' ich hab heut keinen Bock, mich an so 'n alten Fall zu setzen un' einen auf Beschäftigungstherapie zu mimen. Da steh ich nich' drauf, wenn et wat Richtiges gibt.«

»Und jetzt willst du bei uns mal wieder den Libero machen«, stellte van Appeldorn gereizt fest.

»Dat wär super«, strahlte Ackermann.

Toppe lachte. »Bis jetzt brauchen wir noch keine Hilfe.«

»Na ja«, brummelte Heinrichs, »das Motorrad ...«

»Wat denn für 'n Motorrad? Ich denk, ihr habt 'ne Wasserleiche aus 'm Rhein gefischt.«

»Das kannst du dir alles auf der Pressekonferenz anhören.« Van Appeldorn stand auf. »Na los, es ist schon zehn nach zwei!«

Die Reporter waren friedlich heute. Es war offensichtlich, daß das K 1 alle Informationen, die es hatte, auf den Tisch legte. Am nächsten Tag würde die Bevölkerung über die Zeitungen um Mithilfe gebeten werden: Wer hatte diesen jungen Mann oder das Motorrad am Freitag nach 19.30 Uhr gesehen? Hatte jemand eine Schlägerei beobachtet oder ungewöhnliche Vorgänge am Rheinufer bemerkt? Oder war jemand Zeuge eines Motorradunfalls geworden?

»Un' der Jung hat bei der Roeloffs-Werft gelernt?« fragte Ackermann, als sie wieder auf dem Flur waren. »Interessant ...«

Van Appeldorn stieß ihm den Ellbogen in die Seite. »Jetzt red schon!«

»Ich?« Ackermann riß die Augen auf. »Nee, nee, ich halt mich fein geschlossen. Ich mein bloß, man hört ja so einiges, un' wenn dat schon bis Kranenburg rund is' ...«

»Was denn?« Auch Astrid wurde ungeduldig.

»So einer bin ich nich'«, wehrte Ackermann ab. »Dat wißt ihr doch. Ich muß dat ers' ma' genau haben, bevor ich einem wat an 't Zeug flick.. Aber morgen könnt ich euch bestimmt schon wat sagen. Meine Schwägerin in Hönnepel, die hat nämlich ihren Nefffen da am ...«

Van Appeldorn stöhnte wieder. »Ich gehe den Bericht schreiben.«

»Nein!« Toppe hielt ihn auf. »Das mache ich schon. Du gehst nach Hause und legst dich ins Bett. So, wie du aussiehst!«

»Blödsinn!«

»Kein Blödsinn! Trink dir was Warmes, nimm ein paar Aspirin und zieh dir die Decke über den Kopf. Mir ist es lieber, du bist morgen wieder richtig fit, wenn wir zur Werft fahren.«

»Find ich auch, Norbert. Der Mensch muß sich schonen, so gut er kann. Un' wir allemal, grad in den heutigen Zeiten«, bekräftigte Ackermann.

»Wer weiß, wat kommt«, flüsterte er dann plötzlich bedeutungsschwer, und das war so ziemlich das schlimmste, was passieren konnte. Wenn Ackermann ins Flüstern verfiel, wurde es für seine nähere Umgebung nicht nur unangenehm feucht, er sprach dann auch so außergewöhnlich artikuliert, daß jeder Mensch im Umkreis von fünfzehn Metern ihn klar verstehen konnte. »Mit Ihrem schönen eigenen Büro isset ja wohl bald Essig, Chef, wa?« zischelte er. »Habt er se auch schon gesehen?« Verschwörerblick. »Echt nich'? Unser neuer Boss, die oberste Majestät! Ziemlicher Feger, wenn ihr meine unmaßgebliche Meinung hören wollt. Die läßt sich den Käs nich' nehmen. Trotzdem, ich glaub, die is' in Ordnung. Hab ja schon selbst mit ihr gesprochen. Die soll ja mit 'ner Frau zusammenleben, aber fragt mich nich'. Verheiratet muß die aber auch schon mal gewesen sein, sogar öfters. Aber wat kann man schon auf dat geben, wat die Leute quaken? Außerdem hat die rote Haare. Mehr muß ich ja wohl nich' sagen! Warum guckt ihr denn so? Die is' übr'ens genauso alt wie Sie, Chef, hat sogar am selben Tag Geburtstach. Wenn dat nix heißt! Jedenfalls hat die oben anner Schweizer Straße 'n Haus gekauft, zusammen mit der Freundin oder wat dat is' – Anwältin, hab ich gehört. Jedenfalls is' die Dame schon vor Ort. Un' dat die lesbisch is', glaub ich persönlich ja nich'.« Endlich hörte er mit dem Flüstern auf. »Charlotte Meinhard heißt se.« Er lachte herzhaft. »Charlie, übernehmen Sie?«

Sigrid Poorten sah ihrer Mutter sehr ähnlich, die gleichen kurzen braunen Locken, das gleiche offene Gesicht. Sie ließ Astrid hinein, blieb dann aber zögernd im Flur stehen. Aus dem Wohnzimmer hörte man aufgeregte Stimmen.

»Können wir nicht woanders miteinander reden?« meinte sie. »Meine Tante und meine Oma sind da.«

»Sicher«, nickte Astrid. »Gibt es denn hier eine einigermaßen vernünftige Kneipe?«

Das Mädchen lachte kurz auf. »Wohl kaum.« Dann strich sie sich müde die Haare aus dem Gesicht. »Wir könnten in die Pommesbude gehen. Wenn ich ehrlich bin, habe ich nämlich Hunger wie ein Tier.«

Sie nahm einen langen weißen Wollschal vom Garderobenhaken und wickelte ihn zweimal um den Hals. »Warten Sie, ich sage nur kurz meinen Eltern Bescheid.«

Astrid ließ ihr Auto stehen; bis zu *Harry's Imbiß* waren es nur ein paar hundert Meter.

»Bei uns geht alles drunter und drüber«, erzählte das Mädchen. »Ich werd noch verrückt. Den ganzen Tag klingelt das Telefon, hundert Leute kommen angetrabt, um Trost zu spenden. Lächerlich!«

Astrid stutzte. »Wieso lächerlich?«

»Als wenn man da trösten könnte! Mist, ich hab meine Handschuhe vergessen.« Sie hauchte sich in die gewölbten Handflächen und sah Astrid ins Gesicht. »Ich kriege das alles überhaupt nicht auf die Reihe. Die ganze Zeit versuche ich, mir irgendwie den Kopf für das Abi freizuhalten. Dabei hab ich das Gefühl, ich ersticke an dem Kloß in meinem Hals.«

In der kleinen Imbißstube gab es nur drei Tische, und sie waren die einzigen Gäste. Ein älterer Mann, Harry vermutlich, mit Pomade im schütteren Haar kam sofort gelaufen, legte zwei in Papierservietten gewickelte Besteckpäckchen auf den Tisch und hauchte: »Mein Beileid, Sigi.« Dann zückte er Bleistift und Block und schaute auffordernd von einer zur anderen.

»Currywurst mit Pommes und Mayo und 'ne Cola«, bestellte Sigrid.

Astrid hatte eigentlich noch keinen Hunger, aber wenn sie dem Mädchen beim Essen zuschaute, würde das Gespräch wohl kaum entspannt laufen.

»Bringen Sie mir eine Fleischrolle mit Pommes.«

»Spezial?«

»Nein, ohne alles. Und einen Kaffee vorher, bitte.«

»Kaffee ham wer nich'.«

»Dann auch eine Cola.«

Sigrid wickelte endlich ihren Schal ab. »Und Sie sind bei der Kripo? Komisch!«

Ähnliche Sätze hatte Astrid schon hundertmal gehört. »Wieso ist das komisch?«

»Ich weiß auch nicht«, antwortete das Mädchen gedehnt. »Kommissarinnen habe ich mir einfach anders vorgestellt, irgendwie bärbeißig.«

Astrid lachte. »Sie haben mich noch nicht in Aktion erlebt!« Dabei holte sie ihren Notizblock aus der Tasche. »Wie weit sind Sie denn mit dem Abi?«

»Es dauert noch ein paar Wochen, bis es los geht. Aber wir schreiben vorher noch zwei Klausuren. Morgen ist Deutsch dran.«

»Irgendwelche Probleme?«

»Nö, eigentlich kann gar nichts mehr schiefgehen.« Sie stockte und starrte auf die Tischplatte. »Können Sie mir denn sagen, was nun eigentlich mit meinem Bruder passiert ist?«

Astrid atmete einmal tief durch und erzählte dann, so schonend wie möglich, was sie bisher wußten.

»Zusammengeschlagen?« Das Mädchen verlor die Fassung und kämpfte arg mit den Tränen. »Wer sollte denn so was tun, um Himmels willen? Ralf war immer so nett und so ...«

Astrid konnte sie kaum verstehen.

»Er war einfach ein lieber Kerl und völlig ... harmlos ... Irgendwie hatte ich immer das Gefühl, ich wäre die ältere und er ...«

»Wir müssen wissen, mit wem Ihr Bruder zu tun hatte«, begann Astrid, aber das Mädchen sah sie nur verwirrt an.

Harry brachte das Essen und verschwand sofort wieder nach hinten.

Wortlos wickelten sie ihr Besteck aus und fingen an zu essen.

»Okay«, meinte Astrid nach den ersten zwei Bissen.

»Ich will mal ganz anders anfangen. Als ich mich im Zimmer Ihres Bruders umgesehen habe, ist mir aufgefallen, daß er offensichtlich ziemlich religiös war. Ich meine, das große Kreuz über dem Bett, diese Heftchen ...«

»Ach, die Kiste!« Sigrid Poorten hatte sich wieder so einigermaßen im Griff. »Ralf war immer schon ganz anders als ich. Sehr ruhig, fast schon lahm. Und ein totaler Spätzünder. Deshalb hat er auch nur die Hauptschule gemacht, obwohl er bestimmt nicht blöd war. Außerdem war er ziemlich schüchtern und hatte eigentlich nie richtige Freunde hier im Dorf. Na ja, und mit der Kirche, ich weiß nicht, wie ich das sagen soll, der war einfach ... angepaßt. Hat eben alles brav mitgemacht: Kommunion, jeden Sonntag in die Kirche, und Meßdiener war er auch.« Sie schnitt ein Stück Wurst ab und schob es sich in den Mund. »Unser Pastor war jahrelang Ralfs großes Vorbild, ein Halbgott quasi, dabei ist der Typ wirklich nur ein kleiner Kacker.« Sie grinste herausfordernd.

Astrid unterdrückte ein Lachen. »Sie haben offenbar mit der Kirche nichts am Hut?«

»Nee, sowieso nicht. Auch mit dem ganzen Dorfrummel nicht. Ich hab mich vor Jahren schon abgesetzt und bin froh, wenn ich nach dem Abi hier ganz weg kann. Na, jedenfalls hat sich der Pastor den Ralf gekrallt, so vor zwei, drei Jahren, und ihn auf diese Barbarasache gebracht, und Ralf ist total darauf abgefahren.«

»Was ist das eigentlich für eine Geschichte? Ist das eine Sekte?«

»Haus Barbara? Nein, 'ne Sekte ist das nicht, obwohl ich mich frage ... egal. Das ist ein Haufen religiöser Spinner. Gehören zu irgendeinem katholischen Mutterhaus oder so und versuchen hauptsächlich Jugendliche in den Schoß der Kirche zu holen. So mit Pseudoseminaren, Exerzitien, Askese und Jugendlagertricks. Ralf war hin und weg. Mann, was hab ich ackern müssen, bis der mal kapierte, was da für ein Mist abging, was das für Abzokker sind. Die kassieren nämlich ganz fein Knete für ihr hohles Gesabbel.«

»Sie haben also versucht, ihn davon abzubringen?«

»Klar. Und irgendwann hat er's dann auch geschnallt. In letzter Zeit war der kritischer als ich. Auf jeden Fall aber hat er durch die ganze Sache endlich mal Freunde gefunden.«

Astrid kramte einen Kuli aus der Tasche.

»Ach, genau«, sagte Sigrid, »Sie wollten ja wissen, mit wem Ralf zu tun hatte. Vielleicht wundert Sie das, aber ich kann Ihnen keinen einzigen Namen nennen. Gesehen hab ich auch noch nie einen bei uns zu Hause. Aber Ralf brachte sowieso nie jemanden mit. Jedenfalls hat er bei einem von den Seminaren ein paar Leute kennengelernt, und die sind in so einem kirchlichen Jugendkreis in Grieth. Und da war mein Bruder mindestens dreimal in der Woche.«

»Und was macht dieser Jugendkreis?«

Sigrid hob die Hände. »Fragen Sie mich nicht. Die werden wohl nicht bloß beten. Ich weiß, daß Ralf mal was von sozialpsychiatrischer Hilfe erzählt hat, Betreuung von psychisch Kranken und so. Aber mich hat das alles nicht richtig interessiert.«

»Und sonst hatte Ihr Bruder keine Freunde?«

»Nein.« Ihre Lippen wurden steif. »Und ich wüßte auch niemanden, der ihn zu Tode prügeln würde.«

Astrid klappte ihren Block auf und holte ein Foto heraus. »Dieses Bild habe ich auf Ralfs Nachttisch gefunden. Kennen Sie das Mädchen?«

Sigrid nahm das Foto in die Hand und nickte nachdenklich. »Das ist Clara Albers. Die ist an meiner Schule, ein oder zwei Klassen unter mir. Ich wußte gar nicht, daß Ralf die kennt ... Ach, ich glaube, die wohnt in Grieth!«

»Ob das seine Freundin ist?«

Sigrid hatte wieder Tränen in den Augen. »Ich weiß es nicht. Erzählt hat er mir davon nichts.« Sie legte ihr Besteck auf den noch halbvollen Teller. »Sollen wir gehen?«

Den ganzen Weg zurück zur Oberstraße weinte sie leise. Vor der Haustür putzte sie sich die Nase und schluckte.

»Die ganze Zeit ist es gut gegangen, und jetzt kann ich auf einmal nicht mehr aufhören.«

»Sie sollten sich von der Klausur morgen befreien lassen.«

Sigrid schüttelte heftig den Kopf. »Das pack ich schon!«

Astrid legte ihr die Hand auf die Schulter. »Kann ich noch mal kurz mit reinkommen? Ich würde gern diese Barbara-Hefte aus Ralfs Zimmer mitnehmen.«

9

Das kleine Haus neben der Kirche mußte wohl das Pfarrhaus sein. Astrid stieß das grün lackierte Gartentor auf und ging den Kiesweg entlang zur Tür. An der Klinke hing ein Schildchen: *Das Pfarramt ist zur Zeit nicht besetzt.* Sie schellte trotzdem. Allzu spät war es ja noch nicht, erst kurz vor sieben, und wenn sie schon mal in Griethausen war, konnte sie auch gleich mit dem Pfarrer sprechen, der Ralf Poorten ja offenbar gut gekannt hatte.

Es tat sich nichts, keiner zu Hause. Vielleicht war der Mann ja in der Kirche. Ob es auch während der Woche Abendmessen gab? Das Hauptportal war verschlossen. Langsam ging sie über holperiges Gras um die kleine Kirche herum. Es war zu dunkel, hoffentlich trat sie nicht in irgendein Loch. Da mußte es doch einen zweiten Eingang geben.

Die schmale Holztür war nicht abgeschlossen. Astrid spähte hinein. Es war reichlich finster, nur ein paar kleine Lampen in den Seitenschiffen leuchteten matt, natürlich brannten Kerzen.

Der Mann stand oben in der Nähe des Altars und fummelte an einem hochbeinigen Schränkchen herum. Ob das ein Tabernakel war? Sie schloß die Tür möglichst laut, und er drehte sich auch sofort zu ihr um, machte aber keinerlei Anstalten, ihr entgegenzukommen. Es widerstrebte ihr, quer durch das ganze Kirchenschiff zu grüßen und sich vorzustellen. Also ging sie rasch durch den Mittelgang und lief die Stufen zum Altarraum hinauf.

»Guten Abend«, sagte er ruhig.

Er war jünger, als sie erwartet hatte, Anfang Vierzig erst, und sehr groß. Er trug eine schwarze Hose und einen weichen, schwarzen Rollkragenpullover.

»Pastor Heisterkamp?« fragte sie.

Er nickte freundlich.

»Steendijk, Kripo Kleve.«

Sein Händedruck war schlaff.

»Über Ralf Poorten wollen Sie etwas wissen?« Er hatte sie mit hinunter ins Seitenschiff genommen und ihr einen Platz in der ersten Bank angeboten. »Das war ein ganz prima Junge.«

»Wie lange kannten Sie ihn?«

»Seit über zwölf Jahren, seitdem ich die Stelle hier angetreten habe. Ralf war von Anfang an einer meiner Treuesten, ein lieber Kerl, der keiner Fliege etwas zuleide tun konnte. Deshalb kann ich auch gar nicht glauben, was Sie mir da gerade erzählt haben. Verprügelt? Könnte es denn nicht doch nur ein Unfall gewesen sein?«

»Nein, sicher nicht, Herr Heisterkamp. Kennen Sie Ralfs Freunde und Bekannte? Mit wem war er in seiner Freizeit zusammen?«

»Da kann ich Ihnen nun leider gar nicht weiterhelfen. Ralf war ein ausgesprochener Einzelgänger. Sein Motorrad war sein Hobby, würde ich sagen, und für Boote hat er sich natürlich interessiert. Ich muß allerdings gestehen, daß unser privater Kontakt in den letzten Jahren recht spärlich war.«

»Was ist mit Haus Barbara?«

Er guckte erstaunt. »Ich verstehe Ihre Frage nicht.«

»Man hat mir erzählt, daß Sie Ralf den Kontakt dorthin vermittelt haben.«

Der Pastor lachte. »Den Kontakt vermittelt? Nein, das ist nicht richtig ausgedrückt. Ich habe ihm erzählt, daß es eine solche Einrichtung gibt und was dort für großartige Arbeit geleistet wird. Wissen Sie, Ralf schien mir damals ziemlich orientierungslos, wie viele Jugendliche in dem Alter. Außerdem war er einfach zu scheu.«

»Welcher Art ist denn die Arbeit, die im Haus Barbara

geleistet wird? Es handelt sich um eine katholische Einrichtung, habe ich gehört.«

»Ja, das ist ganz richtig, und ich bin froh, daß wir bei uns im Kreis so etwas haben, mit sehr guten Leuten übrigens, die in ihrer Aufgabe Erfüllung finden.«

»Und was ist ihre Aufgabe?« Astrid gab sich Mühe, ihre Ungeduld zu zügeln. Bis jetzt hatte er nur griffige Leerformeln geliefert.

»Haus Barbara konzentriert sich auf die Jugend. Es gibt andere Häuser mit anderen Schwerpunkten, alte Menschen, Familien, Ehepaare, aber hier ist es die Jugendarbeit. Sie sind der Jugend selbst ja noch nicht lange entwachsen, nicht wahr? Und Sie erinnern sich bestimmt gut, wie schwer es ist, in der heutigen Zeit Jugendlicher zu sein. In einer Zeit völliger Sinnentleerung. Mit all den Gefahren, die von außen auf einen einstürmen: Drogen, Verrohung ...«

Jetzt kommt noch der voreheliche Sex, dachte Astrid, aber der kam nicht.

»Im Haus Barbara zeigt man der Jugend den Weg zu Gott«, fuhr er fort. »Macht ihr klar, daß nur Gott dem Leben einen Sinn geben kann, zeigt den Weg auf. Die Menschen erfahren dort die Kraft und die Freude, die aus einer christlichen Gemeinschaft erwachsen.«

Astrid wollte nichts mehr hören. Sie lächelte, so verbindlich, wie es ihr eben möglich war, und stand auf.

»Warten Sie.« Heisterkamp nahm sanft ihren Ellbogen. »Ich bringe Sie hinaus. Nicht daß Sie mir noch in der Dunkelheit stolpern. Sie sind übrigens nicht katholisch«, stellte er fest.

Sie schaute zu ihm hoch. »Sieht man mir das an der Nasenspitze an?«

»Nein, da nicht«, meinte er amüsiert. »Aber ich habe es schon gesehen, als Sie reingekommen sind. Ein Katholik würde niemals so in den Altarraum stürmen.«

»Ja, und geknickst habe ich auch nicht. Ich war Protestantin.«

»War?«

»Ja, ich bin schon vor Jahren ausgetreten.«

In seinen Augen blitzte es kurz auf. »Und nun protestieren Sie nicht mehr?«

»Oh doch, aber ich mache das jetzt freiberuflich.« Sie ärgerte sich, daß es so aufmüpfig klang.

Christian legte die Decke über die mageren Schultern des alten Mannes und stopfte sie behutsam fest. »So, Opa, und jetzt ist es höchste Zeit zu schlafen.«

»Ach, mein Jung, danke. Wenn ich dich nicht hätte, wär ich schon lange nicht mehr.« Seine Stimme war matt, die Laute verwischt.

»Jetzt mach aber mal halblang, Opa!« Christian tätschelte ihm die Wange. »So fit, wie du immer noch bist.«

Opa Czesnik kicherte. »Ich und fit! Kann ja nicht mal mehr alleine die Zeitung lesen.«

»Das hat man in deinem Alter auch nicht mehr nötig. Dafür hat man seine Leute, das siehst du doch.«

Der Mann nickte dankbar und schloß die Augen. »Gib Clara einen Kuß von mir«, flüsterte er.

Christian lächelte verschmitzt, setzte sich auf den Bettrand, faltete leise die Zeitung zusammen und wartete auf die flachen Atemzüge, die ihm sagten, daß Opa eingeschlafen war. Dann stand er auf und strich dem Mann noch einmal über die Stirn. Sie war kühl und trocken heute. »Bis morgen«, flüsterte er und ging hinaus.

In der Halle traf er die Krankenschwester. »Schläft er?«

»Ja«, nickte Christian. »Er war sehr ruhig heute.«

»Der Arzt hat ihm vorhin was gegen die Schmerzen gegeben. Danach ist er immer sehr müde.«

Christian holte Mantel, Schal und Handschuhe aus dem großen Wandschrank. »Bis morgen.«

»Ja, bis morgen«, antwortete die Schwester, »und danke.«

Er schloß sein Fahrrad auf und sah zur Kirchturmuhr hoch. Fast sieben. Wenn er pünktlich in Grieth sein wollte, mußte er kräftig in die Pedale treten. Sie würden heute mit der ganzen Gruppe ein Chili kochen und dann beim Essen die Fahrt zum Christival näher planen.

Der Arzt gab Opa Czesnik höchstens noch drei, vier

Wochen. Wie würde es wohl sein, wenn er nicht mehr da war? Christian konnte sich das gar nicht vorstellen. Ob der Sohn aus Berlin wohl zum Begräbnis kam? Bisher hatte der sich nicht blicken lassen, noch nicht mal angerufen, bloß zum 80. Geburtstag eine Karte: *Mein lieber, guter Vater* ... Christian schnaubte bitter. Seine Alten waren doch keinen Deut besser! Solange seine Mutter ihre Eltern gebraucht hatte, als Babysitter für ihn und Olli, waren sie gut genug gewesen. Dann hatte Großvater den Schlaganfall gehabt und war nicht mehr auf die Beine gekommen. Hatte das irgendwen geschert? Sein Alter hatte sich schon vorher abgesetzt, um ein eigenes Leben anzufangen mit seinem scharfen Betthasen, so als hätte es vorher nichts gegeben. Und seine Mutter hatte sich auch einen Dreck um ihre Eltern gekümmert, mußte sich selbst verwirklichen in ihrem Job und mit dem abgefahrenen Freund, um es dem Alten zu zeigen. Und Oma stand jetzt ganz allein da mit dem kranken Mann. Sogar ihr Haus hatten seine Eltern verkauft, obwohl Großvater ihnen dafür die Hälfte von seinem eigenen Grundstück geschenkt hatte. Ihm wurde ganz schlecht bei all dem. Olli hatte überhaupt keine Beziehung zu den Großeltern, dem machte das alles nichts aus. Aber was machte dem schon etwas aus? Obwohl, so langsam mußte der doch auch mal den Durchblick kriegen, schließlich war er auch schon fast fünfzehn. Der schwamm einfach immer mit dem Strom, ließ sich von Mama dirigieren, war genauso gut oder schlecht Papas Kind, wenn es angebracht war. Die neue Wohngemeinschaft fand er »affenscharf«, hatte er mehrfach versichert und gegrinst wie immer. Wenn man ein richtiges Gespräch versuchte, hängte Olli sich seinen Walkman auf die Ohren.

Christian war ordentlich warm geworden beim Trampeln gegen die Zeit, und er ließ das Rad jetzt laufen. Es ging sanft bergab in der weiten Kurve, rechts vorn leuchteten die Straßenlaternen von Wissel. Nun war es nicht mehr weit.

Wenn Opa Czesnik ging, vielleicht war's ein Zeichen. Vielleicht bedeutete es ihm, daß es an der Zeit war, sich um seinen eigenen Großvater zu kümmern. Er mußte mit Clara darüber sprechen. Auch wenn das hieß, daß er etwas über seine Familie preisgeben mußte. Aber wenn überhaupt jemandem, dann Clara. Und er mußte darüber sprechen, dringend.

Als er an der alten Mühle in den Ort einbog, zog er sich schon die Mütze vom Kopf, sein Gesicht glühte. Er konnte quer über den Griether Markt fahren, weil um diese Zeit dort kaum noch Autos parkten. Im Pfarrheim St. Peter und Paul waren alle Fenster erleuchtet. Er lehnte sein Rad unter dem Bogen zur Kirche gegen die Wand und machte sich nicht die Mühe, es abzuschließen. Hier war noch nie geklaut worden. Die anderen mußten schon alle da sein, der Flur war leer, aber ihre Jacken und Schals hingen an der Garderobe, die Handschuhe lagen wild durcheinander auf dem Boden. Aus dem Gruppenraum hörte er ihre Stimmen.

Sie saßen gemütlich im Kreis, tranken Tee, hatten ein paar Kerzen angezündet.

»Hallo!«

»Hej, Christian«, lachte ihm Stefan entgegen. »Schön, daß du's noch geschafft hast.«

Christian legte ihm kurz die Hand auf die Schulter und nickte. Von einem Kaplan hatte Stefan wenig an sich. Er war einer von ihnen.

Infozettel für das Christival lagen auf den beiden Tischchen. »Laßt mal gucken«, meinte Christian und ließ sich neben Stefan auf das Sofa fallen.

»Soll ich dir einen Tee eingießen?« Sebastian hielt ihm einen Becher unter die Nase.

»Klar!«

Dennis grinste breit. »Ein Schuß Rum wäre nicht schlecht, wa?«

»Nee«, winkte Christian ab. »Ich steh nicht so auf Alk. Und überhaupt«, er schnüffelte, »hier wird auch zuviel geraucht. Guckt euch doch mal die Aschenbecher an. Am liebsten würde ich alle Fenster aufreißen. Wenn's bloß nicht so tierisch kalt wär.«

Jan kicherte. »Was ist denn mit dir los? Bist du von allem Weltlichen ab? Oder hat dir die Kälte das Hirn eingefroren? Die ganze Strecke von Kleve auf der Fiets ist ja auch nicht gerade das Wahre!«

»Eine meiner leichtesten Übungen«, lachte Christian. »Und was ist das da?« Er nahm das Fotoalbum, das auf dem Tisch lag.

»Das sind Aufnahmen, die ich beim letzten Christival gemacht habe«, antwortete Stefan. »Ich dachte, so als Einstieg. Ihr ward ja alle noch nicht mit dabei.«

»Sieht echt stark aus.« Christian blätterte die Fotos durch, aber er kam nicht weit, denn Stefan stellte seinen Teebecher fest auf den Tisch.

»So, Jungs, macht mal eure Kippen aus. Die Mädchen sind schon oben und haben angefangen. Wir sollten uns so langsam in die Küche begeben, sonst dürfen wir uns nachher wieder die alten Sprüche anhören, von wegen Macho und so. Außerdem hab ich Hunger.«

Meike hatte das Chili-Rezept, für jeden gut leserlich, an die Wand über dem Herd gepinnt.

»Gebt mir die niedrigste Tätigkeit«, flachste Stefan und stolperte in die Küche.

»Kein Problem.« Die Mädchen lachten, und Stefan bekam das Kilo Zwiebeln zum Schälen und Hacken. Er stöhnte vernehmlich, fügte sich aber ohne Gegenwehr. Sie alberten herum, irgendwie fand jeder eine Aufgabe, und keine halbe Stunde später schmurgelte das Chili vor sich hin und duftete verheißungsvoll. Christian deckte den Tisch im kleinen Eßraum neben der Küche, in dem sich sonst immer die Frauenhilfe traf.

»Legt mal einer Musik auf?« rief Natalie, aber keiner fühlte sich angesprochen.

Christian faltete die letzte Serviette und schlenderte in die Küche zurück. »Ist Clara immer noch krank?«

Stefan stand über den Riesenpott gebeugt und kostete. »Noch eine Prise Salz, wenn du mich fragst«, sagte er zu Meike und legte den Löffel weg. »Ja, Clara ist immer noch nicht wieder auf dem Damm. Ich habe mit ihren Eltern gesprochen. Sie hat wohl eine Virusgrippe, und damit ist nicht zu spaßen.«

Christian ließ die Arme hängen. »Na, hoffentlich ist sie bis Freitag wieder fit ...«

»Freitag?« rief Meike. »Was ist denn am Freitag?«

»Die Exerzitien im Haus Barbara«, erklärte Stefan.

»Ach Gott, stimmt ja!« Meike schlug sich gegen die Stirn. »Muß ich verdrängt haben. Ich wollte nämlich eigentlich hin, aber dann war ich auf einmal ziemlich knapp bei Kasse.«

Stefan faßte ihren Oberarm. »Und warum sagst du mir nichts davon? Ich hätt's dir doch geliehen, das weißt du ganz genau.«

Meike sah ihn unbehaglich an, Natalie kicherte in den Kochtopf. »Lieb von dir, Stefan«, meinte Meike schließlich, »aber besser nicht. Ich meine, das ist wirklich nett, aber mit dem Zurückzahlen ... Ich kann mit Geld nicht so gut umgehen. Und jetzt ist es sowieso schon egal. Die Anmeldungen sind ja längst gelaufen. Aber im Sommer bin ich bestimmt wieder dabei, und wenn ich meine Oma anpumpen muß! War nämlich wahnsinnig stark letztes Mal.«

Das Essen war für zwanzig Leute berechnet gewesen, aber sie putzten es ohne Probleme zu zwölft weg. »Geht noch mal einer Baguette schneiden?« mampfte Stefan und wischte mit einem Brotstück den Saucenrest vom Teller. »Lecker!«

»Wo steckt eigentlich Ralf?« Auch Sebastian sprach mit vollem Mund. »Wollte der nicht die Fahrt zum Christival mit vorbereiten?«

Jan, der neben ihm saß, hob die Schultern. »Keine Ahnung. Jedenfalls war der am Freitag auch schon nicht hier, obwohl er versprochen hatte, mir ein paar Motorradprospekte mitzubringen.«

»Vielleicht hat den ja auch die Grippe erwischt«, sagte Stefan. »Ich rufe morgen mal bei seinen Eltern an.«

Obwohl es ziemlich spät war und sich alle satt und träge fühlten, das Spülen und Aufräumen Ewigkeiten gedauert hatte, schafften sie es noch, die Fahrt zum Christival auf dem Papier zu organisieren: die Zeiten für die An- und Abreise standen fest, die Zelte konnten beschafft werden, die Verpflegung war aufgeteilt, Stefan würde den Bus bestellen. Jetzt standen sie alle an der Garderobe und packten sich warm ein.

»Ich hab's für Clara mit aufgeschrieben«, hielt Christian Stefan zurück, der schon seinen dicken Schlüsselbund in der Hand hatte. »Soll ich ihr den Zettel eben noch bringen? Ich meine, ich komme ja sowieso bei ihr vorbei.«

Stefan streifte seinen Handschuh ab, schob den Ärmel hoch und sah auf die Uhr. »Ist wohl schon ein bißchen spät, meinst du nicht? Fast elf. Also, ich würd's nicht mehr machen. Das hat doch auch noch Zeit.«

Christian war noch nie auf dem Albershof gewesen. In der Schloßstraße stieg er vom Fahrrad und versuchte sich zu orientieren: Wo war der Eingang? Das Hauptgebäude sah aus wie ein Herrenhaus, glatt verputzt, hellgelb gestrichen, mit einem Turm an der Rheinseite, einer Freitreppe und einem dunkelgrünen, verschnörkelten Portal. Nach rechts und nach hinten schlossen sich Ställe und Wirtschaftsgebäude an, zur Straße hin eine hohe Mauer. Durch einen kleinen Torbogen gelangte man auf den Innenhof und zum Portal, über dem eine schwere, eiserne Laterne leuchtete. Christian stellte sein Rad ab und zog Mütze und Handschuhe aus. Als er durch das Tor kam, schlug wütend ein Hund an. Er zuckte zusammen und blieb erschrocken stehen. Im Halbdunkel erkannte er einen weißen Spitz, der an einer Hundehütte festgemacht war und sich zähnefletschend in die Kette warf. Im Flur ging jetzt das Licht an. Es war eine saublöde Idee gewesen, um diese Uhrzeit noch hier aufzukreuzen, aber jetzt war es zu spät.

Er war die Treppe zum Eingang noch nicht ganz hochgestiegen, als die Tür aufgezogen wurde und Claras Mutter heraustrat. Er kannte sie vom Sehen – sie half bei Gemeindefesten und im Altenheim aus und übernahm auch oft die Lesung in der Kirche. Sie war ein ganzes Stuck größer als er, stellte er fest, als er jetzt dämlich grinsend vor ihr stand, eine große Frau, streng, mit ihren straff zum Knoten gesteckten Haaren. Aber ihre Augen blickten sanft und freundlich, als sie ihn erkannte. »Du gehörst zum Jugendkreis!«

»Ja. Ich wollte nur Clara einen Zettel bringen, wegen der Fahrt zum Christival im Mai«, antwortete er wie ein dummer Junge und hielt ihr das Blatt wie einen Entschuldigungszettel hin.

»Wer ist denn da, Marianne? Ist was passiert?« Claras Vater kam in den Flur.

Die Mutter drehte sich beschwichtigend um. »Nein, nein, es ist nur ein Freund von Clara aus dem Jugendkreis, Lieber. Er will einen Zettel bringen.«

Der Vater brummelte etwas vor sich hin und verschwand wieder.

»Clara«, begann Christian fahrig. »Ich meine, wie geht es ihr denn? Wir machen uns alle Sorgen.«

»Ja«, antwortete Frau Albers betrübt. »Es geht ihr gar nicht gut.«

»Kann ich sie vielleicht ganz kurz besuchen?« Christian hatte so viel Mut zusammengenommen, daß er seine eigene Stimme nicht erkannte.

»Oh, sie schläft schon lange«, sagte die Mutter leise und nahm ihm endlich den Zettel aus der Hand. »Aber ich werde ihr morgen erzählen, daß du hier warst. Da freut sie sich bestimmt. Von wem soll ich sie grüßen?«

»Von Christian.« Jetzt gehorchte ihm seine Stimme wieder. »Sie weiß dann schon, Christian Toppe.«

Sie blieben beide unschlüssig stehen und fingen dann gleichzeitig zu reden an. Die Frau lachte, sie war richtig nett.

»Vielleicht kann ich morgen ja mal anrufen«, meinte Christian und ging schon die Stufen hinunter.

»Je nachdem, wie es ihr morgen geht«, sagte die Mutter. »Komm gut nach Hause, Christian. Gute Nacht.«

»Gute Nacht«, antwortete er in das Türschließen hinein.

Der Spitz hatte sich inzwischen beruhigt, er knurrte nur leise, als Christian den Hof überquerte. Oben im Turm war Claras Zimmer. Sie hatte ihm ein paarmal von dem großartigen Ausblick erzählt über den Rhein und die Ebene, von den Hochwassern, vom Deich, auf den sie hinabsah, und daß sie sich oft sorgte, ob er hielt, ob er hoch genug war. Im Turmfenster brannte Licht, schwach nur, durch Gardinen gedämpft.

Von hier aus kam man direkt auf den Deich, zum kleinen Kreuz. Er wollte beten für Clara – und für sich selbst.

10

»Wir nehmen meinen Wagen«, sagte Toppe entschieden, obwohl er sich normalerweise gern vorm Autofahren drückte und auch nicht die leiseste Ahnung hatte, wie man nach Niedermörmter, geschweige denn zu dieser Werft kam. Aber Norbert van Appeldorn wirkte nicht eben fahrtüchtig; eigentlich sah er aus, als könne er kaum auf den Beinen stehen.

Toppe schloß die Beifahrertür auf und schimpfte: »Wieso bist du überhaupt gekommen? Du hast doch Fieber.«

»Blödsinn«, knurrte van Appeldorn und hustete. Toppe knallte die Tür zu.

Es fror immer noch Stein und Bein, und heute lag dazu noch feiner Morgennebel über der Ebene, aber van Appeldorn lotste sie sicher durch den halben Kreis Kleve. Seine knappen Richtungsangaben waren allerdings das einzige, was er von sich gab, ansonsten brütete er vor sich hin und rieb sich die rotgeränderten Augen.

Am Ortsende von Niedermörmter bogen sie links in eine schmale Straße zur Reeser Schanz ein, die Toppe nicht einmal mit einer Landkarte gefunden hätte. Sie passierten die letzten Häuser und kamen über den Deich. Die Straße führte zu einer befestigten Rampe, die im Wasser auslief, der ›Schanz‹. Gleich daneben stand auf einer hohen Warft ein altes Gasthaus. Linker Hand lag der Sporthafen.

Toppe stutzte. Diese runtergekommene Bude sollte die bekannte Roeloffs-Werft sein? Es war ein großes, zweigeschossiges Gebäude aus brüchigem Backstein, ein alter

Bauernhof. Dort wo früher mal der Wohnbereich gewesen war, waren die meisten Fensterscheiben zerbrochen, die anderen blind vor Dreck. Aber als sie in den Zuweg einbogen, sah er den prächtigen Neubau aus Stahl und weißem Putz mit seinen blitzblanken Schaufenstern. Daneben eine brandneue Werkshalle, von der eine Rampe mit eingelassenen Metallschienen zum Yachthafen führte, die Slipanlage, über die man die Boote zu Wasser ließ. Am Ufer reckte sich ein sicher vier Meter hohes Metallgerüst mit einem Kran. Dicke, breite Lederriemen hingen an einem Geländer. Ein Stück weiter neben einem Festmacher zwei Tanksäulen mit endlos langen Einfüllschläuchen. An einem festen Steg, der sich lang ins Wasser zog, lagen still ein paar Boote. *Wassersportverein Xanten e.V.* stand auf einem Schild.

Toppe manövrierte den Wagen auf den schmalen Grasstreifen, der sich am alten Gebäude entlangzog.

Hinter der Werkshalle standen mehrere aufgepallte Segelboote, mit ihren Kielen fünf, sechs Meter hoch, die Rümpfe teilweise rostig, teils abgeschliffen, alte ziemlich gammelige Motorboote lagen schief in der Gegend rum. Dazwischen jede Menge Krempel: rostige Anker und Trossen, ausgemergeltes Tauwerk, Schiffsschrauben, ein paar Trailer.

»So sieht also eine Nobelwerft aus«, mokierte sich Toppe.

»Hier schlachten die offensichtlich bloß alte Boote aus«, antwortete van Appeldorn.

Toppe wunderte sich. »Kennst du dich etwa im Bootsbau aus?«

»Nö.« Van Appeldorn stieg vorsichtig über einen Haufen Tampen. Das zweiflügelige Tor war geschlossen und ließ sich von außen nicht öffnen. Drinnen dröhnten Maschinen. Er bollerte mit der Faust gegen das Tor, aber offenbar hörte ihn keiner.

»Versuchen wir es mal da drüben.« Toppe zeigte auf das weiße Gebäude. Über dem Eingang glänzten dicke, in einem Bogen angeordnete Messingbuchstaben:

ROELOFFS WERFT

Der Mann kam ihnen schon an der Tür entgegen. Er war klein, mit gedrungenem Oberkörper und kurzen Beinen und sah in dem dunklen Maßanzug aus wie verkleidet.

»Kann ich Ihnen behilflich sein?« runzelte er fragend die buschigen Augenbrauen.

»Toppe, Kripo Kleve. Mein Kollege van Appeldorn.«

Der Mann lachte unvermittelt. »Daß Sie nicht wegen einem Boot kommen, habe ich mir schon gedacht.«

»Tatsächlich?« kam es kühl von van Appeldorn.

»Ja.« Der Mann hielt ihnen die Tür auf und ließ sie vorangehen. »Leute, die ein Boot wollen, die gucken sich hier erst einmal in Ruhe um. Und an so einer schönen Jolle, wie der da vorne würde ein Bootsfan niemals einfach so vorbeigehen. Aber kommen Sie bitte durch. Roeloffs ist mein Name.«

Der Ausstellungsraum ließ erkennen, welche Klasse von Booten hier gebaut wurde: Stellwände mit großformatigen Fotos von leuchtenden Schiffen teilten die verschiedenen Ausstellungsbereiche voneinander. Da waren Radargeräte, Kühlschränke, Herde mit kardanischer Aufhängung, Kompasse, Sextanten, Motoren, eine ganze Wand mit Holz- und Stoffmustern, nautische Geräte, die Toppe nicht kannte.

»Bitte, meine Herren!« Roeloffs öffnete eine blau gestrichene Tür zu einem Büroraum. »Nehmen Sie Platz.«

»Es geht um Ralf Poorten«, begann Toppe.

Roeloffs sah bestürzt aus. »Ach Gott, ja, das hätte ich mir eigentlich denken können. Eine entsetzliche Geschichte«, meinte er bedrückt.

»Wie haben Sie davon erfahren?« fragte van Appeldorn.

»Also, ich persönlich habe das von meinem Bruder gehört. Der hat mir am Samstag erzählt, daß Ralfs Eltern angerufen hatten, ob ihr Junge bei uns wäre. Aber wir arbeiten nicht am Wochenende, außer wenn richtig Druck ist. Die Lehrlinge aber nicht. Ist ja auch gar nicht erlaubt.«

»Und weiter«, drängte van Appeldorn.

»Ja.« Roeloffs wischte sich über die Stirn. »Gestern morgen hat der Vater wieder angerufen und mir gesagt, Ralf wäre tot, ertrunken. Mehr war aus dem Mann nicht herauszuholen. Der war total fertig. Die ganze Geschichte, was wirklich passiert ist, habe ich erst heute morgen in der Zeitung gelesen. Umgebracht? Ich kann mir das gar nicht vorstellen. Wie furchtbar!«

»Wann haben Sie Ralf Poorten zuletzt gesehen?« fragte Toppe.

»Ich persönlich?«

Grundgütiger, dachte Toppe, wer sonst? Aber er sagte nichts.

»Am Donnerstag morgen. Danach war ich bis Samstag auf Geschäftsreise in Amsterdam. Wir haben nämlich einen Kunden aus Saudi Arabien, der gerade in Holland ...«

»Wie schön für Sie«, unterbrach ihn van Appeldorn. »Ist der Junge am Freitag zur Arbeit gekommen?«

»Soviel ich weiß, ja. Aber am besten sprechen Sie mit meinem Bruder.« Er war schon aufgestanden.

Auch Toppe erhob sich. »Wie viele Leute arbeiten eigentlich hier auf der Werft?«

»Vier«, antwortete Roeloffs, während er vor ihnen herging. »Wir sind, wie gesagt, nur ein kleiner Betrieb. Klein, aber exklusiv.« Sein Lächeln wirkte eher wie ein Zähnefletschen. »Mein Bruder, ein Geselle, der schon Jahre hier ist, ich und immer ein Lehrling. Ralf Poorten war der beste, den wir in den letzten Jahren hatten. Begabt, verantwortungsbewußt, selbständig ...«

»Keine Sekretärin?« wollte van Appeldorn wissen.

»Nein, ist nicht notwendig. Das schaffe ich gut alleine.«

Sie waren in der Werkshalle angekommen. Der Maschinenlärm, den sie draußen schon gehört hatten, kam von einem Kompressor aus einer Lackierkabine, die eine große Ecke der Halle einnahm.

Roeloffs schlug gegen die Plastikwand. »Franz!« brüllte er.

Die Maschine verstummte. »Wat ist denn, godverdomme! Kann man denn nicht einmal ...«

Franz Roeloffs war die imposantere Ausgabe seines Bruders, ein Hüne mit Riesenpranken, einem dicken Vollbart, und die schwarzen Augenbrauen waren über der Nasenwurzel zusammengewachsen. Er schaute sie finster an, während er sich die farbverschmierten Hände an einem Lappen abwischte.

»Kripo, wegen Ralf«, erklärte der Bruder.

»Ach so, sag dat doch gleich.«

»Kripo?« fragte eine unsichere Stimme hinter ihnen. Ein ältlicher, verhuschter Mann mit sandfarbenem Haar und fahler Haut kam zögerlich heran. Sein blauer Overall, der ihm mindestens zwei Nummern zu groß war, war an den Knien durchlöchert und an den Säumen ausgefranst.

Toppe sah ihm fragend entgegen.

»Küsters«, hielt ihm der Mann schnell seine Hand hin. »Ich bin auch hier beschäftigt.«

Die beiden Bootsbauer hatten am Freitag mit Ralf Poorten zusammen gearbeitet wie immer. Sie waren ziemlich in Zeitdruck gewesen und hatten sogar die Mittagspause ausfallen lassen, um pünktlich Feierabend machen zu können.

»Was soll mir denn an Poorten aufgefallen sein?« brummte Franz Roeloffs. »Gesagt hat der schon immer wenig. Der war wie sonst auch.«

»Mann, Mann!« Küsters wischte sich mit dem Handrücken die Tränen ab. »Dem Jung soll einer was angetan haben. Ich kann das nicht glauben. War so ein guter Kerl.«

Sie erfuhren, daß Ralf im dritten Lehrjahr gewesen war, daß er alle Aussichten gehabt hatte, eine hervorragende Prüfung abzulegen, und daß man sich bereits entschieden hatte, ihn hinterher in den Betrieb zu übernehmen.

»Hier ist nichts zu holen«, meinte Toppe, als sie wieder beim Auto waren.

»Abwarten«, entgegnete van Appeldorn.

Toppe sah verwundert hoch. »Was hast du denn? Und überhaupt, wieso warst du eigentlich so unfreundlich?«

»Weiß nicht, ich hab einfach so ein blödes Gefühl.« Dann wurde er von einem Hustenanfall gebeutelt, der gar nicht aufhören wollte. Schweißüberströmt ließ er sich auf den Sitz fallen.

»Mir reicht's«, sagte Toppe energisch. »Ich fahre dich jetzt zum Arzt.«

»Brauch keinen Arzt«, wehrte sich van Appeldorn zähneklappernd.

»Hm, das sehe ich. Du hast Schüttelfrost.«

Währenddessen machte Astrid das Beste aus ihrem freien Tag. In den letzten Wochen waren so viele Überstunden angefallen, daß sie drei ganze Tage hätte freinehmen können, aber das ging natürlich nicht, wenn sie mitten in einem neuen Fall steckten. Eigentlich hatte sie sich aufs Ausschlafen gefreut, aber Christian mußte heute erst zur dritten Stunde in der Schule sein und hatte offenbar beschlossen, seine Morgentoilette in aller Ruhe vorzunehmen. Das bedeutete, er ließ mindestens zwanzig Minuten die Dusche pladdern, und dabei drehte er das Radio in der Küche so laut, daß er es im Bad hören konnte. Vermutlich wußte er gar nicht, daß außer ihm noch jemand im Haus war, aber ganz sicher war Astrid sich da nicht.

Nachdem Christian endlich wieder nach oben gepoltert war, hatte sie sich in ihre alte Trainingshose und eins von Helmuts Sweatshirts gemummelt, sich eine Kanne Kaffee gekocht und saß jetzt am großen Tisch in der Küche und blätterte in Kochbüchern.

Sie hatten sich entschieden, keine große Einweihungsparty zu machen, sondern statt dessen für ihre nächsten Freunde ein Essen zu kochen, ganz nobel, mindestens fünf Gänge. Seitdem sie sich die Kocherei teilten, hatten sie alle Spaß dran bekommen, und jeder hatte bei sich besondere Talente entdeckt. Wenn sie sich zusammentaten, konnte ein erstklassiges Menu dabei herauskommen. Tische und Stühle würden sie leihen und eine lange Tafel in der Halle aufbauen, gleich unter dem Kronleuchter. Zwanzig Leute hatten da bestimmt Platz. Vorspeise, Suppe, der Fischgang waren kein Problem, was aber als

Hauptgericht? Sie strich *Filet Wellington* wieder durch, zu prosaisch.

Auf der Küchenbank lag aufgeschlagen die Tageszeitung: *Spyck'sche Wasserleiche identifiziert ... aus Griethausen ...* Oben schüttelte Christian seine Gesundheitslatschen von den Füßen und ließ sie auf die Dielen poltern. Eine seiner netten Angewohnheiten, sehr wirkungsvoll, wenn man Holzdecken hatte. ... *aus Griethausen* ... Grieth, der Griether Jugendkreis, da fuhr doch Christian neuerdings auch immer hin. Dann mußte er doch eigentlich Ralf Poorten kennen!

Astrid schnappte sich die Zeitung und lief nach oben. Anstandshalber klopfte sie an, wartete aber nicht auf eine Antwort. Christian lag bäuchlings mit einem Buch auf dem Bett und drehte sich ärgerlich zu ihr um. »Was machst du denn hier?«

»Ich habe heute frei. Hier, guck mal!« Sie legte ihm die Zeitung aufs Bett.

»Ja und? 'ne Zeitung. Was soll ich damit?«

»Lies doch mal. Das da.«

Er las, verzog dabei keine Miene.

Ihr Blick fiel auf die hölzerne Betbank unter dem Fenster und die Konsole mit Bibel, Gebetbuch und einer schnörkeligen, dicken Kerze. Das Kreuz an der Wand darüber war das gleiche, das auch in Ralf Poortens Zimmer hing.

Früher hatte man eine Machete gebraucht, wenn man in Christians Zimmer von der Tür zum Fenster wollte. Jetzt war alles so penibel aufgeräumt und rechtwinklig ausgerichtet, daß es schon ungemütlich war. Lausig kalt war's außerdem. Astrid legte die Hand auf den Heizkörper – nur lau – vielleicht mußte man den mal entlüften, aber dann sah sie, daß der Thermostat nur auf Eins stand. Und Christian lag da auf dem Bett in Jeans und T-Shirt und mit nackten Füßen. Wie asketisch! Er schien sein neues religiöses Leben wirklich bluternst zu nehmen.

»Du müßtest den Jungen doch kennen, oder?«

»Ralf Poorten ist eure Wasserleiche. Nicht zu fassen!« Aber sein Gesicht war gleichgültig. »Ob ich ihn kenne?

Kennen ist zuviel gesagt. Ich habe ihn vielleicht vier- oder fünfmal getroffen, in Grieth, aber mehr als ›Hallo‹ haben wir uns nicht gesagt.«

»Weißt du, mit wem der näher befreundet war?«

»Keine Ahnung.« Er gab ihr die Zeitung zurück und nahm sein Buch wieder zur Hand.

Über dem Bett hing eine gerahmte Farbfotografie: eine Gruppe fröhlicher junger Menschen vor einem eindrucksvollen Gebäude.

»Ist das Haus Barbara?« wollte Astrid wissen.

Er nickte, ohne hochzuschauen.

Das klare Gesicht des Mädchens, ihr leuchtender Blick fielen Astrid sofort ins Auge, obwohl sie irgendwo mitten in der Gruppe von mindestens zwanzig anderen stand.

»Und das ist Clara Albers«, stellte sie fest.

Christian zuckte zusammen und klappte das Buch zu.

»Wir haben ein Foto von ihr auf Ralf Poortens Nachtschrank gefunden.«

Christian setzte sich auf. »Ein Foto von Clara?« fragte er ungläubig.

»Ja. Kennst du sie näher?«

In seinen Augen flackerte es kurz, aber dann ließ er sich wieder nach hinten fallen, und sein Blick war verschlossen. »Vom Sehen, ja, genau wie Ralf. Ähm, ich muß noch Chemie lernen ...«

Astrid klemmte sich die Zeitung unter den Arm. »Tja, übrigens, dein Kreuz da ... wo hast du das her?«

»Warum?« fragte er zurück, die Nase schon wieder zwischen den Buchseiten.

»Weil Ralf Poorten genau das gleiche hatte.«

»Kann schon sein. Hab ich in Grieth gekauft.«

»Komisches Ding.« Astrid kam noch einmal zurück und betrachtete es genauer. Auf einmal wußte sie, was ihr die ganze Zeit so fremd gewesen war. Die Christusfigur hatte stark androgyne Züge, die Brustmuskulatur war gerundet wie ein Busen, und das Gesicht war ein Mädchengesicht, das ihr ganz vage bekannt vorkam.

»Eine Christa ...« murmelte sie, aber Christian nahm keine Notiz mehr.

11

Ackermann wartete auf dem Flur, in der Hocke, den Rücken gegen die Wand gelehnt – eine Stellung, die außer ihm kein Mensch bequem fand. Er vertrieb sich die Zeit, indem er seinen Zigarettenvorrat für den Rest des Tages drehte. Die außergewöhnliche Technik – einhändig auf dem Oberschenkel rollend – hatte er vor Jahren von seinem holländischen Schwager gelernt und sie inzwischen perfektioniert. Endlich kamen Toppe und Astrid die Treppe hinauf.

»Einen wunderschönen!« schmetterte Ackermann ihnen entgegen und stemmte sich hoch. »Tach, junge Frau«, verbeugte er sich vor Astrid und kicherte. »Ich hätt ja fast wat gesacht ... oder macht ihr Gleitzeit?«

»Schon lange«, antwortete Toppe.

»Ich hätt da vielleicht wat für euch«, strahlte Ackermann, »aber ich muß ebkes noch ...« Er bückte sich, sammelte die fertigen Zigaretten ein und staunte. »Ich glaub, ich wart schon länger.«

»Ist denn noch keiner da?« Toppe öffnete die Tür zum Büro.

»Nö. Och, Chef, un' ich hab gedacht, wir gehen in Ihre schicke Bude ...«

Das Telefon fing an zu bimmeln, und Astrid schob sich an den beiden Männern vorbei, um abzunehmen.

»Ach, guten Morgen, Marion.« Dann lauschte sie mit angehaltenem Atem. »Moment.« Sie hielt Toppe den Hörer hin. »Marion van Appeldorn. Sie will dich sprechen.«

Es wurde ein längeres, wenn auch zunächst etwas einseitiges Gespräch. Toppe setzte ein paarmal zu einer Erwiderung an, kam aber nicht durch. Marion van Appeldorn schimpfte so laut, daß Astrid und Ackermann die Luft anhielten.

»Jetzt reg dich doch nicht so auf«, versuchte es Toppe sanft, mit dem Erfolg, daß er den Hörer noch weiter vom Ohr weghalten mußte.

Heinrichs erschien nun auch zum Dienst. Das »Guten Morgen« starb ihm auf den Lippen.

»Und jetzt ist er im Krankenhaus?« fragte Toppe. Ein langes Gezeter folgte.

Astrid sah, wie Toppe den Mund zusammenkniff, und wußte, daß es gleich furchtbar krachen würde.

»Au Backe!« flüsterte Ackermann, und Heinrichs schlich auf Zehenspitzen zu seinem Schreibtisch, was bei mehr als zwei Zentnern Körpergewicht rührend aussah.

»Es reicht, Marion«, begann Toppe gepreßt. »Mir reicht es jetzt gründlich.« Das kam schon lauter, und dann brüllte er: »Du hältst auf der Stelle deinen Mund!«

Wahrscheinlich schnappte sie empört nach Luft, denn auf der anderen Seite der Leitung war es still. »Ich nehme an, du bist ziemlich mit den Nerven runter«, sagte Toppe. »Und deshalb werde ich den ganzen Mist vergessen, den du da eben von dir gegeben hast. Ich melde mich wieder.« Damit legte er auf.

Ackermann stieß hörbar die Luft aus und ließ sich auf van Appeldorns Stuhl fallen.

Toppes Nase war noch weiß vor Wut, aber Heinrichs fragte trotzdem, was nun eigentlich los sei.

»Norbert hat wohl eine Lungenentzündung, und das ist meine Schuld«, antwortete Toppe, ohne jemanden anzusehen.

»Ach ja«, meinte Astrid giftig. »Und wie hast du das gemacht? Hast du ihm den Erreger eingehaucht?«

»Du weißt offensichtlich nicht, wie das bei uns zugeht! Wir machen uns alle einen schönen Lenz, und der arme Norbert muß die Drecksarbeit erledigen. Tag und Nacht in der Kälte, während wir anderen vor dem Kamin Däumchen drehen. Blöde Pute!«

»Geht es ihm sehr schlecht?« fragte Heinrichs beunruhigt.

»Hörte sich eigentlich nicht so an. Der Arzt hat wohl gesagt, er bräuchte nicht ins Krankenhaus. Was für sie natürlich schrecklich ist. Jetzt muß sie jemanden für ihren Laden finden und überhaupt! Zwei Kinder und jetzt auch noch einen kranken Mann im Haus. Sie meinte, wir sollten uns bei der Krankenpflege abwechseln, schließlich wären wir ja auch ...« Aber dann unterbrach er sich. »Ach was, vergessen wir's einfach. Die hatte immer schon Haare auf den Zähnen. Ich fahre nachher mal hin und gucke, was nun wirklich los ist.«

Jetzt traute sich Ackermann endlich wieder vor: »Soll ich denn jetzt ma'? Oder müßt ihr noch wat anderes?«

»Es geht um die Werft, nicht wahr?« fragte Toppe.

Ackermann nickte aufgeregt.

»Gleich. Zuerst müssen noch ein paar andere Dinge geklärt werden. Hast du schon was erreicht, Walter?«

Der schüttelte unzufrieden den Kopf. »Kein Ergebnis, was das Motorrad angeht, bis jetzt. Aber zur Wasserschutzpolizei habe ich inzwischen gute Kontakte. Einer von denen hat offenbar den richtigen Durchblick. Der meint allerdings auch, daß wir eine Menge rechnen und puzzlen müssen, wenn wir rausfinden wollen, wo man Poorten in den Fluß geworfen hat. Ich würde gern heute im Lauf des Tages zu ihm fahren.«

»Und wer ist dann hier im Büro? Nein, laß den lieber herkommen«, entschied Toppe. Dann sah er Astrid auffordernd an. Den größten Teil hatte sie ihm schon gestern abend erzählt. Manchmal war es gar nicht so leicht, Privatleben und Beruf zu trennen, und manchmal kam er sich vor wie in einem Theaterstück. Aber Astrid spielte nicht nur mit, sie war ganz bei der Sache und berichtete ausführlich von ihren Gesprächen mit Ralfs Schwester und dem Pastor von Griethausen und zeichnete das Bild des Jungen nach.

»Seine einzigen Freunde scheint er in diesem Griether Jugendkreis gehabt zu haben. Aber selbst dort ... Christian kennt ihn kaum.« Sie erklärte den Zusammenhang. »Jedenfalls sagt er das. Ich würde gern mal nach Grieth fahren und mit dem Pfarrer sprechen, vor allem mit den Jugendlichen. Vielleicht ist Ralf Poorten ja am Freitag dort gewesen. Seine Schwester sagt, er hätte ständig da rumgehangen. Eine andere Möglichkeit wäre Haus Barbara. Poorten hat dort an mehreren Seminaren teilgenommen. Die Leute möchte ich kennenlernen. Nach den

Blättchen, die ich von denen gesehen habe, scheint das ein ziemlich übler Haufen zu sein, obwohl der Pope von Griethausen die in den höchsten Tönen gelobt hat. Aber ich bin mir nicht sicher, ob man darauf was geben kann.«

Heinrichs sah ein wenig betreten aus.

»Morgen fangen jedenfalls diese Exerzitien an. Das wäre eigentlich eine gute Gelegenheit, sich das da mal genauer anzugucken, oder? Ich würde das wohl übernehmen. Tja, und dann hatte Poorten möglicherweise etwas mit diesem Mädchen zu tun.« Sie zeigte ihnen das Foto. »Das Bild habe ich auf Poortens Nachttisch gefunden. Clara Albers heißt sie. Sie wohnt in Grieth und geht zum Sebus Gymnasium. Christian kennt sie aus dem Jugendkreis.«

»Mensch, ist die hübsch«, murmelte Heinrichs.

»Hübsch?« rief Ackermann. »Dat is' 'n Sahnetörtchen! Guckt euch doch bloß ma' diese Augen an, un' wie die lacht! Also, ich nenn dat nich' hübsch. Die is' schön! Clara? Also, ir'ndwie sacht mir dat wat. Ich weiß bloß nich'... Gesehen hab ich dat Mädchen aber noch nie. Dat hätt ich bestimmt nich' vergessen!«

»Vielleicht fällt es Ihnen ja noch ein«, meinte Toppe milde. »Und? Was haben Sie denn jetzt über die Roeloffs-Werft rausgefunden?«

Ackermann begann recht leise, steigerte sich aber schnell. »Nu ja, also, wie gesacht, ich wußt ja, dat bei denen nich' alles koscher is'. Der Paul Roeloffs – schimpft sich wohl Geschäftsführer jetz' – also, der hat scho' ma' gesessen, un' zwar wegen Hehlerei. Is' 'n paar Jährkes her. Ganz schräger Vogel, der Mann. Da waren damals noch ganz andere Sachen im Gespräch: Urkundenfälschung, Waffenschieberei, Drogenschmuggel. Alles, wat gut un' teuer is'. Aber da konnt man dem wohl nich' genuch nachweisen. Un' Pleite hat der auch ma' gemacht.«

»Mit der Werft?« wunderte sich Toppe.

»Ah wat! Da hatte der noch nix mit zu tun. Dat war 'n anderes Geschäft, un' außerdem saß der damals in Frankfurt. Ja.« Ackermann schob die Brille auf die Stirn und wieder zurück auf die Nase. »87 is' der jedenfalls raus aus 'm Knast un' hat sich in 't Ausland abgesetzt. Nach de Türkei, wie ich gehört hab, aber da arbeiten wir noch dran. Jedenfalls soll der da Boote verchartert haben.«

»Boote?« mischte sich Heinrichs ein. »Und die Roeloffs-Werft hat die gebaut.«

»Nee, bestimmt nich'.« Ackermann lachte, ein wenig sicherer jetzt. »Werft konnt man dat damals noch gar nich' nennen. Dat war 'ne kleine Klitsche. Hat ich selbs' oft genuch mit zu tun.«

Die anderen stutzten verhalten, hielten aber wohlweislich den Mund. Wenn Ackermann sich in persönliche Geschichten verbiß, war kein Ende abzusehen.

»Wie auch immer – sacht man doch so schön, wa? – der Paul Roeloffs is' vor fünf Jahren wieder zurück inne Heimat, un' da is' er dann bei sein Bruder eingestiegen, un' zwar mit 'nem schön Stängsken Kohle. Da ham se nämlich den Neubau hochgezogen un' in Nullkommanix ein auf Nobelwerft gemacht. Ich könnt mir denken, dat der Paul die richtigen Kunden anne Hand hatte, bei seine Connections nach de Frankfurter Unterwelt. Un' dat der inne Türkei sauber gearbeitet hat, dat kann der seine Oma erzählen. Un' heute? Ich weiß et nich', ich weiß et nich'. Inne Bootsbauerei wird viel gemauschelt mit Schwarzgeld. Da würd ich gern ma' 'n bisken genauer hingucken. Ich mein, schon wegen meine persönliche berufliche Orientierung.« Er starrte sie erwartungsvoll durch die dicken Gläser an.

Toppe mußte einen solchen Ausdruck aus Ackermanns Mund erst einmal verdauen.

»Ja, ja«, meinte er endlich, »schön und gut. Aber wo sehen Sie da eine Verbindung zu Ralf Poorten?«

»Dat sieht doch 'n Blinder mit 'm Krückstock! Oh«, er hielt sich erschrocken den Mund zu. »So war et nich' gemeint, nix für ungut. Aber wenn der Paul Roeloffs immer noch krumme Dinger dreht, wovon ich ausgeh, un' der Junge hängt mit drin – zum Beispiel. Oder andere Möglichkeit: der hängt nich' mit drin, hat aber wat spitz gekriegt un' macht 'n bisken Druck. Wie wär dat denn?«

»Das wäre überhaupt nichts«, wehrte Astrid entschieden ab. »So was paßt nicht zu Ralf Poorten. Und ich dachte eigentlich, das wäre mittlerweile klar geworden. Der und Erpressung, das ist lächerlich!«

Ackermann legte den Kopf schief. »Also, ich persönlich bin mit solche Urteile ja vorsichtig. Wer weiß? Man guckt nich' dahinter, sach ich immer.«

»Ackermann.« Heinrichs blieb immer noch geduldig. »Laß gut sein.«

»Und was ist mit dem anderen Roeloffsbruder?« drängte Toppe.

Franz Roeloffs war ein unbescholtener Bürger, Bootsbauer mit Leib und Seele, etwas anderes schien ihn auch nicht zu interessieren. Nicht einmal verheiratet war er. Wenn er nicht gerade Boote baute, dann war er entweder auf seiner Segelyacht auf dem Ijsselmeer oder auf seiner Jolle am Wisseler See.

»Und warum sollte sich der Mann so einen Kuckuck ins Nest holen?« fragte Heinrichs zweifelnd.

»Ich könnt mir vorstellen, dat sein Laden sons' den Bach runtergegangen wär. Von Geschäftssinn hab ich nämlich bei dem nie wat gemerkt.« Wieder schaute Ackermann die anderen gespannt an, aber wieder hakte keiner nach; mit den Jahren wurde man schlauer.

»Na ja, es schadet sicher nichts, wenn man diesem Paul Roeloffs mal ein bißchen genauer auf den Zahn fühlt«, meinte Heinrichs unbestimmt.

»Meine Rede«, nickte Ackermann, vollauf zufrieden mit sich.

»Aber so langsam sollten wir doch mal ein bißchen System in die Sache bringen. Wenn jetzt auch noch Norbert ausfällt ...« Heinrichs ging zur Fensterbank, wo die Kaffeemaschine stand, und fing an zu hantieren.

Toppe gab sich einen Ruck: »Ich hätte Sie gern bei der Werft dabei, wenn Sie Zeit haben.«

Ackermann sah ihn andächtig an. »Echt?«

12

Astrid war als Kind irgendwann schon einmal in Grieth gewesen, auf einem dieser sonntäglichen Ausflüge, die ihr Vater immer mit ihr unternommen hatte, wenn er wieder mal, aufgedreht wie ein kleiner Junge, ein neues Auto ausprobieren wollte. Erinnern konnte sie sich aber nur noch an den gigantischen Eisbecher, den er in einem Café für sie bestellt hatte; die Kellnerin hatte einen dichten Damenbart gehabt, und Astrid hatte vor lauter Kichern kaum essen können. Es mußte ziemlich lange her sein.

Gelesen hatte sie natürlich immer wieder mal von dem malerischen Fischerdörfchen, von der Fußgängerfähre, die neulich ihren Betrieb wieder aufgenommen hatte.

Das klotzige Kriegerdenkmal aus grauem Beton gleich am Ortseingang war allerdings wenig malerisch.

Sie hatte keine Ahnung, wo der Jugendkreis sich traf, aber es war sicher nicht falsch, in der Nähe der Kirche zu suchen, und wie es aussah, gab es hier nur eine. Die Hauptstraße war eng, die schmucken Häuser drängten sich dicht heran. Selbst jetzt im tiefsten Winter hingen überall Blumenkästen vor den Fenstern, Eriken und Silberkraut. Vor einer Haustür standen zwei große Kübel mit krähroten Plastikgeranien.

Die Straße endete auf einem rechteckigen Platz, *Griether Markt* las Astrid, auf dem dicht an dicht Autos geparkt waren. Nachdem sie einmal ums Geviert gerollt war, fand sie endlich eine enge Lücke am Straßenrand, gleich vor der Sparkasse, einem Gründerzeithaus, frisch gestrichen in sonnengelb und braun. Im kleinen Wohnhaus gleich daneben war das Heimatmuseum untergebracht: *Sie sind uns willkommen samstags auf Anfrage, sonntags von 14 bis 17 Uhr.* In den Sprossenfenstern standen Schiffsmodelle.

Sie schloß den Wagen ab und sah sich um. Hier war nicht gerade der Bär los, eine Volksbankfiliale, ein Postamt, eine Bäckerei. Schräg links gegenüber am anderen Ende des Marktes lugte der Kirchturm über die Hausdächer.

Kein Mensch war zu sehen, trotzdem hatte sie das Gefühl, daß sie beobachtet wurde. Als sie jetzt den Platz überquerte, entdeckte sie die vielen alten Gesichter hinter den Fensterscheiben. Altenheim St. Martin. Astrid hob grüßend die Hand, aber kaum einer reagierte.

Das Pfarrbüro war das letzte Gebäude vor der Kirche. Sie klingelte, doch es blieb alles still. Durch das erste Fenster konnte sie lange Bücherwände erkennen, das war sicher die Pfarrbibliothek; vor allen anderen Fenstern hingen Gardinen. Halbherzig drückte sie noch einmal auf den Klingelknopf. Mit Pfarrbüros schien sie nicht viel Glück zu haben.

Aus dem Haus links kam eine junge Frau, warf ihr einen kurzen Blick zu und entfernte sich rasch. An der Hand hatte sie ein kleines Kind, das in seinem grünen Skianzug fast ertrank und sich mit durchgedrückten Knien mitzerren ließ.

»Entschuldigen Sie«, rief Astrid, aber die Frau drehte sich nicht mehr um. »Danke, sehr freundlich.«

Na gut, dann also mal wieder die Kirche. Durch ein Tor, in dem am Scheitelpunkt ein Kreuz eingearbeitet war, kam man auf den Vorplatz. Die Kirche war recht klein, mit nur einem Seitenschiff, und rundum von Rasen und alten Rhododendronbüschen umgeben. Das Haupttor war sichtlich schon lange nicht mehr benutzt worden, denn gleich davor befand sich ein beeindruckendes Taubenklo. Die Viecher gurrten über ihrem Kopf, saßen auf jedem Kragstein. Die Tür an der linken Seite war auch abgeschlossen. Das Grundstück grenzte an den Deich, ein paar Stufen führten über die Mauer hinauf. Sie waren ganz neu, Sand und Steine lagen daneben, ein Geländer gab es noch nicht. Astrid stieg trotzdem hoch, aber ein harter Wind, der vom Fluß her gefegt kam, nahm ihr den Atem, und sie zog den Kopf ein. Ein zweiter Ausgang führte auf eine kurze Gasse, in der sich niedrige Häuschen an den Deich duckten.

»Hallo«, rief eine barsche Stimme. »Was suchen Sie denn da?«

Aus einem der Häuser lief eine ältere Frau auf sie zu. Sie trug eine graue Kittelschürze und hohe braune Pantoffeln. Über die Schultern hatte sie einen Tweedmantel geworfen, den sie mit der linken Hand unterm Kinn zusammenhielt.

»Guten Morgen«, ging Astrid auf sie zu und beschloß, daß diese Situation eine der wenigen war, wo der Dienstausweis richtig gut kam.

»Oh, ach so!« Die Frau entspannte sich, war aber keineswegs eingeschüchtert. »Sie müssen schon entschuldigen, aber man kann gar nicht genug aufpassen mit all diesen Randalierern heutzutage.«

»Haben Sie denn hier in Grieth Probleme damit?«

»Bis jetzt noch nicht, aber man weiß ja nie. Liest man doch jeden Tag von in der Zeitung.« Sie streckte energisch ihr rundes Kinn vor. »Ich hab jedenfalls immer ein Auge drauf, wenn Unbefugte hier rumlungern.«

Nicht nur du, dachte Astrid; in mindestens zwei Häusern hinter ihr bewegten sich die Gardinen.

»Ist ja auch quasi meine Aufgabe«, redete die Frau weiter. »Ich mache ja unserem Pastor den Haushalt.«

Astrid nahm ihr Glück gelassen hin. »Dann bin ich genau an der richtigen Adresse, Frau ...«

»Jansen!«

»Frau Jansen. Den Pastor suche ich nämlich.«

»Unseren Pastor? Der soll Ärger mit der Polizei haben!« Sie senkte ihre Stimme zu einem spröden Flüstern. »Mir können Sie das ruhig erzählen. Ich bin ja sozusagen eine enge Vertraute.«

Astrid biß sich fest auf die Lippen, aber das Lachen blitzte ihr aus den Augen. »Nein, nein. Ich habe nur ein paar Fragen, bei denen er mir hoffentlich weiterhelfen kann.«

Frau Jansen raffte eingeschnappt ihren Mantel enger. »Tja, dann schellen Sie am besten mal bei ihm. Der müßte zu Hause sein. Sein Auto steht jedenfalls da.«

Astrid konnte nicht erkennen, über welches Fahrzeug

sie ihren Blick hatte gleiten lassen. Die Frau machte einen Arm frei und zeigte auf die andere Seite des Platzes. »Das Haus neben Lambertz.«

»Lambertz?«

»Das ist die Wirtschaft da vorne! Direkt links daneben wohnt der Pastor.«

Aha, das Haus mit den Plastikgeranien. Hätte sie eigentlich drauf kommen müssen, denn an jedem Fenster von Frau Jansens Haus flammten dieselben Blüten in grünen Kästen, im Obergeschoß sogar in rankender Variante.

Astrid bedankte sich sehr höflich und wollte sich schon abwenden, als ihr einfiel: »Wie heißt Ihr Pastor eigentlich?«

»Horst Deckers«, antwortete Frau Jansen fahrig und blieb mit offenem Mund stehen. Und die wollte bei der Kripo sein!

Die Restauration Lambertz sah nicht aus wie eine Kneipe, eher wie ein Tante Emma Laden. Durch die verstaubte Fensterscheibe konnte Astrid ein buntes Sammelsurium erkennen: Putzmittel, Zucker, Mehl, Linsen, Obstkonserven, Caro Kaffee, Gummistiefel, Klopapier, Essiggurken, Insektenspray. Zwei ausgetretene Stufen führten zur Tür hoch. Der Laden war verwaist. Ob man da durch mußte, wenn man in den Schankraum wollte? Im zweiten Fenster Glitzerpracht. Astrid blieb stehen. Rosenkränze in verschiedenen Ausführungen, ein schimmernder Kelch, dicke gelblichweiße Kerzen mit goldenen Verzierungen und vier von den Kreuzen, die sie schon bei Ralf Poorten und Christian gesehen hatte, ein Ständer mit Postkarten, auf denen dasselbe Kreuz abgebildet war, allerdings mit einem Dach darüber, ein Wegkreuz oder ein Marienhäuschen.

Sie war immer noch in Gedanken, als sie beim Pastor klingelte.

Der Mann, der ihr öffnete, starrte sie entgeistert an. »Du liebe Güte!« Und dann lachte er dröhnend.

Auch Astrid stand recht fassungslos da. Sie hatte mit dem Pastor gerechnet, aber nicht mit diesem muskelbepackten Kerl in gleißender Jogginghose und naßgeschwitztem Achselhemd.

»Bitte, entschuldigen Sie«, lachte der Mann noch immer, »aber ich hatte jemand anders erwartet.«

»Ich möchte zu Pastor Deckers«, sagte Astrid, als sie ihre Sprache wiedergefunden hatte.

Er hielt ihr die Haustür weit auf. »Der bin ich! Kommen Sie nur herein.«

Sie zögerte, schüttelte leise den Kopf.

»Nein, nein«, kämpfte er immer noch mit seinem Lachen. »Keine Sorge. Ich war nur gerade beim Training.« Er schob sie beinahe vor sich her in ein kleines Arbeitszimmer. »Setzen Sie sich schon mal. Ich ziehe mir nur schnell was über.«

Das Zimmer war bis auf den letzten Zentimeter mit Möbeln zugestopft: Bücherregale mit Fachliteratur, an den wenigen leeren Stellen Wandteppiche, geknüpft und gestickt, die meisten übelst modern aus den siebziger Jahren, eine beigefarbene Couch mit zwei Sesseln und einem niedrigen Teakholztisch. Am schlimmsten war wohl das eichene Stehpult mit den fetten Schnitzereien in der Mitte des Zimmers.

Hier stand die Zeit, war angehalten worden, irgendwann vor zwanzig Jahren, als der Mann so um die Dreißig gewesen sein mußte.

Sie kam nicht dazu, sich die Fotos anzusehen, die neben der Telefonanlage in silbernen Rahmen auf dem Schreibtisch standen. Deckers war schon wieder da, jetzt ganz pastormäßig in anthrazitfarbenen Flanellhosen, einem schwarzen Pullover und weißem Hemdkragen. Er hatte sich wirklich rasch was übergezogen, über den ganzen Schweiß.

»So, da wären wir«, kollerte er. »Jetzt schauen Sie mich nicht so an. Auch ein Pastor muß sich fit halten. Nehmen Sie Platz und erzählen mir, was ich für Sie tun kann.«

Astrid setzte sich auf die Sofakante und erklärte ihm, wer sie war, aber er merkte, daß sie immer noch staunte.

»In meiner Jugend habe ich geboxt«, er schmunzelte, »doch das schickt sich nicht mehr für so einen wie mich.«

»Und jetzt machen Sie Bodybuilding?«

»Warum denn nicht? Mens sana ... Sie wissen schon.«

Ein lustiger Vogel, der Mann, aber weiterhelfen konnte er ihr nicht.

»Die Jugendarbeit überlasse ich inzwischen völlig meinem Kaplan. Und Sie können mir glauben, daß ich sehr froh darüber bin. In meinem Alter – das sage ich nicht gern, aber auch ich muß den Tatsachen ins Auge sehen – in meinem Alter hat man doch nicht mehr so den rechten Zugang zur Jugend. Aber unser Kaplan ist der richtige Mann dafür. Der geht ganz darin auf. Nur leider ...«

Der Kaplan war im Augenblick nicht in Grieth, sondern auf der Taufe seiner Nichte in Meiderich und würde erst spät am Sonntag zurückkommen.

Von dem Toten im Rhein hatte Pastor Deckers natürlich in der Zeitung gelesen, aber der Name Ralf Poorten sagte ihm nichts. Er erzählte das alles sehr sachlich, ohne aufgesetzte Rührung oder Mitleid. »Unsere Dorfjugend? Die werden den Jungen wohl gekannt haben, wenn Sie sagen, daß er in unserem Jugendkreis war. Aber Sie haben sich eine dumme Zeit ausgesucht, wenn Sie mit denen sprechen wollen. Die sind doch jetzt alle in der Schule.«

Der Jugendkreis war offen für jeden, von montags bis freitags immer von 19 bis 21.30 Uhr.

»Am besten wäre es wohl, Sie gingen am Montag abend einfach mal hin. So gegen acht. Da treffen Sie alle, auch den Kaplan.«

Der Pastor begleitete sie bis vor die Haustür. »Vielleicht sieht man sich einmal wieder«, meinte er, aber es klang ein wenig gezwungen.

Astrid wollte sich noch ein bißchen umsehen, wenn sie schon einmal hier war, zumindest einen kurzen Blick auf den Rhein werfen. Am Heimatmuseum vorbei führte ein Weg zum Deich. Sie hatte das Ende des Pfades noch nicht erreicht, als der Eiswind sie wieder packte. Nächstes Mal, sagte sie sich, kehrte um und kroch in ihr warmes Auto.

»Wie war dat doch noch mit dem Kleckern un' dem Klotzen?« Ackermann staunte nicht schlecht. »Wo ich dat letzte Mal hier war, waren se die Halle gerade am bauen, aber den Prachtschuppen mit de Goldschrift, den hatt ich noch nich' gesehen.«

Es ließ sich nicht länger vermeiden. »Sie kennen also die Werft?« fragte Toppe geduldig, aber der übliche Wortschwall blieb aus.

»Klar«, nickte Ackermann nur, »ich segel doch schon von Kind an.« Dann kniff er die Augen zusammen. »Wenn mich nich' alles täuscht, is' dat da vorne der Franz, der alte Gauner. Ej, Franz!« brüllte er und lief los.

Franz Roeloffs, der gerade dabei war, eine dicke Kette um einen Motorblock zu schlingen, hielt inne und sah stirnrunzelnd auf. »Ach nee!« Das breite Grinsen nahm ihm all seine Bärbeißigkeit. »Der Jollenschänder aus Kranenburg!«

»Wieso?« meckerte Ackermann und mimte Entrüstung. »Dat war ich doch gar nich' in schuld. Ich war doch in Lee, un' der andere Torfkopp mit seiner 420er in Luv. Der hat doch au' die Rechnung bezahlt damals.«

Franz Roeloffs schlug ihm seine Pranke auf die Schulter. »Hätteste ja trotzdem mal Ausguck halten können, oder? Sonst kommste noch mal unter 'nem Tanker zu liegen und weißt nicht mal, wie de dahingekommen bist. Aber bei deiner Brille haste bestimmt beim Prüfer dat Deck geschrubbt, damit du durch den Sehtest kommst, oder wie hab ich dat? Versenkste immer noch im Altrhein?«

Ackermanns Augen blitzten vergnügt. »Nee, ich bin jetz' in Plasmolen. Dat Revier is' besser un' die Frittensoße auch.«

Franz Roeloffs zwinkerte ihm zu. »Un' wenn du mal wieder gegen den Steiger bretterst, sagste einfach: nix verstehn, ich deutsch, wa?«

Lachend zog er einen Lappen aus der Hosentasche und wischte sich die Hände ab. »Warst lange nicht mehr da, Jupp. Bist du jetzt in 'ner Trockenmarina, oder hast du 'ne andere Werft?«

»Ach, weißte, mein Schwager is' aus Cuyk, un' der hat 'en guten Draht nach Plasmolen, un' da krieg ich alles zum Schmuggeltarif. Bei dir is' ja immer schon Luxusyachtzuschlag gewesen.«

»Ich mache ja auch Deutsche Wertarbeit. Bei den Friesen wird das Leck ja immer mit Epoxy gestopft, und den Rest muß die Lenzpumpe rausdrücken.«

Toppe war inzwischen herangekommen und hörte amüsiert zu.

Ackermann winkte ab. »Nee, Franz, auf deine Arbeit laß ich nix kommen. Dat hab ich auch gegen mein Schwager gesacht. Der Franz, hab ich gesacht, also, der macht kein Pröllekram. Un' die Mahagoniketsch, die der baut, sach ich noch, die is' dat schärfste Schiff, dat ich in mein ganz' Seglerleben gesehen hab. Machste die ei'ntlich noch? Ich hab schon rumgeguckt.«

»Dat is' 'ne Yawl, du Bilgenfisch! Und Mahagoni ist nur innen, aber wie: Vollholz. Klinkerbeplankung, Langkieler, Fock und Genua, Besan mit Besanstag, Vierzehnmetermast mit Gaffel und schnell wie ein Torpedo. Ist ja auch nur zwei fuffzig schmal, liegt aber wie ein Kind in der Wiege. Die kriegst noch nicht mal du auf die Backe gelegt. Klar, bau ich die noch. Aber nur auf Anfrage und gegen Vorkasse.«

»Un' wieso machste jetz' diese Zuhälterschleudern mit Bakelitrumpf aus Taiwan un' Sonnendeck für de Bikinibräute?« fragte Ackermann unvermittelt ernst.

Roeloffs zog die Brauen zu einem dicken Strich. »Rechnet sich besser.«

»Tut dir dat denn nich' weh in deine alte Seglerseele?«

»Wenn du mit deiner BM in 'ner Flaute liegst, und die Strömung treibt dich auf Legerwall, dann packst du doch auch den Jockel aus, bevor du auf die Rockies knallst, oder?«

Toppe hätte sich den Satz gern übersetzen lassen, aber eigentlich war schon klar, was Roeloffs meinte.

»Sie hatten vor ein paar Jahren ganz schöne finanzielle Probleme mit der Werft?« mischte er sich ein.

Roeloffs zuckte die Achseln. »Wer hat die heute nicht

im Bootsbau?« Dann sah er Ackermann ins Gesicht. »Du bist also bloß beruflich hier?«

»Wat denks' du denn?« antwortete Ackermann überrascht. »Wo ich mit 'm Chef komm un' der Ralf Poorten dein Lehrjung war!«

Roeloffs Miene verfinsterte sich weiter, er machte alle Schotten dicht.

»Wo waren Sie am Freitag abend?« fragte Toppe.

»Warum?«

»Weil Ralf Poorten am Freitag abend getötet wurde.«

Ackermann wieselte dazwischen und packte Roeloffs beim Arm. »Jetz' laß uns ma' Klartext reden, Franz.« Er sprach leise. »Jeder im Umkreis von hundert Kilometer weiß, dat dein Laden damals den Bach am runtergehen war. Jeder weiß, dat dein Bruder die Karre aus 'm Dreck gezogen hat. Aber leider weiß au' jeder, wat dein Bruder für einer is', un' dat der in seinem Leben noch nich' ein sauberes Geschäft gemacht hat. Et wär 'ne Kleinichkeit für mich, rauszukriegen, dat dat heut noch genauso is'.«

Roeloffs schüttelte Ackermanns Hand ab. »Ja? Dann mach doch! Ich verstehe bloß nicht, was Ralf ...« Aber dann ging ihm ein Licht auf, und er schüttelte sprachlos den Kopf.

»Ja ...« drängelte Ackermann.

»Gut!« Roeloffs sah ihm in die Augen. »Dann will ich auch mal Klartext reden. Was mein Bruder für einer ist, weiß ich selbst wohl am allerbesten. Und trotzdem sage ich dir, ich bin froh, daß der sich um die Geschäfte kümmert, denn davon versteh ich nichts, und das Interessiert mich auch nicht. Wenn du meinst, du mußt uns was ans Zeug flicken, dann kann ich dich nicht davon abhalten. Aber eines will ich euch sagen: der Ralf, der war wie ein eigener Sohn für mich. Und alles, was ihr euch da in eurem kranken Hirn zusammengereimt habt, könnt ihr getrost in die Tonne kloppen.«

»Nu reg dich doch nich' so auf«, versuchte Ackermann ihn zu bremsen. »Du meins' also, geschäftlich läuft bei euch alles astrein?«

»Soweit ich weiß, ja. Aber ich sage doch, es interessiert

mich nicht. Und den Ralf hat es auch nicht interessiert. Der wollte Boote bauen und sonst nichts, genau wie ich.«

»Is' schon in Ordnung, Franz. Dein Bruder, is' der im Büro?«

Roeloffs nickte nur und wandte sich ab.

»Kommste nich' mit?«

Roeloffs hatte sich schon wieder über den Motor gebückt. »Nee, muß sehen, wie ich hier über die Runden komm ohne Lehrling«, knurrte er. »Der Geselle ist auch schon den halben Tag mit 'nem Trailer beim TÜV.«

»Und wo waren Sie jetzt am Freitag abend?« fragte Toppe.

Roeloffs richtete sich wieder auf. »Da, wo ich freitags immer bin, beim Schießen. Um sieben gehe ich in die Kneipe, esse was, dann wird geschossen, und bis ich nach Hause komme, ist es meistens zwei Uhr morgens.«

»Ach ja«, nickte Ackermann. »Schütze biste ja auch. Inne *Eiche* in Huisberden, ne? Dat kriegen wir schon geklärt.«

Paul Roeloffs schien es höchst amüsant zu finden, daß sie sich für sein Alibi interessierten. »Ich habe Ihnen doch schon erzählt, daß ich auf Geschäftsreise in Amsterdam war, Herr Hauptkommissar.«

»Ir'ndwer, der dat für Freitach abend bezeugen könnt?« fiel ihm Ackermann ins Wort.

Paul Roeloffs rieb sich nachdenklich die knubbelige Nase. »Unser arabischer Kunde ist schon abgereist, aber ... Freitag abend ... ah, genau, da sind wir ... ausgegangen ...« Er griente.

»Wat?« rief Ackermann. »Die Scheiche stehen auf holländische Puffs?«

»Und wie!« Roeloffs stülpte die fleischigen Lippen vor. »Ich bin sicher, daß sich zwei der Damen genau an mich erinnern.«

Wenn der sich noch mehr in die Brust wirft, dachte Toppe, hebt der gleich mit seinen Dackelbeinen ab. »Welcher Laden?« fragte er.

»Vom Feinsten natürlich. Ich führe doch unseren besten Kunden nicht in irgendeinen Bums. Wir waren im *La Rose.*«

»Edel geht die Welt zugrunde«, pfiff Ackermann anerkennend. »Dat möcht ich mir ma' leisten können! Un' wat sacht die Mutti dazu, wenn ihr Dicker so auf die Kacke haut?«

»Die?« Roeloffs lachte. »Was glauben Sie denn, wo ich die her habe?«

Als Ackermann ihn dann nach den Geschäften fragte, gab Roeloffs sich schwer gekränkt. »Bitte, meine Herren, Sie können jederzeit unsere Bücher prüfen lassen. Jederzeit! Wir haben nichts zu verbergen. Ich bin es ja mittlerweile gewöhnt, aber leicht hat man es in unserer Gesellschaft wahrhaftig nicht, wenn man sich einmal etwas hat zuschulden kommen lassen.«

»Einmal?« Ackermann schüttete sich aus vor Lachen. »'n Klassewitz, werd ich bei Gelegenheit zum besten geben.«

Sie saßen gerade erst im Auto, als Ackermann sich vorsichtig räusperte. »Äh, Chef?«

»Hm?« Toppe ließ den Motor an.

»Wat dagegen, wenn ich die Alibis überprüf? Ich mein, ich hätt sowieso nix vor dies' Wochenende.«

Toppe konnte es sich nicht verkneifen: »Und was sagt die Mutti dazu, wenn sich ihr Dicker in solchen Etablissements rumtreibt?«

»Ach, die kennt mich doch! Außerdem könnt ich mir in dem Schuppen keine Nummer leisten. Unter tausend Eiern geht da gar nix ab.«

»Sie kennen sich aber gut aus in der Szene.«

»Logo! Wat haben Sie denn in Ihre wilden Jahre so getrieben, he?«

Toppe bog in die Haupststraße ein und lächelte. »Ich glaube, die habe ich ausgelassen.«

Ackermann sah ihn lange an. »Da könnt ich ja jetz' wat drauf sagen, laß ich aber.«

Toppe erwiderte nichts.

»Hören Sie ma', Chef, ich glaub, dat kratzt Sie echt, wenn die Leute lästern, von wegen Dreieckskiste, wa?«

»Dreieckskiste«, schnaubte Toppe. »Ja, stimmt, das kratzt mich tatsächlich.«

»Komisch, versteh ich nich'. Sollen doch löllen, die Leute. Wenn die sons' nix haben im Leben – ihr Pech! Man kann sowieso machen, wat man will, ir'ndeiner zerreißt sich immer dat Maul. Also, wenn ich Sie wär, ich würd den Affen richtich Zucker geben. Jede Woche inne Apotheke un' Potenzpillen holen – Jumbopackung – un' dafür sorgen, dat et jeder mitkriegt.«

Toppe lachte mühsam, aber Ackermann war noch nicht fertig.

»Hee«, stupste er ihn mit dem Ellbogen. »Sie müssen sich dat wirklich nich' so zu Herzen nehmen. Dat dauert kein halbes Jahr, un' die Leute haben wat anderes zum Quatschen gefunden. Dat kenn ich vom eigenen Leib. Wie meine Frau vor'ges Jahr ihre Ausbildung fertichgemacht hat un' für zwei Monate nach Breda hin mußte, wat meinen Sie, wat da los war in Kranenburg! Von wegen Schnauze voll un' abgehauen un' hat den Alten innen Wind geschossen. Wie dat eben so geht. Un' dann? Keine drei Wochen später läuft auf einmal Paul Meier seine Tochter Lisbeth mit 'm dicken Bauch rum, noch keine sechzehn un' nie 'n Freund. Aber auffe Scheffenthumer Kirmes haben mindestens vier Mann – wat sach ich: vier? Zum Schluß waren et an die dreißig – jedenfalls haben die dat Mädchen inne Scheune verschwinden sehen, un' zwar mit unserm Bürgermeister! Wat meinen Sie, wat der liebe Ackermann den Leuten da auf einma' schnuppe war.«

13

Ganz wohl in seiner Haut fühlte Heinrichs sich nicht, aber es machte doch wirklich keinen Sinn, den Mann von der Wasserschutzpolizei ins Präsidium zu bitten. Alle Rheinkarten und Tabellen und was sie sonst noch brauchen würden, waren schließlich in der Emmericher Dienststelle. Der Kollege, mit dem er schon zweimal telefoniert hatte, hieß Schneider und schien ganz in Ordnung zu sein.

Er parkte an der Rheinpromenade, die heute vollkommen menschenleer war. Als er ausstieg, wußte er, warum: Man konnte die schneidende Kälte hier am Wasser kaum aushalten. Rasch wechselte er auf die andere Straßenseite in den Schutz der Häuserzeile und lief auf den Park zu. Die Wasserschutzpolizei war gleich gegenüber, wenn er sich recht erinnerte. Der Knochenpark – wer war nur auf diesen Namen gekommen? Oder hieß der nur im Volksmund so, wegen all der Halbtoten, die hier rumhingen? Ein beliebter Treffpunkt für das Drogengesindel der ganzen Umgebung; hier verging keine Woche ohne Messerstecherei oder andere nette Sachen.

Schneider war viel älter, als seine Stimme am Telefon hatte vermuten lassen. Er mußte schon kurz vor der Pensionierung stehen. Ein drahtiger Mann mit grauen Stoppelhaaren und gewitzten Augen, ein alter Hase. Er war auf einem Bauernhof in der Niederung aufgewachsen und hatte mit dem Rhein zu tun gehabt, lange bevor er in den fünfziger Jahren zur Wasserschutzpolizei gegangen war. »Den Fluß kenne ich besser als meinen eigenen Garten«, meinte er aufgeräumt.

Als Heinrichs die Daten aus Bonhoeffers Bericht auf den Tisch legte, sah er das Blitzen in Schneiders Augen und wußte, daß er eine verwandte Seele gefunden hatte. Keine zehn Minuten später standen sie beide über Karten gebeugt, murmelnd und gestikulierend, jeder mit einem Blatt Papier, *Theorien* stand auf Schneiders Zettel, *Hypothesen* war Heinrichs' Überschrift, aber das war auch beinahe schon der einzige Unterschied. Walter Heinrichs vergaß das Mittagessen.

Toppe war es ganz recht, daß Ackermann sich wohl oder übel mal wieder in seiner eigenen Abteilung blicken lassen mußte – er konnte eine kleine Pause gebrauchen.

In seinem Chefzimmer lagen keine Nachrichten für ihn, also warf er nur seinen Mantel auf das Sofa und ging hinuber zum K 1-Büro.

Hinter dem Aktenführertisch thronte Look, weiter war keiner da.

»Äh, hallo«, grüßte Look, und seine Ohren färbten sich rötlich blau.

»Was machen Sie denn hier?« staunte Toppe. »Und wo sind die anderen?«

»Ja ... ähem ... ich weiß nicht ...« Look verhaspelte sich völlig. »Kollege Heinrichs hat mich gefragt, ob ich hier für ihn ... nur für eine Stunde mal ...«

»Heinrichs hat was?« Das war doch wohl ein Witz! »Und wo steckt der?«

»Der mußte mal kurz eben nach Emmerich, wegen der Wasserleiche«, betete Look tapfer. »Und weil sonst keiner da war ... Na ja, hab ich gedacht, eine Hand wäscht die andere. So, jetzt, wo hab ich denn den Zettel? Da sind nämlich ein paar Anrufe gewesen.«

Toppe stand immer noch mitten im Zimmer und bemühte sich um Haltung. Look hatte den Zettel gefunden und sah ihn verhuscht an. Armer Kerl, konnte ja nichts dafür.

»Soll ich der Reihe nach?«

»Nur zu«, antwortete Toppe dumpf und setzte sich.

»Also, um 10.32 Uhr kam ...«

»Die Uhrzeit können Sie weglassen.«

»Ja gut, der erste Anruf war, daß Ralf Poorten morgen früh um neun beerdigt wird.«

»Wo? In Griethausen?«

Look machte runde Augen. »Ja, weiß ich nicht. Ich dachte, das wüßten Sie.«

Toppe schüttelte den Kopf. Egal, das konnte er später rausfinden. Auf jeden Fall wollte er zur Beerdigung gehen und sehen, wer da alles so auftauchte. Bis jetzt kannten sie kaum einen, mit dem der Junge Kontakt gehabt hatte.

»Dann ...« – Look machte eine Kunstpause, die Großes einläuten sollte – »... hat unsere neue Chefin angerufen.«

Toppe schaute ihn nur an.

»Ja, ähem, sie sagte, sie wollte schon mal kurz in alle Abteilungen reinschnuppern und dafür mit Ihnen einen

Termin ausmachen. Aber Sie waren ja nicht da. Und jetzt ruft sie morgen noch mal an, hat sie gemeint.«

»War's das?«

»Nö, der letzte Anruf war wohl der wichtigste. Das Motorrad ist aufgetaucht.« Look sah so stolz aus, als hätte er es selbst gefunden.

»Wo?«

»Auf der Reeser Schanz. Der Wirt von der Kneipe da hat die Maschine heute morgen in seinem Garten gefunden. Das Kennzeichen stimmt und auch sonst alles. Er hatte das in der Zeitung gelesen, das mit dem Poorten und dem Motorrad, und da hat er sich direkt hier gemeldet.«

»Reeser Schanz!« Toppe fluchte. »Da komme ich gerade her! Warum haben Sie mich nicht angerufen?«

»Ich wußte doch überhaupt nicht, wo Sie sind«, entgegnete Look beleidigt. »Außerdem hat mir das keiner gesagt.«

»Es gibt doch Funk, oder? Aber ist schon gut. Wüßten Sie denn eventuell, welche Kneipe das ist?«

»Ja sicher, das ist die direkt am Rhein.«

Neben der Roeloffs Werft, dachte Toppe, wunderbar, es wird immer besser.

»Haben Sie irgendwas unternommen?« fragte er sicherheitshalber.

»Ich?« Look war hilflos.

»Gut. Hat Frau Steendijk sich schon gemeldet?«

»Bei mir nicht.«

»Und wann wollte Heinrichs wieder hier sein?«

Look sah auf seine Uhr. »Vor anderthalb Stunden.«

Toppe seufzte und stand auf. »Danke. Dann werde ich mal den ED verständigen und mich noch mal auf den Weg nach Niedermörmter machen.«

Auch Look stand unschlüssig auf. »Ja, muß ich denn noch ...? Ich meine, der Kollege unten ist ganz alleine, und irgendwie geht das doch auch nicht ... obwohl ... gut, für 'ne halbe Stunde vielleicht ...«

Toppe fischte nach dem Telefonregister und nickte Look zu. »Eine halbe Stunde wäre ganz wunderbar, danke. Wir revanchieren uns bestimmt bei euch.« Er wählte schon.

»Ach«, winkte Look ab, »ist doch nicht nötig. So was macht man doch immer wieder gern.«

»Wasserschutzpolizei, Verholen, guten Tag.«

»Toppe, Kripo Kleve, Tag. Ist der Kollege Heinrichs noch bei Ihnen? Ja? Prima, danke.«

Es dauerte.

»Oh, hallo Helmut! Ist was passiert?«

»Einiges. Aber das kannst du dir dann gleich von deinem persönlichen Anrufbeantworter berichten lassen. Mir fehlt im Moment leider die Zeit dazu, das Motorrad ist nämlich gefunden worden. Komm bitte unverzüglich zurück. Wir unterhalten uns dann später.«

»Hör mal, Helmut, du glaubst doch wohl nicht, daß ich hier zu meinem Privatvergnügen ...«

Aber Toppe ließ ihn nicht ausreden. »Team heute um 17 Uhr. Pünktlich.«

Van Gemmern stand an einem Mikroskop und hatte Toppes Klopfen offenbar nicht gehört.

»Herr van Gemmern!«

»Sekunde noch.« Er machte sich eine Notiz und sah dann hoch. »Ja?«

Toppe hielt sich immer noch am Türrahmen fest. »Man hat das Motorrad gefunden, in Niedermörmter. Könnten wir zusammen rausfahren?«

Van Gemmern legte den Stift aus der Hand, schaltete das Mikroskop aus, ging zu seinem Spind und nahm seinen Dufflecoat heraus. »Fahren Sie mit mir?«

»Im Vampiromobil?« Toppe grinste und erntete etwas, das einem Lächeln sehr nahe kam.

Das Vampiromobil – vor ein paar Jahren hatte Paul Berns beschlossen, man brauche ein rollendes Labor, aber das Land hatte sich, was die Zuschüsse anging, stur gestellt. Trotzdem war es Berns gelungen, einen gebrauchten, feuerwehrroten Transit zu einem kleinen, brauchbaren Labor auszubauen. Kein Mensch wußte, wie er das Geld dafür zusammengekratzt hatte. Man vermutete doch noch irgendwelche öffentlichen Mittel über dunkle Kanäle und jede Menge Eigenkapital. Bestätigt hatte Berns keins von beidem.

»Ja«, sagte van Gemmern. »Es ist vielleicht die letzte Gelegenheit.«

Toppe stutzte.

»Berns hat mich gestern abend angerufen. Er hat einen Rentenantrag gestellt.«

»Das war zu erwarten.«

»Frührente, mehrere Gutachter. Er sagt, er kommt damit durch, alles wasserdicht. Und das Vampiromobil könnten wir vergessen. Er will es mit in den Ruhestand nehmen und zu einem Camper umbauen. Lange genug hätte er dem Staat ...« Damit brach van Gemmern ab. Offensichtlich war ihm aufgefallen, daß er sich soeben der Geschwätzigkeit hingegeben hatte.

»Das sieht ihm ähnlich«, meinte Toppe. »Danke für das Angebot, aber wir fahren besser mit zwei Autos. Ich muß hinterher noch einen Krankenbesuch machen – van Apeldorn hat eine Lungenentzündung.«

Van Gemmern signalisierte Mitgefühl, indem er für eine Sekunde die Brauen runzelte.

Der Wirt von der Reeser Schanz entpuppte sich als ein hilfsbereiter Bürger – genau das, was Toppe heute noch gefehlt hatte. Neidisch sah er van Gemmern hinterher, der sich nur seine Ausrüstung geschnappt hatte und wortlos zwischen den Büschen verschwand, wo das Motorrad lag.

»Um wieviel Uhr war das denn?« fragte Toppe automatisch.

»Na, heute morgen, als ich den Müll rausgebracht habe, gegen Viertel vor elf.«

Der Mann war vollkommen sicher, daß die Maschine gestern noch nicht dagewesen war. »Ich bringe nämlich jeden Morgen den Müll raus. Aber Spaß beiseite, ich kann Ihnen das noch genauer sagen. Auch gestern nachmittag um fünf war das Rad noch nicht da. Weil ich da nämlich auch draußen war. Da flogen so ein paar alte

Zeitungen hier in der Anlage herum, und das ist ja kein gutes Renommee für eine Gastwirtschaft.«

»Gehört haben Sie aber nichts?«

»Das Motorrad? Nein, ich habe schon die ganze Zeit überlegt. Auch was für Gäste da waren und so. Aber gestern war überhaupt nicht viel los. Ist ja auch kein Wunder. Wer macht bei diesem Wetter schon einen Ausflug an den Rhein? Nachmittags war ein Ehepaar mit einem Kind da, jedenfalls glaube ich, daß das ein Ehepaar war. Obwohl heutzutage weiß man ja nie. Das war so um halb drei rum. Kamen aus Mettmann, auf alle Fälle hatten die ein Auto mit ME. Abends waren nur Stammgäste da, alle aus dem Ort. Ich habe Ihnen schon mal eine Liste gemacht, wenn Sie die brauchen.«

»Danke, die nehme ich nachher mit.«

»Nun ja, wie gesagt, wir haben nichts gehört, meine Frau und ich. Aber Sie müßten vielleicht mal bei den Häusern vorm Deich fragen. Ich meine, es gibt ja nur die eine Straße zu uns runter.«

Das war Toppe auch schon aufgefallen. Acht Häuser hatte er gezählt. Die mußten abgeklappert werden. Und die Roeloffs Werft natürlich.

Er bedankte sich beim hilfreichen Wirt und ging zu van Gemmern hinüber. »Mit Schuh- und Reifenspuren ist wohl nicht zu rechnen, oder?«

»Bei dem Boden? Nein, knochenhart gefroren. Aber ein paar andere Sachen habe ich.«

Das Motorrad war absolut intakt und gepflegt, also mit Sicherheit nicht in einen Unfall verwickelt gewesen, nicht einmal in einen Sturz. Und es hatte nicht im Wasser gelegen. Selbst die Reifen waren trocken, nur wenig bröckeliger Schmutz im Profil. Fingerabdrücke gab es kaum, aber das war nicht weiter verwunderlich. Seit Wochen trug jeder halbwegs gescheite Mensch Handschuhe, wenn er nach draußen ging.

»Aber da ist noch was«, meinte van Gemmern. »Hier.«

Toppe ging neben ihm in die Hocke.

»Das sind Blutspritzer, ziemlich sicher.«

Tatsächlich waren auf dem Vorderreifen feine Spritzer

zu erkennen. Toppe zog scharf die Luft ein. Das Blut war nicht nur an der Reifenseite sondern auch auf dem Profil der Lauffläche.

»Ganz genau«, bestätigte van Gemmern. »Nachdem das Blut draufgespritzt ist, ist mit der Mühle keiner mehr gefahren.«

Toppe versuchte, seine holpernden Gedanken in den Griff zu kriegen. »Und sonst hier ...?«

»Nein«, sagte van Gemmern bestimmt. »Hier gibt es nirgendwo Blutspuren. Weder auf dem Boden noch im Gebüsch. Überhaupt ist rundherum alles intakt, keine Hinweise auf einen Kampf oder so was.«

»Vielleicht ist es Ralf Poortens Blut.«

»Das kann ich Ihnen in spätestens zwei Stunden sagen. Es könnte ja auch nur ein überfahrenes Karnickel sein. Obwohl die Spritzer sind zu fein und der Winkel ...« Van Gemmern brummelte nur noch, packte seine Sachen ein.

»Der Tankrucksack«, wollte Toppe wissen, »war der geschlossen?«

»Ja, und das hier war drin.«

Eine Brieftasche aus hellblauem Kunststoff mit dem Führerschein, der Zulassung, dem Personalausweis und einer Bankkarte. Das war alles, kein Geld, keine Fotos, keine Zettel. Und ein Paar Motorradhandschuhe. Wenn Ralf Poorten sie selbst ausgezogen und im Rucksack verstaut hatte, dann war er nicht auf seinem Motorrad überfallen worden, oder?

»Was willst du denn hier?« Marion van Appeldorns Laune hatte sich nicht gebessert.

Toppe hielt ihr den Strauß Anemonen unter die Nase. »Nur ein kurzer Krankenbesuch. Hallo.«

Sie verzog unwirsch den Mund. »Norbert hat sich noch nie was aus Blumen gemacht.«

»Die sind ja auch für dich.«

»Na gut, danke«, gab sie sich geschlagen und hielt ihm die Wohnungstür auf.

Sie war eine kleine Frau, die es sehr gut verstand, ihre Vorzüge ins rechte Licht zu rücken. Auch heute in verwaschenen Jeans und einem engen grauen Pullover sah sie ansprechend aus. Toppe registrierte das wie immer, aber es berührte ihn nicht. In den zehn Jahren, die er sie jetzt schon kannte, war er nie warm mit ihr geworden, nicht einmal, wenn sie glänzend gelaunt war.

Sie standen in der Diele und sahen sich an.

»Gib mir deinen Mantel«, meinte sie schließlich, »und halte mal eben die Blumen.«

In der Wohnung stank es nach angebrannter Milch. Anna, ihre ältere Tochter, kam aus der Küche und eilte durch die Diele in ein Zimmer gegenüber, ohne einen von ihnen anzuschauen.

»Bist du etwa schon fertig?« schrie Marion ihr hinterher, aber es kam keine Antwort. Sie nahm Toppe den Strauß wieder ab. »Von einer Vierzehnjährigen kann man doch wohl erwarten, daß sie sich ihren Kakao selbst kochen kann, oder? Aber was tut die Dame? Hängt am Telefon, quatscht stundenlang mit ihrer Freundin und läßt die Milch überkochen. Und erwartet dann selbstverständlich von ihrer Mutter, daß die den Herd wieder saubermacht. Von wegen!«

Toppe nickte verständnisvoll, und sie besann sich. »Dort ist das Schlafzimmer, geh ruhig rein. Ich stelle die Blumen ins Wasser.«

Toppe zögerte noch. »Geht es ihm sehr schlecht?«

Sie schnaubte. »Mir geht es schlecht. Der Mann ist unerträglich, wenn er krank ist, tyrannisiert die gesamte Familie.«

Toppe lugte vorsichtig durch den Türspalt. Van Appeldorn lag mit dem Rücken zu ihm, fest zugedeckt, nur ein paar klebrige Haarsträhnen waren zu sehen.

»Norbert«, raunte Toppe sachte, aber van Appeldorn rührte sich nicht. Erleichtert schloß Toppe die Tür wieder und ging in die Küche, wo er Marion klappern hörte.

»Er schläft.«

»Dem Herrn sei's getrommelt und gepfiffen«, antwortete sie und nahm einen Stapel Wäsche von einem Küchenstuhl. »Setz dich.«

»Was sagt denn der Arzt?«

Marion blieb stehen. »Wann Norbert wieder arbeiten kommt, meinst du? Das kann dauern.«

»Nein, ich meinte eigentlich, ob es sehr schlimm ist.«

»Das Fieber geht langsam runter.« Sie sah auf ihre Armbanduhr. »Du lieber Himmel! Hör zu, Helmut, ich würde dir wirklich gern einen Kaffee anbieten, aber ich muß die Kleine vom Kindergarten abholen und dann unbedingt noch mal in den Laden.«

Toppe schob den Stuhl zurück. »Ich habe sowieso keine Zeit. Du kannst Norbert ja von mir grüßen und ihm sagen, daß ich hier gewesen bin. Hast du denn jetzt eine Aushilfe gefunden?«

»Bloß für heute. Was morgen wird, weiß der Geier. Anna!« rief sie in den Flur. »Ich bin jetzt weg, und ich erwarte, daß du dich um deinen Vater kümmerst!«

Toppe machte sich schnell aus dem Staub.

Bis zum Team war noch über eine Stunde Zeit. Unschlüssig blieb Toppe am Burgparkplatz stehen und sah zum Kermisdahl hinunter. Eigentlich nicht das richtige Wetter für einen Spaziergang. Ach was, dachte er, was sagte Arend immer: Schultern und Hintern zusammen und die Brust raus, tief durchatmen, dann ist dir auch nicht mehr kalt. Wie angenehm, daß es tatsächlich funktionierte. Er verbannte Marion van Appeldorn aus seinem Kopf und mit ihr jeglichen Gedanken an irgendwelche Beziehungskisten.

Das Motorrad ... wenn's nun kein Karnickel gewesen war – und danach sah es nicht aus – wenn es an der Kneipe keinen Kampf gegeben hatte, das Blut also nicht dort auf den Reifen gekommen war ... irgend jemand mußte die BMW dorthin gebracht haben. Warum gerade dorthin? Und wieso erst heute? Und wo war das Motorrad bis heute gewesen? Gesetzt den Fall, es war Ralf Poortens Blut ...

Unter den alten Bäumen und den immergrünen Büschen war der Weg feucht, und sogar in der Kälte ahnte man den Modergeruch. Das Flußufer war von einer milchigen Eisdecke überzogen, in der Mitte war das Wasser spiegelglatt. Selbst den Schwänen war es wohl zu frostig.

Auf der gegenüberliegenden Seite dehnten sich abgeerntete Felder. Die Leute von der Stadt hatten zwei lange Baumreihen auf den Ring zu gepflanzt – junge Stämmchen. Ob sie die alten Alleen wieder anlegen wollten?

Niedermörmter ... Roeloffs ... und wenn Ackermann doch recht hatte? Unsaubere Geschäfte, Mitwisser, Erpressung?

Toppe ging schneller. Bis zu dem Weg, der wieder hoch zur Nassauer Allee führte, war es doch weiter, als er gedacht hatte.

Aber wären die Roeloffsbrüder so dämlich, das Motorrad dort abzustellen? Quasi vor ihrer eigenen Haustür. Unwahrscheinlich.

Als er am Auto ankam, war ihm warm geworden. »Man läuft viel zuwenig«, murmelte er vor sich hin, drängte aber sofort alle guten Vorsätze beiseite – er wußte, was davon übrigblieb, und den Frust wollte er sich schenken.

»Ich konnte nicht wissen, daß hier jetzt ein anderer Wind weht!« Walter Heinrichs hatte sich für den Angriff entschieden. »Daß du auf einmal den Chef raushängen läßt. Bis jetzt lief das ja anders bei uns.«

»Walter, du hast Mist gebaut, und das weißt du ganz genau.« Toppe blieb sachlich. »Einen Kollegen von der Wache hier hinzusetzen. Die sind doch nicht unser Büttel.«

»Es war wichtig.«

»Dann hättest du es vorher sagen müssen. Wir haben damals, nach Günthers Tod, lang und breit darüber geredet, und du warst bereit, seinen Job zu übernehmen, und das bedeutet ...«

»Ich war bereit?« brüllte Heinrichs. »Ihr habt mich bequatscht wie einen lahmen Gaul – alle zusammen.«

»Und das bedeutet«, fuhr Toppe ungerührt fort, »daß du hier an deinem Platz bist. Wenn du das in Zukunft nicht mehr willst, dann müssen wir uns gemeinsam eine andere Lösung einfallen lassen.«

Astrid seufzte unglücklich. »Vielleicht können wir den

Aktenführer ja pro Fall immer neu verteilen, ganz gerecht. Wäre doch eine Lösung.«

»Hört auf, verdammt! Ich bin doch nicht doof. Meint ihr, ich weiß nicht, warum ihr das damals so ausgekungelt habt? Und ich muß euch ja wohl auch noch dankbar sein dafür, was? Aber ich kann euch sagen, es ist ein verfluchtes Scheißleben, wenn alle dich schonen, damit du es noch ein paar Jahre machst. Du weißt sowieso die ganze Zeit, daß die Bombe tickt und daß du ...«

»Liebe Güte, Walter.« Toppe versuchte, seine Stimme unter Kontrolle zu kriegen. »Du redest wie ein Todgeweihter aus einem RTL-Drama. Hör auf damit. Dein Infarkt ist fünf Jahre her, und man hat dich gesund geschrieben.«

»Dann behandele mich auch so!«

»Gut.«

»Gut?« Heinrichs sah ihn wütend an, dann stützte er auf einmal die Stirn in beide Hände und schüttelte lange den Kopf.

»So habe ich dich behandelt. Du hast Mist gebaut, und ich habe es dir gesagt, wie ich es jedem anderen auch gesagt hätte.«

Heinrichs lugte über seine verschränkten Hände und schaute erst Toppe, dann Astrid an. »Bitte entschuldigt.«

»Geschenkt«, kam es wie aus einem Mund.

»Ist denn in Emmerich was rumgekommen?« ging Toppe zur Tagesordnung über.

Heinrichs räusperte sich. »Ja, ich denke schon. Dieser Schneider vom Wasserschutz ist ein ganz Ausgefuchster, und wir sind ein gutes Gespann, glaube ich. Wenn wir uns noch mal zwei, drei Stunden zusammensetzen würden ...«

»Dann könnt ihr sagen, wo man Poorten in den Rhein geworfen hat?« zweifelte Astrid.

»Ja«, nickte Heinrichs. »Auf ein paar Kilometer genau müßte das möglich sein, so wie ich das sehe.«

Sie hatten es gerade mal geschafft, sich über ihre restlichen Ergebnisse des Tages auszutauschen, als schon wieder das Telefon klingelte. Es war van Gemmern.

Toppe legte die Hand auf die Sprechmuschel. »Die Ergebnisse vom Motorrad«, raunte er den anderen beiden zu.

Das Blut stammte von Ralf Poorten und war vor weniger als sieben Tagen auf den Reifen gespritzt. Der Spritzwinkel ließ darauf schließen, daß Poorten am Boden gelegen hatte, und zwar ein bis zwei Meter vom Motorradreifen entfernt. Das alles bedeutete wohl, daß Ralf Poorten neben seinem Motorrad zusammengeschlagen worden war. Poorten hatte man bald nach der Tat in den Rhein geworfen, nicht aber das Motorrad. Die Maschine war nicht mehr gefahren worden, trotzdem heute erst in Niedermörmter aufgetaucht. Man mußte sie irgendwie dorthin transportiert haben.

»Also fragen wir die Anwohner auf der Reeser Schanz nicht nach Motorradgeräuschen in der letzten Nacht, sondern nach einem Lastwagen«, überlegte Toppe.

»Vielleicht auch ein Pkw mit Anhänger«, ergänzte Heinrichs. »Es ist schon ein Mist, daß es auf dem harten Boden keine Spuren gibt.« Er dachte nach. »Vermutlich können wir jetzt auch ausschließen, daß der Junge von einem der größeren Rheinschiffe geworfen wurde. Sonst wäre das Motorrad nicht bei der Kneipe aufgetaucht. Oder gibt es da einen Anleger? Aber das wäre auch Quatsch. Die hätten doch besser dran getan, die Maschine gleich mit zu versenken. Die hätte kein Mensch mehr gefunden.«

Astrid streckte sich. »Dann haben wir ja einiges vor morgen: die Leute auf der Reeser Schanz, die Wasserschutzpolizei, die Beerdigung. Was ist mit Roeloffs? Macht Ackermann da weiter?«

Sie teilten den nächsten Tag ein.

»Auf alle Fälle will ich abends zum ›Haus Barbara‹«, beharrte Astrid. »Ich habe mir mal vorhin die Traktate von denen durchgelesen. Da bleibt einem die Spucke weg. Wußtet ihr, daß Homosexualität eine krankhafte Entwicklung ist? Aber wenn man wirklich will, kann man durch das Gebet geheilt werden. Schön war auch die Geschichte von dem Drogenabhängigen, der verzweifelt in den Wald geht, und dort spricht Gott zu ihm. Ab sofort ist der Junge raus aus der Hölle, keine Drogen mehr und keinen Sex. Er ist einer Gebetsgruppe beigetreten und will jetzt Priester werden. Oder was haltet ihr von dem Motto: Nur Jesus kann uns mit Liebe und Zärtlichkeit erfüllen?«

»Na ja«, sagte Heinrichs.

»Na ja?« starrte Astrid ihn an.

»Ich meine nur, im Moment sehe ich nicht ganz, in welchem Zusammenhang das zu Ralf Poortens Tod steht.«

»Ich auch noch nicht«, meinte Astrid, »aber Ralf Poorten hatte nur wenige engere Kontakte, und zwar einmal zu den Leuten im christlichen Jugendkreis und dann eben auch zu diesen religiösen Spinnern. Obwohl seine Schwester meinte, in letzter Zeit sei er da eher kritisch gewesen.«

14

Es war, wie Ackermann es ausgedrückt hätte, eine »kleine Beerdigung« – höchstens dreißig Trauergäste, die in der Friedhofskapelle vor sich hin froren.

Toppe wollte eigentlich als letzter kommen und sich dann hinten an den Rand stellen, aber bei den ganzen leeren Stühlen hätte das besonderes Aufsehen erregt. Also zog er Astrid leise mit in die letzte Reihe.

Die Trauernden saßen dicht beieinander zu dritt oder zu viert, hatten große Lücken dazwischen gelassen. Manchmal scharrte jemand mit den Füßen, ein Mann räusperte sich laut. Ralf Poortens Eltern und seine Schwester kauerten allein in der ersten Reihe, ihre Blicke starr auf den hellen Eichensarg gerichtet.

Rote Rosen, dachte Toppe. Warum mußten es immer rote Rosen für das Sarggesteck sein? Und warum sahen alle Särge immer so erbärmlich klein aus, viel zu kurz und zu schmal, um bequem darin zu liegen? Ich laß mich verbrennen, dachte er.

Auf dem Schieferboden lehnten an dreibeinigen Ständern die großen Kränze, fast alle aus Fichtenzweigen und Gerberas in flammenden Farben. Die Schleifen waren sorgfältig ausgebreitet.

Astrid stieß ihn leise an. »Siehst du das Herz da?« wisperte sie.

Toppe nickte, statt eines Kranzes lag mitten vor dem Sarg ein großes Herz, aus Buchsbaum gebunden, mit einer weißen Schleife: *Du lebst in unseren Herzen – Deine Freunde*. In der Mitte des Buchsbaumes eine weiße Rose und eines der Kreuze, die Astrid inzwischen so gut kannte.

Aus der Seitentür kam jetzt der Priester mit zwei Meßdienern und schritt zur Mitte, ein dünnes Buch vor sich hertragend. Er ließ seinen Blick auf den Trauernden verweilen, schlug dann mit einer flüssigen Bewegung das Büchlein auf und hielt inne. Ein paar Nachzügler kamen auf Zehenspitzen, eine Gruppe Jugendlicher. Astrid erkannte den sportlichen Griether Pfarrer unter ihnen und – Christian.

»Hast du mir nicht erzählt, Christian kannte den Poorten kaum?« beugte sich Toppe zu Astrid, ohne den Blick von seinem Sohn zu nehmen.

Astrid war erst einmal auf einer katholischen Beerdigung gewesen und auch nur drei- oder viermal in einer Messe, bei Hochzeiten und Taufen, aber das war auch schon eine Weile her. Als der Priester begann, zuckte sie zusammen. Der Mann leierte und quäkte wie in einer sehr schlechten Parodie, wie in diesen alten Witzen: dominus vobiscum? Hier für 'n Groschen Brötchen! Sie sah sich irritiert um, aber keiner der Anwesenden regte sich, verzog auch nur die Miene.

Nach ein paar Gebeten und Sprüchen räumte ein Mann in schwarzem Anzug die Kränze beiseite, der Sarg wurde auf einer Karre nach draußen geschoben, und die Trauergemeinde schloß sich an: zuerst die Eltern mit der Schwester, dann eine alte Dame, aufmerksam flankiert von zwei Männern, ein paar Leute mittleren Alters, zwei Jugendliche in schwarzen Jeans und Pullovern.

Auch Toppe war aufgestanden, wartete aber, bis der Griether Pastor mit seiner Gruppe vorbei war. Christian ging mit gesenktem Kopf und fest gefalteten Händen.

Der Zug bewegte sich langsam, der Priester an der Spitze sang seine Litanei in ein Mikrophon. Einer der Meßdiener hielt den scheppernden Lautsprecher.

Der Griethausener Friedhof war lang und sehr schmal, und durch die hohen Mauern an den Seiten fühlte man sich wie auf einem Gefängnishof. Der neue Teil war eigenwillig phantasielos, Sechserreihen von Gräbern, unterbrochen von ordentlichen Linien gerade gewachsener Bäume, eine Reihe Zedern, eine Reihe Blutbuchen, eine Reihe Eiben, wie das Ausstellungsgelände einer Baumschule.

Das Grab lag an einer Ecke. Bei dem tief gefrorenen Boden mußte es mühsam gewesen sein, es auszuheben. Astrid erkannte die Umrisse einer Spitzhacke unter dem Rasenimitat aus Plastik, mit dem die Ränder des Grabes und der Hügel aufgeworfener Erde abgedeckt waren.

Als der Sarg langsam in die Grube herabgelassen wurde, hielt es den Vater nicht länger am Grab. Er drehte sich um und ging weg, fast lief er.

Der Kirchturm mit dem langen Spitzdach war nur ein paar hundert Meter entfernt, und sie gingen alle zu Fuß hinüber.

Auf dem Hof der Grundschule tobten die Kinder – große Pause – durch Rennen und Schreien konnte man sich am besten warmhalten.

Toppe und Astrid ließen sich ein wenig zurückfallen. »Der mit dem grünen Mantel, das ist Franz Roeloffs, der Bootsbauer«, sagte Toppe leise. »Und der daneben sein Geselle.«

Astrid hakte sich bei ihm ein. »Die meisten scheinen Verwandte zu sein, aber ich werde die Schwester noch mal fragen.«

Ein paar Trauergäste drehten sich zu ihnen um und äugten

Auch bei der Messe saßen sie in der letzten Bank, und Toppe fragte sich, was er hier eigentlich noch sollte.

Astrid beobachtete den Priester, wie er den Altarraum betrat, und sie staunte. Das sichere Schreiten, die kraftvollen Gesten, selbst bei der kleinsten Handlung, wohlgesetzt mit stimmigem Timing. Mit welcher Bestimmtheit er den Kelch auswischte. Der Mann stand auf einer Bühne, ein Schauspiel war das. Am fremdesten war ihr das ungeheuere Selbstbewußtsein, das der Mann ausstrahlte, unangenehm, aufdringlich. Durfte der sich so erheben? Sie verstand jetzt auch, warum sie nicht in den Altarraum stürmen durfte. Da gab es lauter heilige Gegenstände: Kelche, vor denen man das Haupt neigte, Bücher, die man küßte. Nein, falsch, Bücher, die er küßte, andere Leute durften das wohl nicht, oder?

Richtig absurd wurde es, als der Mann vor dem Tabernakel in Ehrfurcht versank, sich noch einmal sammelte, bevor er es öffnete, und was er dann herausholte, war eine Schüssel! Der Behälter für die Oblaten. Was sollte das? Ich bete dich an, du heilige Schüssel? Wie war das noch mit dem Goldenen Kalb und den Götzendiensten? Und dann die Unruhe, der harte Rhythmus: aufstehen – niederknien – hinsetzen, niederknien – hinsetzen – aufstehen, hinsetzen – aufstehen – niederknien. Nicht einer, der aus dem Takt kam. Wie sollte man sich dabei sammeln, zur inneren Einkehr finden? Oder ging es nicht darum?

Der Priester las jeden Satz ab, die Gebete auch, selbst beim Vaterunser hatte er ein Buch in der Hand. Astrid ärgerte sich. Konnte man denn nicht erwarten, daß der Mann seinen Job anständig machte und die wichtigsten Texte auswendig konnte, daß er frei sprach, Blickkontakt mit der Gemeinde hatte, damit ein Dialog zustande kam? Aber das war vielleicht der Punkt. Vielleicht ging es genau um diese Distanz. Deshalb die Altarbühne, die Gesten. Der Priester sollte wohl nicht Gleicher unter Gleichen sein. Was sagte der da? Schuld?

»Also, das ist doch wohl nicht wahr!« schreckte sie Toppe auf. »Bist du etwa auch schuldig geworden?«

»Was?« Er verstand kein Wort.

»Der Pfaffe da oben sagte gerade, wir seien alle ...«

Er legte den Finger auf den Mund, ein paar Leute hatten sich schon umgedreht. »Pst. Wieso hörst du da überhaupt hin?«

Sie riß sich zusammen, aber als sie es endlich hinter sich gebracht hatten und zum Auto gingen, ließ sie sich nicht mehr bremsen. »Kein Wort über den Toten, nichts! Man kann ja schon froh sein, daß sein Name erwähnt worden ist, damit man wenigstens weiß, hinter wessen Sarg man da herläuft. Warum hat der nichts von dem Jungen erzählt? Er hat ihn doch angeblich so gut gekannt. Wenigstens vier, fünf Sätze ... Sag mal, läßt dich das völlig kalt?«

»Mittlerweile ziemlich, ja.«

Sie blieb stehen und sah ihn aus kleinen Augen an. »Das muß am Alter liegen!«

»Vermutlich«, stimmte er ihr zu, aber sie legte erschrocken die Hand auf den Mund. »Oh Gott, Helmut, so hab ich das nicht gemeint.«

Er nahm sie in die Arme. »Wieso? Du hast doch recht.«

Heinrichs hatte schon ungeduldig auf seine Wachablösung gewartet und sich sofort auf den Weg zu Schneider gemacht. Auch Toppe hielt sich nicht lange auf, sondern fuhr gleich weiter nach Niedermörmter.

Astrid setzte erst einmal die Kaffeemaschine in Gang, goß die Pflanzen, trödelte eine Weile herum. Auf Heinrichs' Schreibtisch lag die Tageszeitung. Als sie sich dabei ertappte, daß sie bei den Geschäftsanzeigen angekommen war, gab sie sich endlich einen Ruck und setzte sich an den Bericht über ihren Beerdigungsbesuch. Aber schon nach zwei Minuten gab sie wieder auf; es gab nichts zu berichten. Mißmutig holte sie sich noch einen Becher Kaffee und suchte alle Akten zum Fall Poorten zusammen. Dann also noch einmal ganz von vorn. Knapp eine Stunde später hatte sie alles gelesen und war genauso schlau wie vorher. Keine Erleuchtung, nicht einmal das Fitzelchen einer Idee. Verflucht noch mal, irgendwer war diesem Jungen ganz brutal an die Wäsche gegangen. Das hieß doch, er mußte irgend jemandem auf die Füße getreten haben, in die Quere gekommen sein. Aber dafür gab es nicht den geringsten Hinweis. ›Ein lieber Junge‹, ›ein guter Kerl‹, ›naiv‹, und was sie da eben noch so gelesen hatte – alles konturlos und schlapp. Ob man ihn verwechselt hatte?

Nur dreißig Menschen auf der Beerdigung ... Die Leutchen vom Jugendkreis, die wußten vielleicht mehr über ihren Freund. Aber die würde sie erst am Montag treffen. Sie gähnte. Doch, Haus Barbara heute abend, da konnte auch was bei rumkommen.

Das Telefon auf Heinrichs' Schreibtisch bimmelte. Es war nur Ackermann, der sich nach Amsterdam abmeldete. Als Astrid auflegte, fiel ihr Blick auf einen gelben Aktendeckel – die Vergewaltigung. Ob Heinrichs schon was erreicht hatte wegen der DNA-Analyse? Sie fand keinen Eintrag. Na bitte! Sie war doch im Moment der Aktenführer. Dann auch richtig. Entschlossen wählte sie die Nummer vom BKA. »Oh, da muß ich erst mal schauen, wer heute im Hause ist ...« Klar, war ja Freitag, aber Astrid kannte das Spiel, sie ließ sich nicht abwimmeln, wurde hin und her verbunden, sagte wohl fünfmal ihren Spruch auf und mußte sich zu guter Letzt auch noch Beethovens *Elise* ins Ohr dudeln lassen. Der Arzt oder Chemiker, oder was immer der Mensch sein mochte, hielt sich nicht mit Freundlichkeit auf: Ob sie sich vorstellen könne, wie viele Analysen sie zu machen hätten? Das konnte sie durchaus. Man habe schließlich auch nur zwei Hände. Klar! Und der Tag habe nur acht Stunden. Das war ihr neu. Jedenfalls gäbe es Fälle, die dringlicher seien als ihrer.

»Und wann können wir mit dem Ergebnis rechnen?«

»Gehen Sie mal von drei Monaten aus, dann sind Sie wenigstens nicht enttäuscht.«

Zur selben Zeit haderte auch Toppe mit seinem Schicksal. Hauptkommissar wollte er sein? Daß er nicht lachte! Latschte hier rum und machte stupide Routinearbeit, die jeder noch so blutige Anfänger hätte erledigen können, und bei der nicht einmal etwas herauskam. Die Anwohner in Niedermörmter wußten von nichts, hatten nichts beobachtet, und wenn sie was gehört hatten, dann wußten sie nicht mehr, wann das gewesen war. Und außerdem fuhren auf dieser Straße ständig größere Fahrzeuge. Schließlich mußte die Roeloffswerft beliefert werden. Am schlimmsten war ihre aufdringliche Beflissenheit – viermal hatte er eine Tasse Kaffee ablehnen müssen – und mittlerweile fiel ihm auf »nee, nee, et is' ja auch 'ne furchtbare Sache, der arme Junge« keine neue Erwiderung mehr ein.

Am liebsten wäre er auf der Stelle nach Hause gefahren und hätte diesen Tag ruhig und vor allen Dingen warm ausklingen lassen, aber leider war da noch ein Name auf seiner Liste.

Franz Roeloffs schien sich daran gewöhnt zu haben, daß die Polizei alle naselang bei ihm auftauchte. »Ihren Beruf möcht ich auch nicht haben«, meinte er liebenswürdig. »Ich hab Sie heute morgen doch schon auf der Beerdigung gesehen.«

Er wußte, daß Ralf Poortens Motorrad gefunden worden war. Der Kneipenwirt war extra rübergekommen, um es ihm persönlich zu erzählen. Einen Reim konnte sich Roeloffs nicht darauf machen, und er hatte auch keine Ahnung, wie die Maschine dort hingekommen war. Aber Toppe hatte ein paar andere Fragen, ihm gingen Heinrichs' Bemerkungen nicht aus dem Kopf. Hatte Ralf Poorten Kontakte zu Partikulieren gehabt?

Roeloffs stutzte. »Zu Rheinschiffern? Nicht, daß ich wüßte.«

»Können eigentlich größere Schiffe hier bei Ihnen im Yachthafen anlegen?«

»Größere Schiffe?« Dann fiel der Groschen. »Ach, Sie denken, das Motorrad ist mit 'nem Boot hergebracht worden!« Roeloffs lachte kurz auf. »Nee, ein größerer Pott paßt bei uns nicht rein, und auch an der Schanz vorne ist kein Anleger. Rheinschiffer ...« schüttelte er den Kopf. »Glauben Sie, daß man den Jungen von einem Boot aus in den Fluß geschmissen hat?«

Toppe zuckte die Achseln. »Kann schon sein.«

»Und warum haben die Kerle dem sein Moped nicht gleich mit versenkt?«

»Gute Frage«, antwortete Toppe. »Vielleicht war es doch nur ein kleines Boot ...«

Roeloffs kratzte sich am Hinterkopf. »Wär 'ne Möglichkeit.« Dann ging er zum Medizinschränkchen, das neben dem Feuerlöscher hing und holte eine Flasche Schnaps und zwei Gläser heraus. »Wollen Sie auch einen Korn?«

»Einer könnte nicht schaden.« Toppe nahm ihm das Glas ab.

Roeloffs schenkte es randvoll. »Wie gesagt, Ihren Job möcht ich nicht geschenkt. Prost!«

»Wie ist es? Trinkst du noch einen Kaffee mit mir, bevor du zu deinem Seminar abschwirrst?« Gabi hatte schon einen zweiten Becher aus dem Küchenschrank geholt.

»Ich dachte, dein Macker wär da«, erwiderte Christian und ließ seinen Rucksack fallen.

»Peter kommt später. Er hatte noch einen Notfall.«

»Notfall in 'ner Zahnarztpraxis!« tippte sich Christian an die Stirn.

»Sei froh, daß du so gute Zähne hast. Von Zahnschmerzen könnte ich dir ein Lied singen. Wie ist das jetzt mit dem Kaffee?«

Er grinste. »Okay. Meinen Schlafsack kann ich auch gleich noch runterholen.« Damit schob er sich an seiner Mutter vorbei und setzte sich auf die Eckbank. »Liebst du diesen Typ eigentlich?«

Gabi goß den Kaffee ein und legte die Hände um ihren Becher. »Lieben? Ach Gott, manchmal frage ich mich, ob es das überhaupt gibt, die große Liebe, die einzig wahre. Ich mag ihn sehr gern, und ich schlafe gern mit ihm. Es macht mir viel mehr Spaß als früher ...«

»Sex!« schüttelte Christian heftig den Kopf. »Geht es bei euch eigentlich immer nur darum? Ist doch total öde.«

Gabi mußte lachen. »Öde? Und das aus dem Mund eines Siebzehnjährigen. Ihr seid schon eine komische Generation, aber wahrscheinlich haben wir es euch auch in der

Hinsicht zu leicht gemacht. Als wir so alt waren, hatten wir kaum was anderes im Kopf.«

Christian trank einen Schluck und sah sie eindringlich an. »Und wie hast du das mit deinem Glauben vereinbaren können?«

Gabi merkte, daß ihr die Röte in die Wangen stieg. »Meine unkeuschen Gedanken? Na ja, ich hab schon ein bißchen darunter gelitten, aber so schlimm war ich ja nicht. Der erste Mann, mit dem ich geschlafen habe, war dein Vater.«

»Hast du dich hinterher nicht schmutzig gefühlt?«

Sie atmete scharf ein. »Schuldig habe ich mich gefühlt, aber ich glaube, die Beichte hat mir dann ein bißchen geholfen.«

Christian nickte, aber sie sah ihm an, daß er damit nicht zufrieden war, und dann kam's auch: »Heute beichtest du nicht mehr, Mutter, oder? Deinen Ehebruch zum Beispiel.«

Gabi bemühte sich, gelassen zu bleiben, trank erst noch einmal. »Ich verstehe nicht, was du meinst. Ich bin geschieden und kann tun und lassen, was ich will.«

»Vor Gott gibt es keine Scheidung!«

Das wischte sie mit einer Handbewegung weg. »Für die Kirche gibt es keine Scheidung. Aber selbst innerhalb der Amtskirche gibt es mittlerweile Strömungen, die das ganz anders sehen. Man ist da viel toleranter ...«

Er ließ sie nicht ausreden. »Die Amtskirche interessiert mich nicht! Ich will echt nicht mit dir streiten, Mama. Mir geht es einzig und allein um meinen Glauben, um die Inhalte. Du kannst dir gar nicht vorstellen, wie sich alles verändert hat, seitdem ich meinen Weg kenne. Ich habe das Gefühl, daß ich jetzt erst anfange, wirklich zu leben.«

»In Keuschheit?« konnte sie es sich nicht verkneifen.

»Davon rede ich doch jetzt gar nicht«, fuhr er hitzig auf. »Aber ja, durchaus, bis ich die richtige Partnerin gefunden habe, die Frau, die für mich bestimmt ist, die Gott für mich vorgesehen hat. Im Augenblick sind andere Dinge viel wichtiger: meine Hingabe an den Herrn, Jesu Weg nachvollziehen, das Wort leben und unter die Menschen streuen. Das ist meine Aufgabe, in der ich ganz aufgehe.«

Sie fröstelte. »Willst du ins Kloster?«

»Blödsinn! Im Gegenteil, ich will mitten im Leben, mitten in dieser Welt stehen.«

»Ist es das, was ihr auf diesen Seminaren lernt?«

»Nicht lernen. Wir wissen! Wir praktizieren. Mama, du bist doch selbst gläubige Katholikin. Du mußt doch verstehen, wovon ich rede.«

»Ich sage ja gar nicht, daß ich es nicht verstehe. Ich freue mich auch darüber. Deine Veränderung ist nur so plötzlich. Oder vielleicht kommt mir das auch nur so vor. Wir haben schrecklich lange nicht mehr miteinander geredet. Was macht ihr denn da so auf diesen Seminaren?«

»Beten, gemeinsame Einkehr, unseren Glauben erleben.« Er nahm ihre Hand und lächelte. »Du kannst dir nicht vorstellen, was das für ein Gefühl ist. Da brauchst du keine Drogen.«

Sie lächelte zurück. »Doch, ich kann mir das vorstellen. Damals als wir mit der Schule zu Exerzitien in Maria Laach waren, das war schon ähnlich ...«

»Und dann, Mama?«

Gabi hob die Schultern. »Ich weiß nicht. Irgendwie ging das normale Leben weiter. Ich habe mir nie so viele Gedanken gemacht wie du. Es waren auch noch andere Zeiten.«

Christian suchte ihren Blick. »Das ist sehr schade.«

Sie entzog ihm ihre Hand. »Ich glaube einfach nicht, daß man durch Beten die Welt verändern kann.«

Er seufzte ergeben. »Na gut, dann laß uns erst mal von was anderem reden. Von tätiger Nächstenliebe zum Beispiel. Die Arbeit im Altenheim. Du kannst dir gar nicht vorstellen, wieviel Segen ... ach ja, in dem Zusammenhang wollte ich mal mit dir über Opa reden ...«

Die Haustür klappte. »Jemand zu Hause?«

Christian verdrehte die Augen und stand auf.

»In der Küche«, rief Gabi und erhob sich ebenfalls.

Peter Keller kam herein, in der linken Hand zwei Plastikbeutel, mit der Rechten packte er Gabi um die Taille, zog sie zu sich heran und küßte sie. »Hallo, meine Schöne!« Dann ohne aufzusehen: »'n Abend, Christian.«

Gabi strahlte. »Und was sind das für Tüten?«

»Ich bin beim Chinesen vorbeigefahren. Ich dachte, wir könnten heute mal oben essen, nur wir beide.«

»Ich bin sowieso schon weg«, bellte Christian.

Peter lachte. »Sei doch nicht gleich eingeschnappt, Kumpel. Ich denke, dir geht diese WG auch auf den Geist. Sorge lieber dafür, daß deine Mutter mich endlich heiratet. Dann hättest du nämlich demnächst die Bude da oben ganz für dich allein.«

Gabi machte sich frei. »Fang nicht wieder damit an, Peter.«

15

»Liebe Frau Kommissarin, Sie verstehen doch sicherlich, daß ich die meditative Übung mit den jungen Leuten jetzt nicht abbrechen kann, um mich mit Ihnen zu unterhalten.« Sein gütiges Lächeln war wie in Beton gegossen.

»Nein, das verstehe ich nicht!« Astrid war blitzwütend. Seit nachmittags um vier hatte sie x-mal hier im Haus Barbara angerufen, um ihren Besuch anzukündigen, aber es war immer besetzt gewesen. Wahrscheinlich hatten sie den Hörer ausgehängt. Und jetzt hatte sie sich zehn Minuten lang die Finger wund geklingelt und geklopft, bis endlich dieser Kauz in seiner lächerlichen Kutte erschienen war. Sie hatte schon Helmut anrufen wollen, schließlich war Christian irgendwo da drinnen, und das Haus war stockfinster, verriegelt und verrammelt und ganz schön unheimlich.

»Ich habe Ihnen gerade gesagt, daß ich in einem Mordfall ermittele, und da kann ich nicht warten, bis es Ihnen in den Kram paßt. Sind Sie der Leiter hier?«

»Ja, ich bin der Hirte des Hauses.« Er rang die Hände. »Kommen Sie herein.«

Sie folgte ihm zögernd in die hohe, düstere Halle. Nur ein paar Pechfackeln an den Wänden spendeten flakkerndes Licht. Der Mann bat sie nicht weiter hinein. »Worum geht es denn?«

»Ralf Poorten«, gab sie forsch zurück.

»Ach ja, davon habe ich gehört, aber ich wüßte nicht, wie wir Ihnen da weiterhelfen könnten.«

»Soviel ich weiß, hat er mehrfach an Ihren Seminaren hier teilgenommen.«

»Das ist richtig.« Er fuhr mit der Hand unter die Kutte und zauberte eine Taschenuhr hervor. »Sie sollten mit meiner Frau sprechen. Ich denke, sie müßte mit den Mädchen schon in der Stille sein.«

Astrid hatte jedes Wort gehört, aber nichts verstanden. »Stille?«

Er sah sie nachsichtig an. »Nach der Meditation schweigen wir bis zum Morgengebet«, erklärte er. »Bitte warten Sie einen Moment, ich hole meine Frau.«

»Augenblick noch. Ihre Frau ist bei den Mädchen, sagten Sie. Heißt das, daß die Jugendlichen hier nach Geschlechtern getrennt werden?«

»Selbstverständlich.« Der Fackelschein spiegelte sich in seinen Augen. »Während der Exerzitien sind sie in verschiedenen Flügeln des Hauses untergebracht.«

»Keine gemeinsamen Mahlzeiten, gar nichts?«

Wieder lächelte er. »Wir fasten. Heute haben wir gemeinsam gespeist, und jetzt bleiben wir getrennt bis zum Mahl am Sonntag. In dieser Zeit fasten wir, und die Türen bleiben verschlossen. Aber jetzt muß ich wirklich gehen.«

Er entfernte sich schnell und lautlos. Astrid sah ihm nach, er war barfuß. Sie zog die Schultern zusammen, im Haus war es totenstill. Verschlossene Türen? Konnte man auch nicht nach draußen?

Die Frau trug die gleiche graue Kutte. Sie war gut einen Kopf kleiner als Astrid, und das blonde Haar reichte ihr bis über die Hüften.

»Guten Abend«, sagte sie leise und streckte Astrid ihre schmale Hand entgegen. »Bitte, kommen Sie mit.« Eine Stimme wie Seidenpapier.

Sie führte Astrid in ein Arbeitszimmer und schaltete

die Schreibtischlampe ein – der Lampenschirm war aus gegerbter Haut. Es gab also doch elektrisches Licht.

»Nehmen Sie Platz«, deutete sie auf den Ledersessel und setzte sich gegenüber hin, so daß ihr Gesicht im Halbschatten war. »Ich habe von Ralfs Schicksal gehört, aber bis gerade eben wußte ich nicht, daß er eines gewaltsamen Todes gestorben ist. Sie müssen verzeihen, aber ich habe mich immer noch nicht gefaßt.«

»Erzählen Sie mir von Ralf Poorten«, lehnte Astrid sich zurück.

Ein Schatten huschte über das helle Gesicht. Aha, dachte Astrid, da ist irgendwas. Sie holte ihren Block aus der Tasche. »Ist es Ihnen recht, wenn ich mir ein paar Notizen mache?«

Astrid war die einzige im K 1, die stenographieren konnte und deshalb auch in ihre Berichte oft gern wortgetreue Zitate einbaute.

Die Frau nickte nur.

»Erst einmal bräuchte ich Ihren Namen und die genaue Adresse hier.« Sie schrieb beides auf.

»Was soll ich Ihnen über Ralf erzählen? Er hat bei uns an einigen Seminaren und Exerzitien teilgenommen. Wenn Sie die genauen Daten brauchen, kann ich sie raussuchen.« Die Frau wollte schon aufstehen.

»Danke, das ist nett, aber das machen wir später.«

»Er war ein sehr liebenswerter Mensch, offen und bescheiden.«

»Hatte er sich auch für dieses Wochenende angemeldet?«

»Oh nein. Wir haben ihn schon längere Zeit nicht mehr bei uns gehabt. Freunde haben uns berichtet, daß Ralf in den letzten Monaten schwankend geworden ist, zweifelnd in seinem Glauben. Das hat uns alle sehr traurig gemacht.«

»Uns alle?« Astrid sah von ihrem Block auf. »Wer arbeitet eigentlich alles hier?«

»In der Regel nur mein Mann und ich und Bruder Ignatius.«

»Bruder?«

»Er ist Franziskaner. Wenn wir größere Seminare mit vielen Teilnehmern haben, können wir aber jederzeit Unterstützung von der Mutterkirche bekommen.«

»Auch finanzielle Unterstützung?«

Die Frau richtete sich ein wenig auf. »Wenn es nötig wäre, natürlich, aber bisher tragen wir uns selbst.«

»Wieviel kostet so ein Seminar den Teilnehmer?« fragte Astrid und ärgerte sich, daß sie jetzt auch schon so gestelzt redete.

»Das ist verschieden. Wochenendexerzitien zum Beispiel kosten hundertfünfzig Mark.«

»Na ja, größere Kosten für Verpflegung fallen dabei für Sie ja auch nicht an«, bemerkte Astrid.

»Das würde ich nicht sagen.« Die Frau war nicht aus ihrer Sanftmut zu bringen.

»Gut«, meinte Astrid, »erzählen Sie mir ein bißchen was von Ralfs Freunden. Mit wem war er näher zusammen?«

Die Frau verzog den Mund und sah auf ihre Hände. »Frau Kommissarin«, meinte sie schließlich, »ich glaube, Sie mißverstehen etwas. Unser Haus bietet keine Jugendfreizeiten oder ähnliches an. Wir sind ein katholisches Haus, und unser Hauptauftrag ist die Evangelisation.« Ihre Stimme klang jetzt voller. »Sehen Sie, Exerzitien bedeuten für viele unserer Jugendlichen die Rückkehr zu sich selbst, zum Glauben. Insofern erfüllen wir unseren Auftrag. Der Zweck ist, daß alle, die zu uns kommen, Jesus begegnen, und es ist ganz entscheidend, daß unsere Exerzitien charismatisch sind, also vom Heiligen Geist geleitet und beseelt. Verstehen Sie, hier werden keine privaten Freundschaften gepflegt. Obwohl es für uns sehr wichtig ist, daß aus dem Zusammensein hier Jugendgruppen entstehen, die sich auch außerhalb unseres Hauses gegenseitig im Gebet und in ihrer christlichen Lebensführung unterstützen.«

»Wie in Grieth?« warf Astrid ein.

»Ja.« Die Frau lächelte. »Wir waren die Keimzelle für den Jugendkreis. Unsere Aufgabe ist es, den Jugendlichen einen Sinn in ihrem Leben zu geben und die Kraft, sich in ihrer alltäglichen Umgebung für Gott einzusetzen.«

Astrid schluckte – an welcher Stelle, um alles in der Welt, sollte man da ansetzen? Doch die Frau redete schon weiter: »Wir arbeiten hauptsächlich mit Jugendlichen, aber wir machen auch Familienexerzitien für ganz junge Paare mit Kindern.«

»Mit Kindern?« Astrid konnte ihre Bestürzung nicht verbergen, aber die Frau lächelte nur. »Ja, mit Kindern. Und glauben Sie nicht, daß die Kinder hier einfach nur betreut werden. Nein, wir bieten geistliche Aktivitäten an: Hostienbacken, Ikonenbasteln, Rosenkranzfädeln, kleine Prozessionen. Dadurch entdecken schon die Kleinsten das einfache Leben mit Jesus.«

Astrids Magen krampfte sich zusammen. Sie klappte den Block zu. »Kennen Sie Clara Albers?«

Die Frau stutzte kurz, dann strahlten ihre Augen warm. »Ja, natürlich kennen wir Clara!«

»War sie Ralf Poortens Freundin?«

»Freundin? Sie sind beide im Jugendkreis ... ach, jetzt verstehe ich.« Und dann lachte sie. Astrid wartete.

»Sie kennen Clara nicht, oder?«

»Nein, bis jetzt noch nicht. Warum?«

»Weil Sie sonst niemals auf solch eine Idee gekommen wären.«

»Warum nicht?«

»Clara ist eine reine Seele. Clara ist ... ach, wenn Sie sie kennenlernen, werden Sie wissen, was ich meine.«

»Ist Clara heute auch hier?«

»Nein, leider nicht. Sie ist ganz plötzlich krank geworden. Wir bedauern das sehr. Wenn sie dabei ist, ist alles anders.«

16

Helmut Toppe nahm sich eine Auszeit. Hin und wieder kam es vor, daß er keinen Menschen sehen und hören, nur mit sich selbst sein wollte. Schon am Freitag abend, als er auf Astrids aufgeregten Bericht über Haus Barbara kaum reagiert hatte, sondern sich für zwei Stunden in die Badewanne verzog, wußte sie, daß es mal wieder so weit war.

»Ach, der Herr hat mal wieder seine Tage«, meinte Gabi, und Astrid wunderte sich über die Bissigkeit.

»Laß ihn doch. Er meint es nicht böse. Manchmal braucht er das einfach.«

»Na ja, heute kann mir das ja auch egal sein. Aber früher, als die Kinder klein waren und er sowieso schon so gut wie nie zu Hause war, als ich ihn gebraucht habe, da ist mir das verdammt an die Nieren gegangen.«

So verlief der Samstag sehr ruhig. Aus Toppes Zimmer hörte man den ganzen Tag lang leise Musik, zweimal kam er kurz raus, um sich in der Küche ein Brot zu machen und was zu trinken zu holen. Astrid schlief lange und frühstückte dann ausgiebig mit Gabi und Oliver. Sie legten ein kleines italienisches Menu für die Einweihung fest, delikat aber nicht zu feudal, vor allem nicht zu teuer; ihr Budget würde auch in den nächsten Monaten noch reichlich knapp sein. Später schrieb Astrid ihren Bericht über die Leute, die das reine Herz anbeteten, einen sehr ausführlichen Bericht, weil es ihr Spaß machte. Am Nachmittag fühlte sie sich gut genug für den überfälligen Pflichtbesuch bei ihren Eltern. Schließlich konnte sie nicht ewig die Eingeschnappte spielen.

Sie erwischte genau den richtigen Tag. Ihre Eltern hatten vormittags einen »kleinen Empfang« gegeben, »nur für die engsten Freunde«, »ein erfolgreicher Geschäftsabschluß«, und ihr Vater war in Sektlaune. Es fiel keine einzige Bemerkung über ihren »alternden Galan« oder ihren Lebenswandel im allgemeinen.

Als sie gegen sieben zurückkam, war sie mit zwei sperrigen Kartons bepackt: die Reste vom Kalten Buffet.

Sie stellte die Last in der Küche ab und überlegte. Dann holte sie leise vor sich hin summend den Klapptisch aus der Kammer und baute ihn unter dem Kronleuchter auf. Eine weiße Tischdecke, der fünfarmige Kerzenleuchter, Geschirr und Besteck, Lachs, Forellen, zwei verschiedene

Pasteten, ein halber Truthahn, Salat, Käse, Cassiscreme, zwei Flaschen Champagner. Sie trat einen Schritt zurück und nickte zufrieden. Dann klopfte sie an Helmuts Tür und lugte um die Ecke. Er saß im Sessel und las.

»Hast du Hunger? Ich hab uns was zu essen gemacht.«

Er sah auf. »Wie ein Bär! Wo hast du gesteckt?«

»Ich war bei meinen Eltern.« Sie nahm seine Hand und zog ihn aus dem Sessel. »Hast du mich vermißt?«

Er nahm sie in die Arme und vergrub sein Gesicht in ihrem Haar. »Ja.«

»Sehr gut. Und jetzt komm.«

Auch der Sonntag hätte geruhsam werden können, wenn Ackermann nicht so schrecklich neugierig gewesen wäre. Für das, was er zu sagen hatte, hätte ein Anruf genügt, aber gab es eine bessere Gelegenheit, endlich diese exotische Wohngemeinschaft in Augenschein zu nehmen? Er hatte Glück und fand tatsächlich die ganze Truppe einträchtig beim Frühstück versammelt, als er gegen elf Uhr frohgemut hereinpolterte, seine drei Töchter im Schlepptau.

»Dat sind meine Mädkes, Nadine, Jeanette und Joke. Ich mußte die Bagage heute mitnehmen. Die Mutti fand dat doch nich' so mit Amsterdam«, erklärte er mit schiefem Blick auf Toppe. »Aber man hat se ja gern um sich.«

Toppe hatte die Ackermannschen Töchter seit Jahren nicht gesehen, und er konnte sich gerade noch den Klassiker mit dem »groß geworden« verkneifen. Die beiden jüngeren, Jeanette und Joke kamen auf ihre Mutter, beides kompakte Mädchen mit stämmigen Beinen, beide leider wie die Mutter mit einer Schwäche für pastellfarbene Kleidchen. Nadine mußte inzwischen fünfzehn sein. Auch sie war groß und nicht gerade schlank, aber ansonsten fiel sie gehörig aus dem Familienrahmen: eine Punklady in schwarzem Mini und schweren Stiefeln. Die grünen Haarbüschel, der schwarze Lippenstift, die kalkweiße Schminke und die gepiercten Brauen, all das wirkte zusammen mit ihrem runden, braven Gesicht völlig schräg.

»Hej, da is' ja auch Oliver!« rief Ackermann und ließ sich auf die Eckbank plumpsen. »Seht ihr, ich hab euch doch gesacht, der Chef hat auch Kinder. Schad, dat der Christian nich' da is', wat Nadine?« Dann stupste er die beiden Kleinen an. »Ihr habt doch sicher Lust, wat zu spielen. Vielleicht hat der Olli ja 'n Computer. Oder wie is' et, Jung?«

Olivers Ohren wurden noch heißer, und er warf seiner Mutter einen verzweifelten Blick zu, aber die nickte nur eindringlich.

»Ja, okay«, fügte sich der Junge in sein Schicksal. »Kommt mit nach oben.«

Nadine quetschte sich neben ihren Vater auf die Bank. »Ich bleib hier.«

Ackermann grinste stolz und knuffte sie. »Alter Papa Poot!«

Dann blinzelte er Gabi zu. »Nee, Frau Toppe, dat wir uns noch ma' wiedersehen, dat hätt ich so ohne weiteres nich' gedacht. Ich mein, nach de Scheidung. Oder heißen Sie ga' nich' mehr Toppe?«

»Doch.« Gabi lächelte. »Den Namen hab ich behalten.«

»Un' nich' nur dat«, lachte Ackermann. »Aber is' schon klar. Macht man doch schon wegen de Blagen, dat mit dem Namen.«

Jetzt endlich blieb sein Blick bei Peter Keller hängen, der ihn schon die ganze Zeit anstarrte. »Ach so, ja, 'tschuldigung«, streckte Ackermann die Hand über den Tisch. »Ich glaub, wir kennen uns no' nich'.«

»Nein«, räusperte sich Keller, »daran würde ich mich erinnern.«

»Josef Ackermann aus Kranenburg. Aber Ackermann genügt. Man kann et auch unnötig kompliziert machen, sach ich immer.« Dann zwinkerte er Gabi verschwörerisch zu. »Der neue Herzbube? Sie hatten immer schon 'n erlesenen Geschmack. Kriegt unsereins denn jetz' ma' dat ganze Anwesen zu sehen?«

Astrid und Toppe erbarmten sich. Ackermann inspizierte sogar den Hühnerstall und war von allem ausführlich begeistert. »Da habt er sicher viel selbs' gemacht, wa?« Sein Blick blieb an den Löchern in der Decke der Halle hängen und wanderte dann die Elektroleitungen entlang, die zwar schon in Schlitzen lagen, aber noch nicht verputzt waren.

»Ziemlich viel«, antwortete Toppe, »aber manche Sachen kriegen wir noch nicht so hin.«

»Verputzen is' nich' so leicht. Ich hätt da aber einen anne Hand. Soll ich den ma' fragen?«

»Das wäre nett.«

Nadine schlorrte hinter ihnen her und sagte kein Wort.

»Hör ma', Alte«, nahm Ackermann sie zur Seite, als sie den Rundgang in Toppes Zimmer beendeten, »ich muß jetz' kurz wat Berufliches besprechen. Mach dich ma' für 'n Moment vom Acker, Süße.«

Nadine schlug die kohlschwarz umrandeten Augen nieder und seufzte leise. Aber dann hob sie grüßend die Hand in die Runde. »Ich warte im Auto, Jupp.«

Auch Astrid ließ Toppe und Ackermann allein. »Helmut kann mir später alles erzählen. Ich bin heute morgen mit dem Abwasch dran.«

»Mann, stark. Wie inne echte Kommune!« murmelte Ackermann ehrfürchtig, und dann erzählte er, daß die Alibis der Brüder Roeloffs absolut wasserdicht waren. »Bei dem Franz war mir dat von Anfang an klar, aber dem alten Ganoven können wir auch nix. Ich mein, klar könnt et sein, der hat sich 'n Schlägertrupp gekauft, aber glauben Sie an so wat, Chef? Aber Amsterdam, my fress, dat war vielleicht 'n geiler Schuppen! Un' dat dollste is', ich hätt da echt Chancen gehabt. Ich glaub, ich hätt da no' nich' ma' groß blechen müssen. Aber wat macht Ackermann?«

Toppe lachte. »Ich kann's mir vorstellen.«

»Ganz richtich, Chef, Ackermann bleibt sauber. Ackermann denkt anne Familie, schon wegen Krankheiten un' so, aber auch wegen de Moral. Wenn man fünf Jahre Messe gedient hat, dat bleibt einem ja au' nich' so einfach inne Klamotten hängen. Aber wat hat Ackermann dann gemacht?«

»Keine Ahnung.«

»Wie er nach Hause kommt, lädt er die Mutti auf 'n Bierken ein, wa? Schräges Gewissen wegen de unkeuschen Gedanken un' so. Un' im besoffenen Kopp geht der Idiot hin un' verklickert die Mutti, wat er all für Chancen gehabt hat bei de heißen Weiber. Da konnt ich aber wat verspannen, sach ich Ihnen! Da lief aber ga' nix mehr mit draußen Appetit holen un' zu Hause essen. Hat sich die neue Chefin ei'ntlich noch ma' wieder gemeldet?«

»Und ihr seid euch da vollkommen sicher?«

»Absolut!« bekräftigte Heinrichs, und er durfte wirklich stolz sein.

Sie standen vor den verschiedenen Karten, Tabellen und Berechnungen, die er aufgehängt und ausgebreitet hatte. Lange vor den anderen war er im Büro gewesen, um alles vorzubereiten. Am liebsten hätte er Schneider dabei gehabt, aber der hatte schmunzelnd abgewinkt. »Ich hab schon genug um die Ohren. Außerdem bist du inzwischen selbst Experte.«

Das Prachtstück war eine Karte des Rheinabschnitts zwischen Wisselward und Dornick, die Heinrichs in der letzten Nacht noch eigenhändig gezeichnet hatte und auf der alle entscheidenden Informationen zusammengefaßt waren.

Auch Ackermann stand da, sprachlos vor lauter Bewunderung. Er war einfach seinem sechsten Sinn gefolgt, der ihm meist zuverlässig mitteilte, wo im Präsidium gerade was los war.

»Man muß Poorten also zwischen Stromkilometer 843 und 848 in den Fluß geworfen haben«, erklärte Heinrichs weiter. »Das heißt, irgendwo zwischen Entenbusch und Elendshof. Alles andere können wir sicher ausschließen.« Auf einer zweiten Karte zeigte er ihnen die Strömungsverhältnisse in den verschiedenen Abschnitten des Rheins, die Windungen, das Rheinknie zwischen Rees und Reeser Schanz.

»Bonhoeffer schreibt in seinem Bericht, daß der Leichnam zwei bis drei Stunden an der Wasseroberfläche getrieben ist. Danach ist er abgesunken und für achtundvierzig bis maximal sechzig Stunden in weniger als fünf Metern Tiefe unter Wasser geblieben. Nach unseren Berechnungen kann das nur hier gewesen sein, im Dornikker Grund. Es paßt alles haargenau zusammen.«

»Dann fällt Nierdermörmter also flach«, murmelte Toppe

»Ja«, sagte Heinrichs, »und ich glaube, ein größeres Schiff können wir auch ausschließen, sonst hätte man das Motorrad mit versenkt.«

»Und Helmut sagt, an der Reeser Schanz kann kein Schiff anlegen«, überlegte Astrid. »Dann ist das Motorrad auf dem Landweg dorthin gebracht worden. Aber warum erst jetzt, und vor allem warum ausgerechnet nach Niedermörmter?«

»Also, dat liegt doch auffer Hand«, mischte sich Akkermann ein. »Um den Verdacht auf Roeloffs zu lenken, oder?«

»Moment!« griff Heinrichs ein. »Ich bin doch noch gar nicht fertig. Schneider sagt, man muß die Leiche auf jeden Fall mit einem Motorboot transportiert haben, allenfalls mit einem Segelboot, aber das ist ziemlich unwahrscheinlich. Mit einem Ruderboot jedenfalls kommt man kaum bis zur Flußmitte bei der Strömung da. Wäre auch viel zu gefährlich im Dunkeln, denn auch nachts ist der Verkehr auf diesem Rheinabschnitt ganz schön dicht.«

Toppe setzte sich erst einmal hin und zündete sich eine Zigarette an. Auch Ackermann holte sein Tabakpäckchen raus. »Jetz' wird et Zeit, die kleinen grauen Zellen in 't Spiel zu bringen«, nuschelte er, mit dem Blättchen zwischen den Lippen.

»Sind nicht alle Motorboote irgendwo registriert?« fragte Astrid.

»Klar!« Ackermann war schneller als Heinrichs. »Beim Wasser- und Schiffahrtsamt in Duisburg.«

»Ganz genau, Ackermann.« Heinrichs setzte sich auch endlich. »Man müßte sich von denen eine Liste besorgen von allen Motorbooten, die zwischen Kilometer 843 und 848 liegen.«

»Und dann jedes einzelne auf Spuren untersuchen?«

Toppe runzelte die Stirn. »Mit nur einem Mann beim ED in absehbarer Zukunft?«

»Ich weiß et nich'.« Ackermann sinnierte. »Ich denk, man müßte sich dat alles ma' in Ruhe vor Ort bekucken.«

»Meinst du, auf die Idee wäre ich noch nicht gekommen? Das würde ich wahrhaftig gern tun«, gab Heinrichs gekränkt zurück. »Aber unsereins ...« Dann unterbrach er sich und sah elegisch aus dem Fenster.

»Kacke!« Ackermann sprang auf die Füße. »Ich muß machen, dat ich in meine Abteilung komm. War sowieso schon Zoff. Versprechen kann ich euch nix, aber wenn ich ma' Leerlauf hab zwischendurch, da könnt ich ja ma' in der Ecke 'n bisken rumgurken. Würd sich vielleicht auch nich' schlecht als Familienausflug machen, weil, na, Sie wissen ja Bescheid, Chef.«

Heute abend war das Griether Pfarrheim nicht geschlossen. Ein Lederpolster zwischen den Drückern hielt die Haustür offen. Im Flur war es warm. Man hörte Stimmengemurmel, und oben spielte jemand Gitarre, aber zu sehen war kein Mensch. Toppe und Astrid betrachteten die Plakate an den Wänden: *Keine Macht den Drogen, Come follow Jesus – to Dresden – Christival 96* und ein gelbes Poster mit einer Lilie in der Mitte: *Wahre Liebe wartet – du bist es mir wert*. An den unteren Rand hatte jemand *T-Shirts im Pfarrbüro, auch im Original, 30 DM* geschrieben.

Astrid faßte Toppes Hand. »Offenbar wartet sie doch nicht immer«, flüsterte sie. Die Tür mit der Aufschrift *Büro* stand halb offen und gab den Blick frei auf ein heftig knutschendes Paar.

»Das beruhigt mich sehr«, antwortete Toppe laut, und die beiden stoben auseinander.

Das Mädchen war flammrot geworden, fand aber als erste die Fassung wieder. »Guten Abend.«

»Guten Abend«, meinte Toppe munter. »Wir suchen den Kaplan.«

»Ich glaub, der ist oben beim Billard«, haspelte der Junge und war schon an ihm vorbei. »Ich geh ihn holen.«

»Warte doch, ich komme mit«, lief das Mädchen hinter ihm her.

Der Kaplan sah aus wie achtzehn und hatte wenig von einem Geistlichen an sich. »Hallo, ich bin der Stefan. Sie suchen mich?«

Toppe erklärte ihm, um was es ging. Traurig fuhr sich der Kaplan durch die langen, schwarzen Locken. »Natürlich helfen wir Ihnen, wenn wir irgend können. Sehr viele sind wir heute nicht. Am besten, ich trommele alle im großen Gruppenraum zusammen. Gehen Sie doch schon mal hinein. Das Zimmer da vorne neben dem Büro.«

Hinter ihnen klappte eine Tür. Sie sahen einen großen Jungen, der sich hastig den Schal umwickelte.

»Christian?«

»Tach, Vater. Ich muß weg.« Er riß die Jacke vom Haken und war schon draußen.

Es waren zehn Jugendliche, die sich leise um den großen Tisch gruppierten und die beiden Leute von der Kripo aufmerksam musterten. Drei von ihnen waren auch auf der Beerdigung gewesen. Stefan stellte sie der Reihe nach vor. Das Liebespaar, Sebastian und Meike, saß nebeneinander. Clara Albers war nicht dabei. Ganz normale junge Leute, dachte Astrid, ein bißchen brav in ihrer Kleidung vielleicht.

Brav waren auch ihre Antworten: Alle hatten sie Ralf Poorten gern gemocht, alle fanden ihn »unheimlich nett«.

»Wie lange kannten Sie ihn schon?« fragte Toppe.

Sie sahen sich gegenseitig an, zuckten die Achseln.

»Das müssen ungefähr zwei Jahre sein«, meinte Stefan.

»Stimmt«, erinnerte sich der Junge, den der Kaplan als Jan vorgestellt hatte. »Wir haben ihn doch damals beim Seminar kennengelernt und ihn hinterher eingeladen.«

»Beim Seminar im Haus Barbara?« wollte Astrid wissen.

Jan nickte nur.

»War einer von euch bei den Exerzitien am letzten Wochenende?«

»Bloß ich«, rief Sebastian.

»Und? Hat es dir gefallen?«

Er guckte verunsichert, lächelte dann. »Es war super.«

»Hatte Ralf sich auch angemeldet?«

»Nö.«

Sie verschwiegen etwas.

Stefan mischte sich wieder ein. »Ralf ging schon seit einer Weile nicht mehr zu den Seminaren. Seine Schwester hatte ihm wohl ins Ohr geblasen, das sei alles nur Beutelschneiderei.«

Astrid schluckte die nächste Frage runter, aber Toppe füllte die Pause. »War Ralf Poorten am vorletzten Freitag, an dem Tag, als er starb, hier im Jugendheim?«

Alle schüttelten den Kopf.

»Wann haben Sie ihn zuletzt gesehen?«

»Am Donnerstag abend«, sagte Stefan.

»Und ist Ihnen da irgendwas an ihm aufgefallen? War Ralf in der letzten Zeit verändert, hatte er Angst?«

»Nein.« Der Kaplan legte beide Hände flach auf den Tisch. »Wir haben gerade eben noch darüber gesprochen. Christian ... Toppe ...« Er stutzte plötzlich.

»Ja«, sagte Toppe, »das ist mein Sohn.«

»Christian hat uns erzählt, daß Ralf vor seinem Tod mißhandelt worden ist. Und keiner von uns konnte sich das vorstellen. Der konnte keiner Fliege was zuleide tun.«

»Aber Ralf wollte an dem Freitag kommen, das weiß ich genau«, unterbrach ihn Jan. »Er hatte mir ein paar Motorradprospekte versprochen.«

»Kennen Sie andere Freunde oder Bekannte von Ralf Poorten?«

»Nein, ich glaube, der hatte nur uns«, antwortete Meike. »Und mit seiner Schwester hat er sich wohl ganz gut verstanden. Jedenfalls hat er manchmal von der erzählt.«

»Clara Albers«, fiel es Astrid ein. »Das war doch Ralfs Freundin, nicht wahr?«

Natalie kicherte. Selbst Stefan schmunzelte. »In der Art, die Sie jetzt wahrscheinlich im Sinn haben, ganz sicher nicht«, sagte er.

Astrid und Toppe wechselten einen befremdeten Blick. »Ist das so abwegig?« fragte sie.

»Völlig«, antwortete der Kaplan bestimmt.

Natalie lachte laut auf. »Clara!« schüttelte sie den Kopf.

»Weil wahre Liebe wartet?« fragte Toppe und sah sie der Reihe nach an. Meike senkte prompt den Blick.

»Nein«, meinte Stefan. »Das muß jeder für sich selbst entscheiden.«

Astrid hatte das Kreuz neben der Tür schon beim Reinkommen bemerkt. »Ich habe noch eine Frage. Was ist das eigentlich für ein Kreuz da oben? Es ist ziemlich ungewöhnlich, finde ich, und in letzter Zeit begegnet es mir auf Schritt und Tritt.«

Jetzt tauschten die Jugendlichen befremdete Blicke.

»Das Clarakreuz?« meinte Stefan ungläubig. »Das kennen Sie nicht?«

Und dann erzählte er ihnen die wundersame Geschichte: Clara, das jüngste Kind der Bauersleute Albers, hatte im Alter von sechs Jahren ein besonderes Erlebnis gehabt. Ihr ältester Bruder, der mit seiner Frau ebenfalls auf dem Hof lebte, war soeben Vater geworden, aber das Baby war schwer krank, und die Ärzte hatten es aufgegeben. An einem stürmischen Abend im März 1986 stand Clara, wie sie es oft tat, draußen auf dem Deich und betete um ihren kleinen Neffen. Und da erschien ihr die Jungfrau Maria und sprach zu ihr. Clara drehte sich um, ging ins Haus zurück, geradewegs zum Bettchen des Kindes. Sie nahm es heraus, badete es, wickelte es in ein Leintuch, bettete es in ihren Schoß und legte beide Hände auf das Köpfchen. Die Eltern ließen Clara gewähren, sie spürten die Kraft, die von ihr ausging. So saß sie mit dem Kinde bis zum Morgengrauen. Am nächsten Tag war der kleine Knabe gesund.

Im Gruppenraum war es andächtig still.

»Clara hat heilende Hände«, endete Stefan. »Die Gläubigen kommen zu ihr mit ihren Schmerzen, wenn sie die Hoffnung verloren haben.«

Astrid war wie erschlagen. »Und das Kreuz?« fragte sie matt.

»Ach ja, entschuldigen Sie. Danach hatten Sie ja gefragt. Claras Vater und ihre Brüder haben damals auf dem Deich an der besagten Stelle eine kleine Kapelle errichtet. Das Kreuz haben sie selbst geschnitzt. Es steht gleich hinter dem Albershof. Jeder könnte es Ihnen zeigen. Wir haben viele Pilger.«

»Aber Clara gehört auch zu Ihrem Jugendkreis«, sagte Toppe.

Alle nickten wieder.

»Sie hat natürlich nicht immer so viel Zeit wie wir«, erklärte Natalie.

»Da kommen öfter mal Leute zu ihr«, bestätigte Sebastian, »und sie ist auch viel in Altenheimen.«

»Und heilt?« sah Astrid ihn groß an.

Er lachte. »Weiß ich nicht. Ich glaube, sie verbreitet einfach Freude.«

»Und Liebe«, sagte Meike sanft. »Clara ist so ... na ja, eben Clara. Sie liebt einfach jeden Menschen, und sie hat immer gute Laune.«

Toppe und Astrid standen unter der Straßenlaterne vor dem Pfarrheim und sahen sich an.

»Ich hab zuerst gedacht, der wollte uns verscheißern, als der mit der Erscheinung anfing«, wunderte sich Astrid immer noch.

»Nee, nee, das meinte der schon ganz ernst.« Toppe rieb sich die Stirn. »Ich glaube, damit hatte ich damals die größten Probleme, heilende Hände, dieser ganze Heiligenrummel, manche sind gleicher als die anderen, all das.«

»Damals? Was hattest du denn damit zu tun? Ich dachte, du warst evangelisch und bist dann aus der Kirche ausgetreten.«

»Ja, schon, aber zwischendurch war ich auch mal katholisch, ich bin konvertiert.«

Sie fand erst mal keine Worte. »Wieso?«

»Na ja«, meinte er. »Gabi war das schrecklich wichtig. Für sie kam nur eine katholische Hochzeit in Frage, und mir war's im Grunde egal. Ich war nie religiös gewesen, und Kirche war für mich gleich Kirche. Später ist mir das dann alles auf den Geist gegangen, und heute denke ich manchmal, daß Gabi und ich uns oft einfach auch nicht verstanden haben, weil wir aus verschiedenen Ställen kamen, einfach nicht wußten, was der andere eigentlich meinte oder empfand.«

»Hm.« Astrid sah an ihm vorbei. »Mir ist zu kalt zum Nachdenken. Gehen wir uns jetzt das Kreuz angucken?«

»Nein.«

»Und wir müssen auch unbedingt mit Clara sprechen. Die können uns doch viel erzählen!«

»Morgen«, sagte Toppe, legte ihr den Arm um die Schultern und ging mit ihr zum Auto. »Hast du mal auf die Uhr geguckt?«

»Ja, und? Sonst ist dir das doch auch egal.«

»Das war mir egal. Ich habe am Wochenende viel nachgedacht. Ich hab einfach keine Lust mehr, dauernd im Dienst zu sein. Ralf Poorten bleibt immer gleich tot, ob wir seinen Mörder nun morgen, übermorgen oder nächsten Monat finden. Vielleicht finden wir ihn auch überhaupt nicht.«

Sie blieb stehen und legte ihre Hand auf seine Wange. »Hee, was ist los?«

»Gar nichts«, lächelte er in ihre Augen. »Ich will mich einfach nur nicht mehr ständig verantwortlich fühlen, ständig unter Druck. Und deshalb gehen wir beide jetzt in Ruhe was essen und lassen Arbeit Arbeit sein.«

17

Der Hund schlug nicht an, er knurrte nur leise, als Christian durch das Hoftor kam. Es war stockfinster, nur bei Clara im Turmzimmer brannte Licht. Ob er es wohl bis da hoch schaffte?

Er ging in die Hocke und tastete auf dem Boden herum. Kies war zu grob, am besten ging es mit Splitsteinchen, nicht zu groß und nicht zu klein. Ja, die hier waren nicht schlecht. Er füllte die linke Hand. Die günstigste Position war an der Scheunenecke, aber da stand auch die Hundehütte. Egal, er mußte es einfach versuchen.

Der Köter hechelte, gab aber sonst keinen Mucks von sich.

Sein erster Versuch traf die Hauswand, zu hoch und zu weit links. Der zweite klappte – tack. Christian hielt die Luft an und wartete, aber nichts tat sich. Auch das nächste Steinchen traf die Scheibe – tick. Manche Sachen verlernte man eben nicht. Sein Herz klopfte noch härter.

Als er zum dritten Wurf ansetzte, gingen überall auf dem Hof die Lampen an. Der Hund warf sich geifernd in die Kette, aber Christian konnte sich nicht rühren.

»Was willst du hier?« dröhnte es von der Haustür. Claras Bruder kam die Treppe runtergesprungen und baute sich vor ihm auf. »Dich kenne ich doch!«

»Ja.« Christian hatte unwillkürlich den Kopf eingezogen. »Ich gehöre zum Jugendkreis. Ich wollte Clara besuchen.«

Werner Albers packte ihn bei der Schulter und funkelte ihn böse an. »Sag mal, Freundchen ...« Wenigstens brüllte er nicht mehr. »Warst du nicht neulich schon mal hier, auch mitten in der Nacht?«

Christian schüttelte die Hand ab und trat einen Schritt zurück. »Es ist doch noch nicht mal neun Uhr.«

»Noch nicht mal neun Uhr! Weißt du, wie das auf 'nem Hof ist, he? Um halb fünf ist für mich die Nacht rum. Da liegst du noch mit dem Arsch im Bett. Wenn du hier also Besuche machen willst, dann komm gefälligst zu 'ner anständigen Zeit. Und jetzt sieh zu, daß du Land gewinnst.«

»Ist ja gut«, murrte Christian. »Ich bin ja schon weg.«

»Was ist denn hier los?« Das war Claras Mutter, die in der Tür stand und ins Licht blinzelte. »Was schreist du denn so, Werner? Das geht doch nicht. Denk doch an das Kind.«

Albers fluchte irgendwas in ihre Richtung.

Langsam kam sie die Treppe herunter. »Bist du das, Christian?«

»Ja ... bitte, entschuldigen Sie ...«

»Wolltest du dich nach Clara erkundigen?«

»Ja.«

»Ihr geht es immer noch nicht besser. Der Arzt war eben noch da.«

»Jetzt ist aber Schluß hier!« fuhr Werner Albers dazwischen. »Ich hab dem Burschen schon gesagt, daß wir um diese Zeit ins Bett gehen. Und deshalb: auf Wiedersehen.«

Christian schluckte, nickte wortlos und machte, daß er wegkam. In der geballten Faust hatte er immer noch die Steinchen.

Den Heimweg schaffte er in einer neuen Rekordzeit. Als er zu Hause ankam, war ihm schlecht.

Auch hier war alles dunkel. Selbst aus Olivers Zimmer war kein Laut zu hören. Der verpennte noch sein halbes Leben.

Christian zog sich nicht aus, legte sich einfach so aufs Bett und schloß die Augen. Verdammt, warum war ihm bloß so kodderig? Und kalt war's hier!

Ein Auto fuhr auf den Hof. Er lauschte – Vater. Sein Magen knurrte. Kein Wunder, er hatte seit dem Frühstück nichts mehr gegessen, und auch da nur ein Joghurt und eine halbe Schnitte. Wahrscheinlich war ihm deshalb so mies.

In der Küche füllte jemand Wasser in den Kessel. Astrid vermutlich, sie kochte sich abends oft noch einen Schlaftee. Er stand auf und tappte auf Socken nach unten. Sie war allein.

»Hallo. Ist mein Vater nicht da?«

Es war warm und schummerig, sie hatte nur das kleine Licht über dem Herd angeschaltet.

»Der hat sich schon hingelegt. Aber er ist bestimmt noch wach, wenn du mit ihm reden willst.«

»Schon gut.«

»Du siehst bleich aus. Ist dir schlecht? Deine Lippen sind ganz weiß.«

Er nickte und wußte nicht, was er sagen, ob er sich setzen sollte.

Der Teekessel brummelte, und Astrid nahm ihn schnell von der Platte, bevor er pfeifen konnte und goß das Wasser in die Kanne.

»Soll ich dir was Warmes machen? Du hast doch bestimmt wieder nichts gegessen?«

»Du mir?« Er lachte rauh. »Warum solltest du mir wohl was zu essen machen?«

Sie fuhr herum und stemmte die Hände in die Seiten. »Weil du so aussiehst, als hättest du es nötig. Weil jeder Mensch ab und an mal jemanden braucht, der ihm was Warmes macht.«

Er setzte sich und lehnte den Kopf nach hinten gegen die Wand. »Danke.«

Sie sagte nichts mehr, stellte die schwere Pfanne auf den Herd, gab Fett hinein und wartete, bis es brutzelte. Dann Schinken, vier Eier. »Willst du auch Käse drauf?« drehte sie sich zu ihm.

»Mmh.« Sie sah schön aus. Und plötzlich war das Bild wieder da, das er seit Tagen wegschob: wie sie an seinem Vater hinabglitt, wie sie vor ihm kniete, wie sie ...

Er kniff die Augen fest zu.

»Du warst sauer, daß wir heute beim Jugendkreis waren«, meinte sie, als sie ihm den Teller hinstellte.

»Und bei den Exerzitien warst du auch«, nickte er und nahm ihr das Besteck ab.

»Bestimmt nicht, um dich zu ärgern. Wir tun unsere Arbeit, wie immer. Nur leider bist du diesmal aus Versehen in den Dunstkreis geraten. Ralf Poorten war nun mal oft genug in Grieth und bei Barbara. Sag mal, kanntest du ihn wirklich so wenig?«

»Wirklich. Er war kein übler Typ, bestimmt nicht, aber mir war er einfach zu langweilig. Seid ihr denn weitergekommen?«

Sie seufzte und setzte sich neben ihn. »Nicht viel, glaube ich. Erzähl mir was von Clara.«

Christian stutzte, betrachtete den Bissen auf seiner Gabel. »Was soll ich dir denn von Clara erzählen?«

»Ich weiß nicht genau, euer Kaplan hat uns heute ihre Geschichte erzählt, und ich kann irgendwie nichts damit anfangen. Es kam mir vor wie so eine verklärte Legende. Heilende Hände und so was.«

Er hatte endlich wieder Farbe gekriegt und sah sie an,

friedlich. »Ach so. Das mußt du mehr symbolisch sehen. Weißt du, ich erlebe Clara ja immer wieder im Altenheim. Du kannst dir nicht vorstellen, wieviel Freude sie verbreiten kann. Wir hatten schon alte Menschen, die überhaupt keine Lust mehr hatten, die einfach sterben wollten. Du glaubst gar nicht, wie oft so was passiert. Aber dann war Clara da und hat ihnen so viel Mut gegeben, daß sie auf einmal gar nicht mehr genug kriegen konnten vom Leben.«

»Und wie macht sie das? Redet sie mit ihnen, legt sie ihnen die Hand auf, betet sie?«

Er sah an ihr vorbei und lächelte tief. »Sie redet, sie singt, sie lacht, sie faßt sie an, und sie betet mit ihnen, ja. Aber eigentlich ... ich weiß nicht, wie ich es ausdrücken soll. Es geschieht einfach durch ihre Kraft, durch ihre unglaubliche Zuversicht, durch ihren Glauben.«

»Also keine Wunderheilungen, wie ich sie mir vorgestellt hatte?«

»Doch, natürlich, irgendwie schon. Verstehst du das nicht?«

»Nicht so ganz.«

Er schaute skeptisch, sah aber dann wohl, daß es ihr ernst war.

»Claras Kraft überträgt sich auf die anderen Menschen. Und diese Kraft kann natürlich auch Krankheiten heilen. Du weißt doch, wie viele Krankheiten ihren Ursprung in der Seele haben. Und Clara kann deine Seele berühren. Wirklich, Astrid, sie erfüllt einen mit ... Glück.«

Astrid strich über seine Hand, ganz kurz nur. »Mir ist ihre Ausstrahlung schon auf den Fotos aufgefallen. Ich würde sie wirklich gern kennenlernen.«

»Ja«, sagte er. »Clara ist unglaublich.«

Und du bist verliebt, dachte sie, hütete sich aber, was zu sagen. Verliebt und ganz schön verblendet.

Ackermann riß die Tür auf und platzte mit seinem unnachahmlichen Flüstern in ihre Morgenbesprechung. »Sie kommt, sie kommt. Achtung!«

Schon war er wieder weg.

Und dann stand sie in der Tür. »Wenn ich sehr störe, sagen Sie es ruhig. Dann verschwinde ich sofort wieder. Eigentlich habe ich hier ja noch gar nichts zu suchen. Mein Name ist Charlotte Meinhard. Ich bin ...«

»... die neue Chefin«, vollendete Heinrichs den Satz und glotzte sie an.

Eine anmutige Frau mit großen, braunen Augen im hellen Gesicht. Ihr dunkelrotes Haar fiel ihr von einem Wirbel über der linken Braue glatt nach hinten bis auf die Schultern. Sie hatte genau die richtige Größe für den engen, knöchellangen Rock und den schmalen Pullover.

Toppe reichte ihr die Hand. »Bitte nehmen Sie Platz. Darf ich Ihnen meine Mitarbeiter vorstellen?«

Sie lächelte über seine jungenhafte Förmlichkeit. »Wie ich höre, sind Sie und Ihr K 1 das Aushängeschild, was die Aufklärungsrate angeht. Ich sollte Sie also pfleglich behandeln.«

Es stellte sich heraus, daß sie schon eine ganze Menge »gehört« hatte. »Und Sie sind also das unmoralische Paar; dabei sehen Sie mir gar nicht nach lasterhaftem Lotterleben aus.« Sie lachte über Toppes betretenes Gesicht. »Es wird nicht leicht sein, mich an den ganzen Tratsch und die Geheimniskrämerei hinter vorgehaltener Hand zu gewöhnen. Ich hatte gedacht, Köln wäre da schon schlimm, aber das war harmlos, verglichen mit hier. Jetzt schauen Sie doch nicht so unglücklich, Herr Toppe. Ich bin gerade mal zwei Wochen in Kleve und selbst schon Opfer geworden. Meine Freundin und ich haben gemeinsam ein Haus gekauft, in einer ganz reizenden Nachbarschaft. Aber wie sich jetzt zeigt, ging es bei der freundlichen Hilfe beim Einzug wohl einzig und allein darum, festzustellen, ob wir ein Doppelbett haben.«

Astrid lachte und stand auf. »Möchten Sie auch einen Kaffee?«

»Gern.«

»Wir haben leider nur Becher ...«

»Sehe ich so nach Porzellan aus? Nein, ein Becher ist prima. Halte ich Sie sehr auf, oder haben Sie Zeit, mir zu erzählen, woran Sie gerade arbeiten?«

Heinrichs wühlte in seinem Aktenberg und räusperte sich, aber Toppe kam ihm zuvor und berichtete von Ralf Poorten.

»Außerdem haben wir eine Vergewaltigung noch nicht abschließen können«, ergänzte Astrid und erzählte von ihren Schwierigkeiten mit dem BKA.

»Haben Sie mal einen Zettel da?« Charlotte Meinhard notierte sich die Daten. »Vielleicht kann ich die Sache ein wenig beschleunigen.« Dann sah sie auf. »Ich vermisse Herrn van Appeldorn. Der gehört doch auch zu Ihrem Team, nicht wahr?«

»Ja«, bestätigte Toppe, »aber der hat sich leider eine Lungenentzündung eingefangen und fällt wohl für eine Weile aus.«

»Deshalb geht es bei uns auch ziemlich drunter und drüber«, sagte Heinrichs. »Wir sind ja sowieso schon unterbesetzt, seitdem unser Kollege Breitenegger verstorben ist und man seine Stelle einfach gestrichen hat. Aber jetzt ist auch noch van Appeldorn krank, und ich sitze hier als Aktenführer und kann nicht raus. Dabei haben Sie ja gehört, was es alles zu tun gibt«, meinte er und zeigte auf die Rheinkarte und die Tabellen, die immer noch an der Wand hingen.

Charlotte Meinhard stand auf und betrachtete die Karte eingehend. »Und das haben Sie alles selbst berechnet und gezeichnet?«

»Bei der Berechnung hat mir ein Fachmann geholfen, aber gezeichnet habe ich das, ja.«

»Könnte es sein, daß Sie hier bei uns Ihre wahren Talente vergeuden, Herr Heinrichs?«

Heinrichs lachte. »Das würde ich nicht sagen. So was liegt mir, klar, und als Aktenführer habe ich ja auch die Zeit dazu. Deshalb mache ich den Job eigentlich auch ganz gern. Aber wenn mal jemand ausfällt, dann wäre es schon besser, ich könnte mit raus und vor Ort ermitteln. Damit wäre allen mehr gedient, als wenn ich hier den halben Tag lang Däumchen drehe.«

Sie nickte. »Und wo ist das Problem? Haben Sie denn keine Handies, über die Sie jederzeit erreichbar sind?«

Heinrichs lachte herzhaft.

»Doch, doch«, erklärte Toppe. »Wir teilen uns ein Handy mit dem K 4, aber das ist schon seit acht Wochen kaputt.«

»Sie teilen sich eins«, staunte sie. »Und was ist mit einem Anrufbeantworter?«

»Ach«, meinte Heinrichs wegwerfend. »Den haben wir schon mindestens fünfmal beantragt!«

»So teuer sind diese Geräte gar nicht«, sagte sie nur und trank ihren Kaffee aus. »So, jetzt halte ich Sie nicht länger von der Arbeit ab. Erwarten Sie zu Anfang keine großen Veränderungen. Ich werde mir in den ersten Wochen zunächst einmal ein Bild machen. Sie arbeiten schon eine ganze Weile ohne Chef, da spielen sich manche Dinge oft auf eine neue Weise ein. Und die muß gar nicht schlecht sein. Sie haben also freie Hand. Übrigens auch, was den Kollegen Ackermann angeht, der mich mehrfach angesprochen hat. Ich habe seinen Chef gebeten, ihn so weit wie möglich für Sie freizustellen.«

Dann verabschiedete sie sich. »Wir sehen uns dann in vierzehn Tagen. Und viel Erfolg. Tschüs!«

Heinrichs strahlte ziemlich belämmert. »Sie hat tschüs gesagt.«

»Neue Töne«, bestätigte Toppe.

»Und sie sieht toll aus«, sagte Astrid versonnen. »Ich meine, für fünfzig.«

Das kriegst du zurück, dachte Toppe. »Finde ich auch. Diese wohlausgewogenen Proportionen«, grinste er.

Astrid streckte ihm die Zunge raus.

»Ach was«, brummte Heinrichs. »Menschlich, meine ich. Menschlich ist sie einfach großartig.«

»Warten wir's ab«, meinte Toppe. »Oder wie war das noch mit den neuen Besen?«

Der nächste Elektroladen war gleich auf der Emmericher Straße, und Heinrichs stellte erfreut fest, daß ein Anrufbeantworter tatsächlich gar nicht so teuer war. Das konnte er locker aus eigener Tasche vorstrecken. Aber als er sich vom Verkäufer erklären lassen wollte, wie man das Ding anschloß, schwand seine Hochstimmung.

»Sie haben eine Telefonanlage? Nein, dann können Sie nicht selber dran rumfummeln. Da dürfen nur Fachleute von der Post ran.«

»Aber das dauert doch eine Ewigkeit, bis die kommen«, jammerte Heinrichs. »Ich brauche das Teil sofort, heute noch.«

Der Verkäufer hob bedauernd die Schultern.

»Hören Sie«, raunte Heinrichs verschwörerisch und lehnte sich über die Ladentheke. »Sie sind doch vom Fach. Für Sie ist das doch eine Kleinigkeit. Ich würde mich da auch nicht lumpen lassen ...«

»Na gut, vielleicht könnte ich ja nach Feierabend mal gucken«, meinte der Mann leise.

»Danke, Sie sind meine Rettung, wirklich. Es ist nur ... eigentlich müßte es jetzt sofort sein.«

Der Verkäufer schloß die Augen und schüttelte langsam den Kopf.

»Es würde nur ein paar Minuten dauern, ehrlich. Ist gleich um die Ecke«, quengelte Heinrichs und lächelte sein liebenswürdigstes Lächeln. »Bitte!«

Der Mann ließ sich einwickeln. »Ich könnte den Chef ja mal fragen. Wenn es nicht so lange dauert.«

»Nein, bestimmt nicht. Es ist gleich da drüben im Polizeipräsidium, erster Stock.«

Der Verkäufer schnappte nach Luft und verschluckte sich.

»Keine Sorge«, klopfte ihm Heinrichs fürsorglich den Rücken. »Reine Privatsache. Bleibt ganz unter uns. Großes Ehrenwort!«

Um kurz nach halb elf machte sich Heinrichs auf den Weg zum Rhein. An der Telefonzelle in Warbeyen hielt er an, wählte die Nummer vom Büro und lauschte stolz der Ansage, die er vorhin selbst aufs Band gesprochen hatte.

Beim Campingplatz am Grietherorter Altrhein traf er auf Ackermann.

Beide hatten dieselbe vielversprechende Entdeckung gemacht, und Ackermann hatte sogar eine Polaroidkamera dabei.

»Ob das wohl Clara sein soll?« fragte sich Astrid.

Sie stand mit Toppe auf dem Deich und sah sich die Kapelle an. Es war nicht schwer gewesen, sie zu finden, überall im Ort standen Hinweisschilder.

»Ans Kreuz genagelt?« antwortete Toppe zweifelnd. »Wohl kaum. Vermutlich ist das Ding einfach mißlungen. Nach fachmännischer Schnitzarbeit sieht das nicht aus.«

Am Fuß des Kreuzes standen zwei Vasen mit erfrorenen Rosen. Rundherum lagen Plastikgestecke und Sträuße aus Tannengrün und Seidenblumen. Kerzen brannten, sicher an die hundert.

»Komm«, nahm er ihre Hand, »hier zieht es wie Hechtsuppe.«

Aber Astrid blieb stehen und betrachtete das Gebäude links von ihnen. »Das muß dann der Albershof sein. Sieht eher wie ein Herrensitz aus.«

Das große zweistöckige Haus mit dem Turm war frisch gestrichen und hatte ein flammneues Dach. »Die scheinen Geld zu haben.«

»Ich weiß nicht«, meinte Toppe und stieg die Stufen hinab, froh, endlich in den Windschatten zu kommen. »Guck dir doch mal den Rest an.«

Er hatte recht, die Wirtschaftsgebäude waren viel bescheidener, alt, teilweise ziemlich runtergekommen.

Sie standen vor einem verschlossenen Gatter mit einem gelben Schild: *Privatweg. Durchgang verboten.*

»Gut, dann gehen wir zurück zur Straße und benutzen den Haupteingang.«

Die Frau, die ihnen öffnete, war um die Sechzig und sehr groß. Ihr grau gesträhntes Haar hatte sie zu einem festen Knoten geschlungen.

»Kriminalpolizei?« Die wasserblauen Augen wurden rund vor Schreck.

Toppe steckte seinen Ausweis wieder ein. »Kein Grund zur Sorge. Wir möchten nur kurz mit Clara Albers sprechen. Ist das Ihre Tochter?«

»Ja. Mit Clara?« Ihre Hände zitterten. »Kommen Sie doch ... Lieber Himmel, mein Braten!« schrie sie, drehte sich um und stürzte ins Haus.

Im Flur mischte sich der betäubend süße Duft von Hyazinthen mit dem Geruch von scharf angebratenen Zwiebeln. Neben der Haustür hingen ein Weihwassergefäß und ein einfaches Holzkreuz, hinter dem ein vertrockneter Palmzweig steckte. Rechts und links zwei geschlossene Türen, weiter hinten lag die Küche, in der Frau Albers verschwunden war.

Die beiden folgten ihr. Aus der Kasserolle, die sie von der Herdplatte gezogen hatte, qualmte es noch. »Ich hatte gerade das Fleisch für heute mittag angebraten«, entschuldigte sie sich und goß vorsichtig Wasser in den Topf. »Setzen Sie sich doch, bitte.«

An dem schweren Eichentisch hätten zwölf Leute Platz gefunden, aber es standen nur acht Stühle da.

Marianne Albers machte das Fenster ein Stück auf und kam dann zu ihnen.

»Es tut mir schrecklich leid«, sagte sie unglücklich, »aber Sie können im Moment nicht mit unserer Clara sprechen. Sie ist schwer krank.« Tränen traten ihr in die Augen, aber sie schluckte tapfer und setzte sich. »Vielleicht kann ich Ihnen behilflich sein.«

»Wir ermitteln im Mordfall Poorten«, begann Toppe.

Sie nickte.

»Kannten Sie den Jungen?«

»Nein. Ich weiß wohl, daß er zu unserem Jugendkreis gehört hat. Es kann auch sein, daß ich ihn schon mal in der Gemeinde getroffen habe, aber ich kenne nicht alle Jugendlichen beim Namen.«

»Clara hat Ralf Poorten gut gekannt«, sagte Astrid. »Hat er sie nicht mal hier zu Hause besucht?«

»Nein, bestimmt nicht.«

»Wir nehmen an, daß Ralf eine besondere Beziehung zu Ihrer Tochter hatte. Er besaß ein Foto von ihr.« Astrid schob es ihr hin.

Marianne Albers betrachtete das Bild zärtlich. »Ja, viele Menschen haben ein Foto von Clara. Sie wissen sicher, daß sie mit einer besonderen Gabe gesegnet ist.«

»Wir haben davon gehört«, bestätigte Astrid unbehaglich. »Schauen Sie, Frau Albers, Ralf Poorten ist schwer mißhandelt und getötet worden. Wir versuchen herauszufinden, wer dem Jungen das angetan hat. Wir müssen wissen, mit wem er zu tun hatte. Und deshalb müssen wir mit jedem sprechen, der ihn gekannt hat. Und Ihre Tochter hat ihn gekannt. Können wir sie nicht wenigstens kurz sehen?«

Frau Albers fing an zu weinen. »Sehen können Sie sie, aber das wird Ihnen nicht helfen.«

»Was hat sie denn?« Astrid bemühte sich, ihre Ungeduld zu verbergen.

»Es ist eine Virusinfektion, sagt der Arzt. Aber sie ist gar nicht bei sich. Sie ißt nichts, trinkt nichts. Wenn man sie zwingt, erbricht sie alles wieder. Und sie hat hohes Fieber.« Sie schluchzte auf. »Jeden Tag habe ich dem Herrn gedankt, daß er uns ein Kind wie Clara beschert hat, aber jetzt bitte ich ihn auf Knien, daß er sie uns nicht wieder nimmt.«

»Mama!« schallte es aus der oberen Etage. »Bringst du die Suppe. Ich will es noch mal versuchen.«

Frau Albers sprang auf. »Meine Schwiegertochter. Die ist gerade oben, um das Kind zu waschen. Einen Augenblick.« Sie lief zum Küchenschrank, nahm die Thermoskanne, den Teller und den Löffel, die dort bereitstanden, und ging schnell hinaus.

»Was hast du denn?« wunderte sich Astrid, als Toppe den Wagen nicht aufschloß, sondern mit dem Schlüssel in der Hand stehen blieb und sich nachdenklich umschaute.

»Ach, nichts. Ich dachte nur gerade, es ist ganz schön eng hier.«

»Ja, natürlich«, meinte sie stirnrunzelnd. »Ist eben ein Dorf.«

18

Heinrichs spielte ihnen die Nachricht auf dem Anrufbeantworter vor: »W... wie? Ähem ... Mich laust der Affe! – Klack«, und freute sich: »Daß ich einmal erleben darf, wie

Norbert die Fassung verliert! Allein deswegen hat sich die Anschaffung schon gelohnt.«

»Warum hast du eigentlich so scheußlich gute Laune?« meinte Toppe gereizt.

»Hab ich allen Grund zu«, gab Heinrichs gelassen zurück. »Die Sache mit den Booten sieht nämlich gar nicht so übel aus.« Er ging zu seiner Rheinkarte. »Es kommen viel weniger Boote in Frage, als wir befürchtet hatten. Guckt mal hier, der Grietherorter Altrhein, zum Beispiel, und auch die Kiesbaggerei davor sind seit Wochen dick zugefroren. Da kommt kein Boot raus. Die anderen Seitengewässer, Reeser Ward und so, müssen wir uns in den nächsten Tagen noch anschauen, aber eigentlich kann es da auch nicht viel anders aussehen.«

»Du meinst also, es kommt nur ein Boot in Frage, das direkt am Rhein liegt«, stellte Toppe fest. »Und wie viele sind das?«

»Weiß ich noch nicht. Wir haben doch gerade erst angefangen.« Heinrichs drückte ihm einen Stapel Fotos in die Hand. »Hat Ackermann heute gemacht, von jedem Motorboot das rechtsrheinisch zwischen Kilometer 845 und 847 liegt. Den Abschnitt hätten wir schon mal.«

»Fotos?« wunderte sich Astrid.

»Ja, geht doch viel fixer, als wenn wir alles notieren müssen, Bootstyp, Nummer, Liegeplatz.«

So würden sie weiter vorgehen, über Duisburg die Eigner feststellen und jeden einzelnen auf eine mögliche Verbindung zu Ralf Poorten abklopfen.

»Und wenn uns jemand verdächtig vorkommt, dann soll van Gemmern dessen Boot unter die Lupe nehmen.«

Astrid seufzte aus tiefstem Herzen. »Haben wir jemals so einen bescheuerten Fall gehabt? Ich meine, wir wissen ziemlich genau, was passiert ist. Wir wissen auch ungefähr, wo es passiert ist. Aber kann mir einer sagen, warum es passiert ist?«

Toppe nickte. »Ich sehe auch weit und breit kein Motiv, und das ist ein ziemlich dämliches Gefühl.«

»Wat denn für 'n dämliches Gefühl, Chef? Hängen Se neben de Preise?« In der Tür stand Ackermann. »Ich dacht ei'ntlich, hier wär Jubel, Trubel, Heiterkeit inne Bude, wo wer endlich vorankommen.«

Toppe sah ihn müde an. »Ist ja auch ganz prima. Macht ihr ruhig mit den Booten weiter.«

»Und wir machen in Grieth weiter«, meinte Astrid resolut. »Grieth ist die einzige Ortschaft am fraglichen Flußabschnitt, und Grieth scheint auch der einzige Ort zu sein, in dem Poorten private Kontakte gehabt hat. Ich würde gern wissen, wen der außer den Jugendlichen noch so gekannt hat. Wir könnten zum Beispiel mal mit deren Eltern reden. Wer weiß, vielleicht hat Poorten ja ein Mädchen geschwängert, und dessen Vater ist durchgetickt.«

Toppe mußte nun doch lachen. »Ich hab gar nicht gewußt, daß du Courths-Mahler liest. Nein, im Ernst, ich habe vorhin gedacht, Grieth ist so eng, die Straßen sind schmal. Und die Häuser stehen so dicht, daß man sich gegenseitig in den Kochtopf spucken kann. Wenn Poorten dort zusammengeschlagen worden ist, dann hat das garantiert jemand mitgekriegt.«

»Da is' wat dran«, bestätigte Ackermann und feixte dann. »Mensch, dat is' überhaupt die Idee, die Mega-Idee! Wie wär et denn, wenn wer dat einfach ma' antesten? Wir markieren 'ne kleine Schlägerei un' kucken, ob dat einen ausse Stube lockt.«

Toppe tippte sich an die Stirn. »Wie wäre es, wenn wir einfach den normalen Weg gehen und die Leute fragen?«

»Langweilig wär dat«, knurrte Ackermann.

Es war deutlich wärmer geworden, und Astrid ließ ihren Schal im Auto. »Heute ist hier ja richtig was los.«

Auf dem Griether Marktplatz stand ein Reisebus mit Kölner Kennzeichen. Menschen waren unterwegs, eine Gruppe Rollstuhlfahrer, mehrere alte Leute an Stöcken, zwei jüngere mit Gehstützen, Frauen mit kleinen Kindern. Alle strebten in dieselbe Richtung.

Bei Lambertz hatte man die Fenster geputzt und auf dem Bürgersteig ein Schild aufgestellt: *Devotionalien – täglich Sonderangebote.*

Toppe schaute die Schloßstraße entlang. Nicht nur Lambertz machte seine Geschäfte. *Seidenblumen und Gestecke, Ihr persönliches Foto – vom Fachmann, Kerzen – handgezogen. Echt Bienenwachs,* überall standen jetzt Schilder und Tafeln vor den Häusern.

Sie sahen sich an. »Das ist ja fast schon wie in Kevelaer«, meinte Astrid verwundert. »Was soll's? Wo fangen wir an?«

»Egal, eigentlich.« Toppe zuckte die Achseln. »Bleiben wir doch gleich in dieser Straße. Die haben wir schnell durch.«

Das stimmte, an der ganzen rechten Seite zog sich die Mauer entlang, hinter der der Albershof lag.

»Wir trennen uns. Immer ein über das andere Haus.«

»Ja, gut, ich nehme das erste«, sagte Astrid und schielte schon nach dem Klingelschild.

»Warte.« Toppe hielt sie fest und grinste über ihren Eifer. »Um halb eins treffen wir uns in dem Restaurant am Deichtor.«

»Sehr wohl, Chef«, knickste sie und legte den Finger auf den Klingelknopf.

Es dauerte eine Zeit, bis sie endlich schlurfende Schritte im Haus hörte und jemand sich daran machte, die Sicherheitskette und eine Anzahl von Riegeln zu lösen. Ein älterer Mann mit geschorenen Haaren und einem Chaplinbart öffnete die Tür. »Bitte?«

»Guten Morgen. Sind Sie Herr Schmitz?«

Er musterte sie vom Kopf bis zu den Füßen und wieder zurück. »Der bin ich. In voller Lebensgröße.«

So weit ist es damit ja nicht her, dachte Astrid. »Steendijk von der Klever Kripo.«

Sofort verschwand das Wohlwollen aus seinem Blick. »Und?« Er schloß die Knöpfe an seiner braunen Strickjacke. Sie spannte über dem Bauch und hatte mehrere Brandlöcher. »Was wollen Sie von mir?«

»Vielleicht können Sie uns helfen. Wir ermitteln in einem Mordfall und hätten da ein paar Fragen.«

»Kommen Sie rein«, drehte er sich um und überließ es ihr, die Haustür zu schließen.

Das Wohnzimmer war lange nicht gelüftet worden. Auf dem Teppichboden lag ein greller Perserteppich, darauf an der Tür noch ein Läufer in anderem Muster. Mit dem schwarzen Schrank, einer Musiktruhe, auf der der Fernseher stand, einem durchgesessenen Sofa mit Tisch und dem Ohrensessel war der Raum gepackt voll.

Schmitz ließ sich schwerfällig im Sessel nieder und deutete auf das Sofa. Astrid setzte sich vorsichtig auf die Kante, sank aber trotzdem tief ein. Sie nahm ihren Notizblock aus der Tasche und legte ihn vor sich auf den Tisch. Die Tischdecke war aus wolliger Synthetik und irgendwann einmal hellgelb gewesen. In einem großen Handelsgold-Aschenbecher qualmte eine Zigarre vor sich hin. Die Tageszeitung lag aufgeschlagen.

Schmitz war achtundsechzig Jahre alt und Rentner; früher hatte er als Dachdecker gearbeitet.

»Sie waren schon ein paarmal hier im Dorf, wie?« Es war eine Feststellung. »Und es soll um die Wasserleiche von Spyck gehen.«

»Ja«, bestätigte Astrid, »genau. Kannten Sie den jungen Mann?«

»Ich?« Er lachte tonlos. »Woher soll ich den denn gekannt haben? Nee, nee, Frau, da sind Sie bei mir an der falschen Adresse.«

Sie fragte ihn nach dem Abend des 9. Februar.

»Wann soll das gewesen sein? Vor vierzehn Tagen? Und was war das für ein Wochentag?«

»Ein Freitag.«

»Und ich soll heute noch wissen, was da war? Erinnern kann ich mich an nichts. Aber ich will Ihnen mal was sagen: Bei uns im Dorf gibt es keine Schlägereien. Hier wohnen noch anständige Leute.«

»Ihnen ist also nichts Ungewöhnliches aufgefallen?«

»Ganz bestimmt nicht. Ich höre sowieso nicht mehr so gut.«

Den Eindruck hatte sie bisher nicht gehabt.

»Und wenn ich abends Fernsehen guck, dann hab ich meine Kopfhörer auf. Da höre ich noch nicht mal die Türklingel.«

»Vielleicht erinnern Sie sich ja an das Motorrad. Ralf Poorten war oft mit seinem Motorrad hier in Grieth. Eigentlich müßte er immer bei Ihnen am Haus vorbeigekommen sein. Haben Sie es womöglich irgendwo stehen sehen?«

»Als wenn ich auf jedes Motorrad achte!« Schmitz winkte weit ausholend ab. »Gehen Sie mir bloß weg mit den stinkenden Karren. Ist schlimm genug, daß wir jedes Jahr dieses Motorradtreffen hier haben.«

»Wohnt außer Ihnen noch jemand im Haus?« fragte Astrid und klappte ihren Block zu.

»Nein, bloß ich. Meine Frau ist letztes Jahr gestorben, und meine Tochter wohnt in der Stadt.«

Toppe mußte sich erst ausgiebig durch den Türspion beäugen lassen, etwas, was er verabscheute. Jedesmal verkrampfte er sich völlig in seinem Bemühen, besonders vertrauenerweckend auszusehen.

Die Frau mit dem Baby auf dem Arm war nicht mehr ganz jung und so gepflegt, daß es steril war.

»Frau Klinger?«

»Ja.«

Er sagte seinen Spruch auf.

»Mein Mann ist auf der Arbeit«, meinte sie steif.

Toppe runzelte die Stirn. »Ich würde auch gern mit Ihnen reden.«

Zögernd öffnete sie die Tür ein Stück weiter und hob das Kind auf die andere Hüfte. Der kleine Junge steckte die Finger in den Mund und kaute darauf herum. Er hatte abstehende Ohren und einen platten Hinterkopf. Die Mutter zog ihm heftig die Hand aus dem Mund und hielt sie fest.

»Augenblick«, sagte sie, ließ Toppe vor der Tür stehen und verschwand im Haus. Er hörte, wie Rolladen hochgezogen wurden.

»So, bitte«, kam sie dann wieder in den Flur zurück.

Im Wohnzimmer, in das sie ihn bat, war es behaglich wie in einem Schaufenster. Nirgends ein Stäubchen, kein Deckchen, das nicht bretthart gestärkt war, selbst die vier gleich großen Topfpflanzen waren mit Blattgrün besprüht. Die cremeweißen Übertöpfe hatten einen Goldrand.

Das Kind saß in einem leeren Laufstall, sein brauner Strampelanzug harmonierte mit dem Muster der Unterlage. Es sah zu Toppe hoch und stopfte sich beide Händchen in den Mund. Wieder ging die Mutter hin und hielt die Hände fest. »Nein, nein«, wisperte sie, »nein, nein!«

Sie bot Toppe keinen Platz an und hatte offenbar in ihrem ganzen Leben noch nie etwas gehört oder gesehen. »Wir schlafen nach hinten raus«, sagte sie und sah ihn nicht an. »Ich gehe sehr früh zu Bett. Kevin schläft noch nicht durch.«

»Und Ihr Mann, könnte der eventuell etwas beobachtet haben?«

Sie beugte sich über den Laufstall und nahm das Kind heraus. »Mein Mann geht spätestens um neun Uhr ins Bett. Er arbeitet in Duisburg und muß um halb fünf aufstehen.«

Das nächste Haus, vor dem Astrid stand, fiel, wenn man etwas genauer hinschaute, ein wenig aus dem Rahmen: Da hingen keine Gardinen an den Fenstern, statt dessen waren sie zugewuchert von prächtigen Grünpflanzen. Die Haustür war lila lackiert, und es gab kein Namensschild aus dem Töpferkurs, sondern eine fein eingefaßte Platte aus mattem Stahl: *Ursula Günther.*

Die Frau, die ihr die Tür öffnete, hatte einen verschossenen Morgenrock an, grün mit Rosenmuster, Wollsokken an den Füßen und ein Handtuch um den Hals gewickelt. Sie roch nach Eukalyptus und Kamille. Ihr dikkes, graues Haar war rundherum auf eine Länge geschnitten, aber sonst hatte sie nichts Verschrobenes an sich.

»Ich habe eine fürchterliche Grippe und wollte mir gerade ein Dampfbad machen.« Das gerollte »r« war beeindruckend.

Astrid entschuldigte sich und wollte gern ein andermal wiederkommen.

»Dummes Zeug! Wenn Sie mich schon von meinem Krankenlager holen, dann trinken Sie jetzt auch einen Tee mit mir. Ich hoffe, Sie mögen Kräutertee.«

»Den mag ich besonders«, lachte Astrid und folgte der Frau in den Wohnraum.

»Setzen Sie sich schon mal. Und ziehen Sie, um Himmels willen, Ihren Mantel aus, sonst gehen Sie hier ein.«

Das Zimmer war recht klein, die Decke niedrig. Um einen runden Tisch gruppierten sich vier Sessel, ein Kaminofen bullerte, jeder freie Platz war von wuchernden Pflanzen besetzt. An den Wänden hingen gerahmte Kinderzeichnungen und -malereien. Durch die Sprossenfenster sah man genau auf den Eingang zum Albershof.

Ursula Günther brachte ein Tablett mit zwei dampfenden Steingutbechern, einer Schale Kandiszucker und einem Teller mit Pfefferkuchen.

»Meine Kinder haben mir zu Weihnachten so viel Selbstgebackenes geschenkt, daß ich bis zum Sommer damit auskomme. Probieren Sie ruhig, die schmecken noch prima.«

Astrid ließ sich gern von der Frau überfahren, sie gefiel ihr, und für eine ganze Weile war sie diejenige, die Fragen beantwortete: Was denn so eine attraktive Frau bei der Polizei machte, ob ihr die Arbeit gefalle, ob sie eine Waffe bei sich hätte, ob sie Familie habe und Kinder?

»Ach, wegen dem Jungen sind Sie hier. Ich habe das in der Zeitung gelesen und sein Foto gesehen. Bekannt kam er mir nicht vor. Wie kommen Sie denn gerade auf mich?«

»Ralf Poorten war im Griether Jugendkreis und hat anscheinend seine ganze Freizeit hier verbracht«, antwortete Astrid.

Ursula Günther kicherte. »Nicht gerade meine Altersgruppe.«

»Er ist am Freitag, dem 9. gestorben, und mit ziemlicher Sicherheit hat man ihn vorher zusammengeschlagen. Haben Sie an dem bewußten Abend hier im Ort etwas beobachtet oder entsprechende Geräusche gehört?«

Frau Günther schüttelte den Kopf, überlegte aber noch.

»Das war vorletzte Woche, nicht wahr? Da war ich überhaupt nicht hier, das ganze Wochenende nicht. Ich habe meine Freundin in Koblenz besucht.« Sie guckte gewitzt. »Und Sie glauben, der Junge ist hier in Grieth umgekommen? Donnerschlag, das würde mich aber wundern!«

Astrid machte eine vage Kopfbewegung. Draußen vor Albers' Tor hatten sich ein paar Pilger eingefunden und schauten zum Turm hoch.

»Was haben Sie? Ach, die Leute da draußen.« Ursula Günther lachte leise und stand auf.

»Ja«, nickte Astrid. »Ich bin immer noch ein bißchen durcheinander. Der ganze Rummel hier. Von dieser Clara-Geschichte hatte ich bis vor ein paar Tagen noch nie was gehört. Kennen Sie Clara?«

»Na, und ob. Warten Sie. Ich hole uns noch etwas Tee.«

Sie war schnell wieder zurück mit einer braunglänzenden Kanne in der Hand. »Sie auch noch?«

Astrid beugte sich vor und schaute in ihren Becher. »Gern, aber nur noch halbvoll, bitte.«

Frau Günther goß nach, brachte die Kanne zum Ofen und stellte sie im Fach über der Feuerklappe ab. Dann setzte sie sich wieder.

»Clara kenne ich von Geburt an, und ich war vier Jahre lang ihre Lehrerin. In der Grundschule.«

»Das war ja zu der Zeit, als sie ihre Erscheinung hatte«, sagte Astrid gespannt.

»Ach ja, die Erscheinung ...«

»Glauben Sie nicht daran?«

Die Lehrerin betrachtete die Tasse, die sie in der Hand hielt. »Ich glaube das, was ich sehe«, meinte sie schließlich und stellte die Tasse auf den Tisch. »Ich weiß, daß die ganze Familie Albers sehr religiös ist, und ich weiß, daß Clara schon als kleines Kind eine ungewöhnlich lebhafte Phantasie hatte.«

Aufmüpfig sah sie Astrid ins Gesicht. Die spürte ein leises Kitzeln im Bauch.

»Dann glauben Sie wohl auch nicht an die Wunderheilung und all den Kram?«

Aber Ursula Günther ging nicht darauf ein. »Als Clara meine Schülerin war, hatte ich öfter mal Ärger mit den Eltern. Ich war nämlich nicht damit einverstanden, daß sie das Kind ständig aus der Schule ließen wegen irgendeiner kirchlichen Veranstaltung, oder was weiß ich. Dabei ist Clara wahrhaftig hochintelligent, und das sollte man fördern, hab ich immer gesagt. Die hätte Großes vor sich, wenn sie es nur wüßte.«

Astrid fand ihren Faden nicht gleich wieder. »Ich habe bisher nur Fotos von Clara gesehen«, meinte sie nachdenklich, »aber selbst da ist mir ihre starke Ausstrahlung aufgefallen. Und alle, die mir von ihr erzählen, kriegen so einen verklärten Blick. Mir wird dabei ganz eigentümlich.«

Es war schwer zu sagen, was die Lehrerin dachte, aber schließlich nickte sie. »Ja, ich verstehe, warum Ihnen seltsam zumute ist. Aber wissen Sie, seltsam ist eigentlich nur, was man drübergestülpt hat. Es gibt nun mal Menschen mit einer starken Ausstrahlung, Menschen, denen die Herzen zufliegen. Das ist ein Geschenk, aber doch kein Wunder. Clara gehört sicher zu diesen Menschen, das ist keine Frage.«

»Ralf Poorten hatte ein Foto von Clara. Er hatte es aus einem Gruppenfoto ausgeschnitten und in eine Hülle gesteckt. Es lag auf seinem Nachttisch. Verstehen Sie, was ich meine?« Astrid stockte. »Ich glaube, daß Clara ihm viel bedeutet hat. Ich denke sogar ...«

»Kann ich mir nicht vorstellen«, fiel ihr Frau Günther ins Wort, lächelte aber sofort entschuldigend. »Es liegt auf der Hand, daß Sie daran denken, aber nein, das würde Clara nicht in den Sinn kommen. Sie ist von klein auf anders geprägt worden durch die Familie, durch das ganze Umfeld. Eine entscheidende Rolle spielt wohl ihr Bruder Ludwig. Der ist Priester in Bad Kreuznach, fast zwanzig Jahre älter als Clara, und zu ihm hat sie eine sehr enge Beziehung, immer schon gehabt. Gerade in den letzten Monaten ist er oft hier gewesen, und die beiden sind stundenlang über den Deich spaziert und haben geredet.«

Sie schaute an Astrid vorbei. »Ich weiß nicht, aber jetzt, wo Sie es ansprechen ... Vielleicht orientiert sich Clara in letzter Zeit wirklich ein wenig mehr nach außen. Wenn ich sie so angucke, dann wirkt sie ein bißchen freier, lokkerer irgendwie. Aber gut, sie ist siebzehn. Da kippt die ganze Chose vermutlich vom wunderbaren Kind zur wundertätigen Frau. Ich frage mich, ob sie wohl nach dem Abitur in ein Kloster geht. Das war jedenfalls mal im Gespräch.«

Sie sah Astrid wieder mit diesem frechen Blick an. »Können Sie mir erklären, warum sie dann überhaupt das Abi macht? Ich glaube, ich muß dringend mal wieder mit dem Kind reden.«

»Im Moment ist Clara krank«, sagte Astrid, »irgendein Virus. Deshalb habe ich auch noch nicht mit ihr sprechen können.«

Sie sah wieder zu den Pilgern hinaus, die sich endlich anschickten zu gehen. »Grieth macht offensichtlich ganz gute Geschäfte mit ihr.«

Ursula Günthers Lachen klang fast bitter. »Oh ja, und es wird täglich mehr. Ich wollte mir schon ein Schild ins Fenster hängen: ›Ich war ihre Lehrerin und Vertraute‹, und mich dann, gegen Entgelt, versteht sich, mit den Pilgern fotografieren lassen. Wäre doch ein nettes Zubrot, oder was denken Sie?«

Ackermann ließ sich vorn am Bug genüßlich den Wind um die Nase pfeifen. »Als alter Segler darf ich dat ja nich' sagen«, brüllte er nach hinten.

»Wie?« Schneider, der am Ruder stand, legte die Hand hinters Ohr. »Ich kann nichts verstehen.«

»Euer Böötken is' ga' nich' so ungeil«, kam Ackermann nach hinten. »Sach, kannste nich' noch 'n kleinen Zacken zulegen? Muß man doch ma' ausnutzen, dat man Bulle is' un' brettern kann wie 'ne gesengte Sau.«

Schneider lachte nur und zog schnittig an einem holländischen Frachtschiff vorbei. Der Matrose in der Kajütentür sah neugierig zu ihnen hinunter.

Ackermann winkte mit großer Geste und brüllte aus

voller Kehle: »Gute Jagd, ihr Himmelhunde! Mensch, Philip! Haben sie dich auch wieder rausgejagt?«

Der Matrose schrie irgendwas zurück und zeigte ihnen seinen Mittelfinger.

»Kaaskopp!« schnaubte Ackermann. »Wat versteht der schon vom deutschen Film? Wenn wer 'n bisken mehr Gischt hätten, käm ich noch besser wie der Kaleu Prochnow.«

Schneider hatte keine Miene verzogen. »Rohr eins bewässern?« fragte er.

»Eins un' drei, würd ich sagen«, freute sich Ackermann und schlug Schneider auf die Schulter. »Du bis' richtich, Kollege.«

Schneider drehte bei und hielt auf die Hafeneinfahrt zu. »Wird Zeit für mich. Du hast doch jetzt alles gesehen, oder?«

»Für heut muß et gut sein.«

»Und im Hafen brauchst du dich nicht mehr umzutun. Wir sind hier schon bei Kilometer 852.«

»Jau, is' klar, weiß ich. Ab morgen bin ich auf unsere Seite zugange. Heißt dat bei euch auch Gönnekant?«

»Wie sonst?«

»Nich', dat ich dir auffe Zehen treten will, aber et is' schon 'ne Schand, dat so 'n netter Kerl wie du in so 'nem Stinknest wohnen muß«, grinste Ackermann und duckte sich schnell.

19

Toppe konnte froh sein, daß er noch einen freien Tisch erwischte. Die ganze Busladung Pilger hatte sich im Restaurant zum Mittagessen eingefunden. Zwei ältere und offenbar gestandene Kellnerinnen hatten Mühe durchzukommen.

Die unfreundlichere knallte ihm im Vorbeigehen die Tageskarte auf den Tisch: »Komme sofort.«

Es gab eine Vorsuppe, Schokocreme als Nachspeise, und man hatte die Auswahl zwischen vier Hauptgerichten. Die Luft war feucht von Essensdünsten, und ihm war es viel zu laut.

Er winkte. Die Kellnerin nickte giftig über ihrem beladenen Tablett, aber er hatte Astrid gemeint, die am Eingang stand und sich suchend umblickte. Sie erreichte seinen Tisch gleichzeitig mit der Serviererin. »Bitte«, hatte die schon ihren Block gezückt.

»Ich habe doch noch gar nicht in die Karte geguckt«, wunderte sich Astrid.

»Warten Sie.« Toppe hielt die Kellnerin auf und schob Astrid die Karte zu. »Das geht schnell.«

Sie überflog das Menu, während sie sich aus dem Mantel schälte. »Gemüselasagne für mich.«

»Und der Herr?« klopfte die Bedienung den Bleistift auf den Block. Ihr Zorn traf ihn zu unrecht.

»Rinderbraten, bitte.«

»Getränke?«

»Pils«, sagten beide.

Astrid sah der Frau mißbilligend hinterher.

Toppe zündete sich eine Zigarette an. »Du siehst nicht sonderlich zufrieden aus.«

»Du auch nicht«, gab sie zurück und nahm ihm die Zigarette aus der Hand.

Er holte sich gereizt eine neue aus der Schachtel. »Wie auch? Offensichtlich gehen die Leute hier im Dorf mit den Hühnern zu Bett, oder sie sehen fern, aber dann liegt das Wohnzimmer nach hinten raus.«

»Oder«, ergänzte Astrid, »sie waren am 9. gar nicht zu Hause, und manche sind sowieso schwerhörig. Auf jeden Fall haben sie alle Ralf Poorten noch nie in ihrem Leben gesehen.«

»Genau. Nicht zu vergessen, daß man schon immer Schwierigkeiten mit dem Gedächtnis hatte ...«

»... und daß in diesem Ort anständige Leute wohnen, die Schlägereien nur vom Hörensagen kennen. Ich weiß, aber deshalb mußt du doch nicht mich so wütend angukken.«

Sie holten ihre Notizen heraus und verglichen die Ergebnisse, bis das Essen kam.

Die Kellnerin hatte sich wieder beruhigt und servierte mit professionellem Lächeln.

»Ist bei Ihnen immer soviel los?« wollte Toppe wissen.

»Zwei-, dreimal die Woche bestimmt«, meinte sie. »Wenn die Busse kommen.«

»Haben Sie Verträge mit den Busunternehmen?«

Sie sah ihn herablassend an – bis zu ihr war es wohl noch nicht durchgedrungen, daß Polizei im Ort war.

»Da müssen Sie schon die Chefin fragen«, sagte sie spitz und warf einen kurzen Blick zur Theke. Dort dirigierte und herrschte eine gesträhnte Blondine, die Russ Meyer vom Fleck weg engagiert hätte, wenn sie ein paar Jahre jünger gewesen wäre.

»Danke sehr«, antwortete Toppe höflichst.

Die Suppe war gut.

»Bis auf die Lehrerin sind alle unheimlich mißtrauisch und ablehnend«, meinte Astrid. »So langsam kriegt man das Gefühl, als hätten die sich alle miteinander abgesprochen.«

»Ach was, so was gibt es nur im Krimi. Die Leute finden einfach, daß wir hier nichts verloren haben. Außerdem wollen die uns demonstrieren, wie intakt ihre Gemeinschaft ist. Das haben wir auf dem Dorf doch schon öfter so erlebt. Was mir komisch vorkommt, ist, daß hier an dem bewußten Freitag überhaupt nichts los gewesen sein soll. Bis jetzt habe ich noch keinen Menschen gesprochen, der nach acht Uhr abends auf der Straße war. Das gibt's doch gar nicht.«

»Na, zumindest die Leute vom Jugendkreis waren unterwegs.«

»Und in der Kneipe muß doch auch Betrieb gewesen sein.«

»Also gut«, seufzte Astrid ergeben. »Bevor wir weiter durch die Straßen ziehen, frage ich den Kaplan noch mal.«

»Und ich spreche mit dem Kneipenwirt, diesem Lambertz.«

Die Treppe vom Restaurant auf die Straße hinunter war lang und steil, und Toppe blieb auf der vorletzten Stufe mit dem Absatz hängen. Er konnte sich gerade eben noch abfangen, schrabbte aber mit der linken Hand an der Hauswand entlang. Entsetzt starrte er auf die tiefe Schürfwunde und ließ sich auf die unterste Treppenstufe fallen.

»Oh Gott«, kam Astrid zurückgelaufen. »Das sieht ja scheußlich aus. Tut's sehr weh?«

Er hielt die Augen geschlossen und strengte sich an, ganz ruhig und tief zu atmen. Wenn er starke Schmerzen hatte, vor allem, wenn er sein eigenes Blut sah, kippte ihm regelmäßig der Kreislauf weg. Das war etwas, was Astrid bisher noch nicht miterlebt hatte und was er ihr auch gern weiterhin verschwiegen hätte.

Sie legte die Hände um seinen Kopf. »Mensch, du bist weiß wie die Wand. Hast du dir sonst noch was getan?«

Langsam öffnete er die Augen, die Erde drehte sich schon weniger schnell.

»Nein, nur die Hand«, sagte er heiser.

»Verdammt, das blutet ganz schön. Warte, ich tu dir ein Tempo drauf.«

»Bloß nicht! Das klebt doch fest. Ich nehme mein Taschentuch.«

Es war groß genug, daß sie es umbinden und verknoten konnte. »Prima«, meinte sie lebhaft, als er vorsichtig aufstand. »Sieht doch hübsch dramatisch aus.«

Sie hatten keine Ahnung, wo der Kaplan wohnte, also klingelte Astrid beim Pfarrhaus. Toppe wartete mit ihr vor der Tür, er war neugierig auf den sportlichen Pastor, aber der bot heute ein unspektakuläres Bild und war in Eile. »Der Kaplan wohnt bei mir im Haus.« Er drückte lange auf den oberen Klingelknopf und rief gleichzeitig die Treppe hoch: »Stefan! Hier ist jemand für dich!« Dann war er schon mit einem Satz auf dem Bürgersteig. »Ich muß zu einer Letzten Ölung«, sagte er noch.

Toppe sah ihm nach, wie er mit flatterndem Mantel die Straße hinunterlief, und ging dann die drei Schritte bis zur Kneipe.

Es war schon halb vier, als sie endlich ins Auto stiegen und den Ort hinter sich ließen.

»Du zuerst«, sagte Toppe.

»Okay, was den Jugendkreis angeht, ist tote Hose, aber ich habe andere Sachen rausgefunden.«

Grieth hatte einen anscheinend recht bekannten Kirchenchor, der regelmäßig im Xantener Dom sang und auch schon mal größere Konzerte gegeben hatte. Jeden Freitag traf man sich in der Griether Kirche von 19.30 Uhr bis 21 Uhr zur Probe. Auch am Freitag, dem 9. Februar war der Chor vollzählig gewesen. Astrid hatte sich vom Kaplan die Namen aller Mitglieder geben lassen. Kaum einer wohnte in Grieth, die meisten kamen von außerhalb, aus Kalkar, Kleve und Goch. Insgesamt waren es zweiunddreißig Leute. Sie konnten sich leicht ausrechnen, wie lange es dauern würde, bis man alle zu dem Freitag abend befragt hatte.

»Interessant ist vielleicht eine Sache«, meinte Astrid zum Schluß, aber sie hörte sich müde und überdrüssig an. »Magda und Bernhard Mühlenbeck singen auch im Chor. Das sind die Leiter von Haus Barbara.«

Toppe verzog das Gesicht. Die Wunde an seiner Hand klopfte wie verrückt.

»Ich habe auch was: An jedem zweiten Freitag im Monat trifft sich hier der CDU-Ortsverband, also auch am 9. Februar, und zwar im Gemeindesaal schräg gegenüber vom Pfarrheim. Das habe ich beim Wirt erfahren. Die Sitzungen fangen um siebzehn Uhr an, Ende offen. Ein paar Parteimitglieder gehen hinterher bei Lambertz immer noch einen trinken. Er meinte, an dem Freitag müßte das so kurz nach acht gewesen sein. Ich muß mir morgen die Namen der Mitglieder besorgen. Lambertz fielen nicht alle ein. Auf jeden Fall gehört der alte Albers dazu. Er ist sogar stellvertretender Vorstandsvorsitzender. Wann die einzelnen Leute aus der Kneipe raus sind, konnte Lambertz mir nicht sagen. Freitags wäre zuviel los.« Toppe nahm den Blick von der Straße und sah Astrid an. »Auch auf die Gefahr hin, daß jetzt ich mich wie in einem Krimi anhöre, der Mann gefällt mir nicht.

Könnte durchaus sein, daß er nicht alles sagt, was er weiß. Ein schmieriger Typ.«

Heinrichs war nicht im Büro, es war auch keine Nachricht auf dem Anrufbeantworter. Dafür lehnte ein Zettel an Toppes Telefon: *Habe zwei Stunden gewartet und die Akten durchgearbeitet; den Rest mitgenommen. Ab morgen wieder im Einsatz. MfG Norbert.*

Sie setzten sich an ihre Schreibmaschinen und schrieben ihre Berichte. Auch Astrid faßte sich kurz.

Als sie auf den Hof rollten, stieg Peter Keller gerade in sein Auto, aber er grüßte nicht, sah nicht einmal auf.

Toppe ging gleich durch in die Küche. Gabi stand am Tisch und sah ihm entgegen. »Ach, du bist es!« Dann fiel ihr Blick auf seine Hand mit dem blutigen Taschentuchverband. »Was hast du denn gemacht? Zeig mal her.« Behutsam löste sie den Knoten und sah ihn an. »Bist du umgekippt?« flüsterte sie.

»Nee, ich konnte mich gerade noch setzen«, antwortete er leise. »Laß doch, ist nicht so schlimm. Aber was ist mit dir? Krach gehabt?« Er legte ihr den Arm um die Schultern.

»Ja, das leidige Thema«, meinte sie, noch immer wütend. »Peter will unbedingt heiraten, und ich denke nicht daran. Teufel, noch mal, warum kapiert der das nicht endlich!«

Toppe lächelte und nahm sie in die Arme, spürte, wie sie weich wurde. Dann aber hielt sie ihn fester, drängte sich gegen ihn. Seine Hände glitten tiefer.

»Oh«, flüsterte sie, den Mund an seinem Ohr, »ich wußte gar nicht, daß du noch so empfänglich bist.«

»Ich auch nicht.«

Sie preßte sich dichter an ihn, er fühlte ihr Becken, ihren Busen und ihren Atem an seinem Hals.

»Du hast dich ganz schön verändert.«

Sie nahm den Kopf zurück und lachte. »Stimmt! Gott sei Dank, nicht wahr?«

Dann küßte sie ihn.

»Störe ich?« fragte Astrid.

Gabi ließ Toppe los. »Quatsch! Bloß eine kleine Trostaktion: aufgeschürfte Hand gegen Beziehungskrise. Scheint heute nicht mein Tag zu sein.« Mit beiden Händen strich sie sich das Haar zurück. »Ich war schon auf hundertachtzig, bevor Peter kam. Guckt euch mal den Schund an, den ich in Christians Zimmer gefunden habe.«

Toppe dankte dem Herrn für seinen langen Pullover und beugte sich über die bunte Broschüre, die aufgeschlagen auf dem Küchentisch lag.

Beim Einsammeln der schmutzigen Wäsche hatte Gabi in Christians Zimmer auf dem Schreibtisch eine Barbara-Broschüre *Licht in der Dunkelheit* gefunden. Christian hatte einige Stellen mit neongelbem Stift markiert. Die Textblöcke waren auf den Hintergrund aus rosafarbenen Gladiolen gedruckt, auf der zweiten Seite über ein wehendes Kornfeld. Es ging um die Geschichte einer Frau, die mit einem Alkoholiker verheiratet war und sich eigentlich scheiden lassen wollte. Aber dann machte sie eine Wallfahrt nach Lourdes und lernte dort Jesus lieben. Von da an betete sie jeden Tag zur Jungfrau Maria. Aber das alles half nicht, der Mann trank weiter, die Ehe war zerstört. Doch endlich erfuhr sie von der »Gemeinschaft« und ging zu einem Seminar in das »Haus Theresa«. Und dort hörte sie einen Satz, der sie nachdenklich machte: die Frau sei dem Manne untertan.

Astrid stand über den Tisch gebeugt und wand sich. »Ich halt's nicht aus.«

»Lies nur weiter«, sagte Gabi. »Es kommt noch viel besser.«

Die Frau lernte auf dem Seminar, daß Gott den Mann eben sachlicher geschaffen hatte als die Frau und daß sie selbst viel zu hohe Erwartungen an ihren Ehemann gestellt hatte, weil ihr Hunger nach Liebe sowieso nur von Jesus gestillt werden konnte. Außerdem hatte sie in den letzten Jahren das Geld verdient und ihrem Ehemann so die Chance genommen, die Rolle zu erfüllen, zu der er als Mann ausersehen war. Am Ende des Seminars erkannte sie, daß sie sich ihm unterzuordnen hatte und ihm gegenüber gehorsam sein mußte, da die Hand Gottes auf dem Mann liegt. *Was ich in diesem Gehorsam erlebte, ist unbeschreiblich. Der Gehorsam machte mich frei. So hat Gott an mir gewirkt in Frieden und Liebe.*

Toppe fuhr sich mit der Hand übers Gesicht.

»Hast du schon mit Christian gesprochen?« fragte Astrid.

»Nein.« Gabi ließ sich auf die Bank fallen. »Ich habe mal wieder keine Ahnung, wo der steckt.«

»Reg dich doch nicht so auf«, versuchte Toppe sie zu beschwichtigen. »Ich kann mir nicht vorstellen, daß der Junge diesen Mist wirklich glaubt.«

»Da vertust du dich aber. Ich durfte mir erst vor ein paar Tagen einen Vortrag über meine fragwürdige Moral anhören.«

»Ach komm, übertreib nicht.«

»Was? Ich übertreibe? Sag mal, merkst du eigentlich nicht, in welche Ecke mich dieser Artikel da stellt?«

»Haus Theresa, Haus Barbara«, nickte Astrid. »Ich habe euch doch gesagt, was das für ein Verein ist. Die arbeiten mit denselben Mitteln wie eine Sekte, und wenn ihr Christian nicht schnellstens da rausholt, dann ist seine Gehirnwäsche bald komplett.«

»Verflucht noch mal, Astrid«, verlor Toppe den Rest seiner mühsamen Beherrschung. »Mußt du das alles jetzt auch noch dramatisieren? Diese Leute sind vielleicht wunderlich und verschroben, aber doch nicht gefährlich.« Er ignorierte ihre beleidigte Miene. »Ich sehe ein, daß wir mit Christian darüber reden müssen, aber heute hab ich absolut keinen Nerv dazu. Mir steht diese ganze Religionskacke bis hier.«

Solange Christian sich um ihn kümmerte, solange er ihn kannte, war Opa Czesnik nicht so klar und lebendig gewesen. Er hatte rote Backen, und seine Augen glänzten. Aufrecht saß er im Bett und schimpfte wie ein Rohrspatz: »Da schicken die mir doch glatt so einen Schwarzrock rein! Letzte Ölung – da wird mir ja ganz anders.«

Christian hatte sich einen Stuhl geholt und sich neben

das Bett gesetzt. »Was ist denn daran so falsch?« fragte er vorsichtig.

Opa Czesnik brummte. »Mein Lebtag hatte ich mit denen nichts am Hut, und so lange ich noch bei Verstand bin, kriegen die mich auch nicht, das kannst du mir glauben.« Er hustete trocken. »Reine Kraftvergeudung, mich überhaupt aufzuregen. Erzähl mir lieber, wie es mit dir und Clara steht.«

»Ich hab sie noch nicht gesehen. Sie ist immer noch krank.«

»Aber gerade dann solltest du dich kümmern.«

Christian schlug die Augen nieder. »Die lassen mich nicht zu ihr.«

Opa Czesnik schob langsam seine linke Hand vor und umfaßte Christians Arm. »Liebst du das Mädchen?«

»Ja, ich liebe sie.« Er räusperte sich und sah den alten Mann an. »Aber nicht so, wie alle immer denken.«

Opa Czesnik wollte lachen, aber dann drückte er Christians Hand ganz fest. »Mein lieber Junge, du läßt dir von dieser Bande viel zuviel weismachen. Wenn du ein Mädchen liebst, dann willst du auch, daß sie dir dein Bett wärmt, und sonst ... sonst hast du keinen Saft in den Lenden.«

Der Junge wußte nicht, wo er hinschauen sollte, aber Opa Czesnik war noch nicht fertig. »Genau da sind die Pfaffen hinterher, hinter deinem Saft. Einen kastrierten Affen wollen die aus dir machen. Und die erzählen dir so lange was vom Fegefeuer, bis du dir vor Angst in die Hosen scheißt. Und dann haben sie dich. Dann machen die mit dir, was sie wollen.«

20

»Guten Morgen, ihr zwei. Der Kaffee ist schon fertig«, begrüßte Heinrichs Toppe und Astrid aufgeräumt. »Und packt mal ganz schnell eure düsteren Gesichter weg. Ich bin da nämlich auf was gestoßen.«

»Auf was?« fragte Toppe unlustig.

»Gestern abend hab ich mich noch schnell an die Akten gesetzt und dabei auch die Berichte von euren Befragungen gelesen. Dann habe ich Albers angerufen und mir die Namen der CDU-Leute geben lassen. Dieser Schmitz und der Gottfried Klinger sind beide im Parteivorstand. Entweder haben die schlicht gelogen, oder die haben am 9. beide gefehlt. Das wäre allerdings merkwürdig, zumindest bei Klinger, denn der ist der Vorsitzende.«

»Großartig«, meinte Toppe muffig. »Auf ein Neues also. Ich wußte sowieso nicht, was ich heute tun sollte. Willst du wieder mit Ackermann los?«

»Ja, wir kommen ganz gut voran. Hee, was hast du denn mit deiner Hand gemacht?« rief Heinrichs und zeigte auf das große, weiße Pflaster.

»Nichts«, brummte Toppe. »Ist nur eine Schürfung.«

Draußen auf dem Gang näherten sich schlorrende Schritte.

»Das wird Jupp sein.«

Aber es war van Appeldorn, ein blasser und magerer, aber höchst energischer van Appeldorn.

»Morgen«, krächzte er, legte einen Stapel Papiere auf seinem Schreibtisch ab und setzte sich, ohne den Mantel auszuziehen.

»Was willst du denn hier?« fragte Astrid. »Du kannst doch unmöglich schon wieder fit sein.«

»Fitter als manch anderer«, sah er sie eindringlich an. »Ich bin voll auf der Höhe, sowohl gesundheitlich, als auch, was den Fall angeht.« Er tippte auf den Aktenstapel.

»Na wunderbar«, meinte Toppe, dem van Appeldorns Ton nicht gefiel, »dann können wir ja einfach weitermachen.«

»Genau. Nur eine Frage vorweg: Was habt ihr gestern gemacht?«

Heinrichs gab ihm eine für seine Verhältnisse ausgesprochen kurze Zusammenfassung.

»Dann war also keiner von euch bei Poortens Familie oder im Haus Barbara?«

Die anderen drei sahen sich verständnislos an.

Van Appeldorn stand auf und ließ zwei Schnellhefter in Astrids Schoß fallen. »Du hast einen ganz schönen Bock geschossen, werte Dame.«

»Hee«, griff Toppe ein, »halt den Ball flach, Stürmer, ja? Und mach es nicht so spannend.«

Van Appeldorn setzte sich wieder. »Ich kapiere einfach nicht, daß sie das übersehen konnte.«

Astrid erkannte die Schnellhefter sofort. Sie stammten aus Ralf Poortens Zimmer, es waren die gesammelten Zeitungsausschnitte.

»Du hast alles in deinen Berichten stehen, Astrid«, begann van Appeldorn ein wenig ruhiger. »Und dann zählst du zwei und zwei nicht zusammen.«

In diesem Moment ging leise die Tür auf, und Ackermann kam auf Zehenspitzen herein. »Ich hab deine Stimme schon anne Treppe gehört, Norbert. Mach ruhig weiter, ich sach auch nix.« Er huschte an van Appeldorn vorbei und setzte sich hinten in der Ecke auf den Besucherstuhl.

Van Appeldorn beachtete ihn gar nicht, sondern sah weiter Astrid an. »Andauernd beschreibst du, wie angepaßt dieser Junge ist, aber du hakst nicht nach, wenn die Schwester dir erzählt, daß er in letzter Zeit sogar kritischer war als sie, kritischer, was diese ›Gemeinschaft zur Anbetung des reinen Herzens‹ angeht. Da habe ich zum ersten Mal gestutzt. Und diese Frau Mühlenbeck vom Haus Barbara erzählt dir, daß der Junge plötzlich zweifelnd geworden ist und nicht mehr zu den Seminaren kommt. Dann finde ich deine Liste mit all den Gegenständen, die in Poortens Zimmer waren. Irgendwo unter ferner liefen tauchen auch die beiden Mappen da auf mit Artikeln über Sekten, religiöse Verführer und Drogentote. Wie geht das zusammen mit all dem, was ihr über diesen braven, naiven Jungen gehört habt?«

Toppe lief ein vertrauter Schauer über den Rücken, van Appeldorn hatte ein Puzzleteil gefunden, das ihm die ganze Zeit gefehlt hatte.

»Und dann bist du zu Poortens gefahren und hast die Mappen geholt.«

»Richtig, gestern nachmittag noch. Ich habe sowieso nicht verstanden, warum keiner von euch ein zweites Mal mit der Familie gesprochen hat. Bei den ersten Gesprächen standen die doch noch unter Schock.«

»Jetzt ist es aber gut, Norbert«, regte sich Heinrichs auf. »Oder glaubst du, wir können uns vierteilen?«

»Schon in Ordnung«, winkte van Appeldorn ab. »Von der Familie habe ich ja auch nichts Wesentliches mehr erfahren. Aber wenn du mal die blaue Mappe aufschlägst, Astrid, und dir die letzten beiden Seiten anguckst ...«

Es war ein karierter Zettel, auf dem fünf Namen standen: *Karsten Bülow, Alexander Wirtz, Claudia Hamaekers, Kirsten Glade, Frank Toenders.*

»Und wie ich feststellen konnte, ist das Ralf Poortens Handschrift«, sagte van Appeldorn.

Astrid nickte und blätterte um. Die letzte Seite war eine aus der Zeitung ausgeschnittene Todesanzeige, sauber auf schwarzen Karton geklebt und in eine Prospekthülle gesteckt: *Wir trauern um unseren geliebten Sohn, Karsten Bülow, geboren 12.9.79, gestorben 21.1.95.*

»Von den Eltern dieses Jungen komme ich gerade her.«

Astrid stöhnte unterdrückt.

»Komm, Mädchen«, sagte Heinrichs leise. »Fang bloß nicht an, dir irgendwelche Vorwürfe zu machen. Ich hab das schließlich auch übersehen.«

»Weiter«, drängte Toppe.

»Karsten Bülow war Epileptiker«, berichtete van Appeldorn. »Er mußte regelmäßig Medikamente nehmen. Am 20. Januar 95 ist der Junge zu einem Wochenendseminar ins Haus Barbara gegangen. Der Vater hat ihn noch selbst hingefahren. Am 21. Januar bekamen die Eltern einen Anruf aus dem Klever Krankenhaus, ihr Junge sei gestorben. Offenbar ist er während des Seminars umgekippt, und als er im Krankenhaus ankam, war es schon zu spät.«

»Wie ist er ins Krankenhaus gekommen?« fragte Astrid.

»Das weiß ich alles noch nicht. Aber etwas anderes

weiß ich: Ralf Poorten ist bei Bülows Eltern gewesen, und das ist noch gar nicht so lange her, im letzten August, meinten sie.«

Heinrichs schaute auf die Todesanzeige. »Mehr als ein halbes Jahr später? Was wollte er denn?«

»Das wußten die Eltern auch nicht so genau. Er hat ihnen erzählt, daß er auch bei dem Seminar war, daß er dabei war, als ihr Sohn bewußtlos wurde. Es war bei einer Meditation, wo sie irgendwelche Sprachübungen gemacht haben. So genau haben die Eltern den Poorten nicht verstanden.«

»Glossolalie«, nickte Astrid. »Darüber habe ich mal was in so einem Esoterikbuch gelesen. Haben die Eltern denn nicht im Haus Barbara nachgefragt?«

»Nein, das sind sehr einfache Leute. So was kommt denen gar nicht in den Sinn.«

»Wieso besucht Poorten die erst nach sieben Monaten?« dachte Toppe laut nach.

»Was ist mit den anderen Namen auf dem Zettel?« fragte sich Heinrichs.

Van Appeldorn nickte. »Kirsten Glade und Frank Toenders sind in Kleve nicht gemeldet, aber die Adressen von Alexander Wirtz und Claudia Hamaekers habe ich. Ich hatte eigentlich vor, die der Reihe nach zu überprüfen, aber jetzt ... Was denkst du, Helmut, wäre es nicht einfacher, gleich mit den Leitern dieser netten Einrichtung zu sprechen und mal zu gucken, ob die wirklich so reinen Herzens sind?«

»Wenn die tatsächlich Dreck am Stecken haben, und sei es auch nur unterlassene Hilfe, und Poorten ist dahintergekommen und hat denen das auch serviert, dann hatten die doch allen Grund ...« Mit Heinrichs gingen die Pferde durch. »Ja, paßt eigentlich alles. Die wollten dem gar nicht ans Leben, sondern ihm vielleicht bloß einen Denkzettel verpassen. Nur leider ist der ein bißchen zu hart ausgefallen.«

»Walter«, verdrehte Toppe die Augen.

Ackermann hatte die ganze Zeit kein Wort gesagt und schaute jetzt ziemlich belämmert von einem zum anderen. »Un' wat is' jetz' Sache? Ich mein, wat tun wer denn nu? Isset vorbei mit de Boote un' mit Grieth un' all dat?«

»Nein«, beschloß Toppe. »Das ganz bestimmt nicht.«

Sie teilten gemeinsam den Tag ein.

Als sie schon auf dem Parkplatz waren, fiel es Ackermann wieder ein: »Gott, Chef, hab ich fast verschwitzt. Wegen dem Verputzen.«

Toppe hatte keinen Schimmer.

»Die Schlitze un' die Placken da in Ihre Eingangshalle! Ich hätt da einen, Heinz Vermoelen, is 'n Nachbar von mir. Der käm heut abend ma' ebkes bei Ihnen kucken, wenn 't recht is'. Wat ich die ganze Zeit schon fragen wollte: Wat haben Sie da ei'ntlich an Ihre Hand, Chef?«

»Halb so wild, nur an einer Wand aufgeschürft.«

»Aua!« Ackermann pfiff durch die Zähne. »So wat tut gemein weh. Wenn ich Sie wär, würd ich da allerdings Luft dranlassen. Dat heilt dann viel schneller.«

»Schade, daß es hier kein Hotel gibt«, murrte Astrid vor sich hin, als sie wieder einmal ihr Auto auf dem Griether Markt abstellte. »Lohnt sich kaum noch, daß man nach Hause fährt.«

Sie ärgerte sich sowieso, daß sie sich die Schlappe geleistet hatte. Aber vor allem wurmte es sie, daß van Appeldorn darauf gestoßen war. Ausgerechnet van Appeldorn, der sie von Anfang an nicht für voll genommen hatte. Die ganzen ersten Jahre hatten sie sich ständig gefetzt, aber in letzter Zeit war es ruhiger geworden, und dann heute wieder dieser Tenor. Scheißkerl! Außerdem hatte sie Bauchschmerzen.

Der alte Schmitz hatte sich ja schon bei ihrem ersten Gespräch nicht gerade vor Freundlichkeit überschlagen, aber heute war er geradezu feindselig. Er ließ sie nicht einmal ins Haus, sondern fertigte sie auf der Eingangstreppe ab. CDU-Ortsverband? Selbstverständlich war er zur letzten Sitzung gegangen. Wann sollte das gewesen sein? Am 9. Februar? Gut möglich. »Ich habe Ihnen doch gestern schon gesagt, daß ich von nichts weiß. Wieso sollte das heute anders sein?«

»Na ja, Sie hatten ja auch vergessen, daß Sie am 9. Februar auf der Sitzung waren ...«

Hinterher war er bei Lambertz in der Kneipe gewesen, wie immer. Mit wem? Mit Werner Albers und Gottfried Klinger. »Später ist der junge Albers auch noch gekommen.«

»Wann war das?«

»Kann mich nicht mehr erinnern.«

Wann sie nach Hause gegangen waren, wußte er auch nicht mehr, vielleicht um elf, konnte auch schon zwölf gewesen sein.

Astrid stand schon wieder auf der Straße. »Ach, Herr Schmitz, Sie wissen nicht zufällig, wann ich Herrn Klinger heute erreichen könnte?«

Er sah sie herablassend an. »Natürlich weiß ich das. Ich sagte doch gestern schon, wir sind hier alle eine große Familie. Gottfried arbeitet bis vier Uhr und ist pünktlich um Viertel nach fünf zu Hause.«

Na fein, dachte Astrid, wenn die Leute hier alle so nett sind, habe ich bis dahin Frostbeulen.

Ein alter Mann in brauner Mönchskutte öffnete ihnen und starrte sie erschrocken an, als sie sich vorstellten.

»Ja, ja, ja, ich hole den Hirten«, brabbelte er und lief davon.

Van Appeldorn sah ihm verblüfft nach. »Der hat sie nicht alle! Wen will der holen?«

Bernhard Mühlenbeck sah aus, als käme er von einer Beerdigung. Er trug einen schwarzen Anzug mit weißem Hemd und schwarzer Krawatte und einen melancholischen Ausdruck im Gesicht. Er nahm Toppe und van Appeldorn mit in sein aufdringlich gediegenes Büro, schob zwei Stühle vor den Schreibtisch, bat sie förmlich, Platz zu nehmen, und setzte sich in den Chefsessel.

Van Appeldorn grinste breit und rückte mit seinem Stuhl weg bis an die Schreibtischecke, so daß Mühlenbeck sie nicht beide zusammen im Blickwinkel hatte.

»Geht es immer noch um Ralf Poorten?«

»Es geht um Karsten Bülow«, sagte van Appeldorn.

»Um wen, bitte?« Mühlenbecks ganze Gestalt war ein einziges Fragezeichen.

»Um den Jungen, der voriges Jahr auf einem Ihrer Seminare einen epileptischen Anfall hatte«, erklärte Toppe.

»Und der daran gestorben ist«, ergänzte van Appeldorn.

Mühlenbeck verzog voller Schmerz das Gesicht. »Guter Gott, ja, eine grausame, furchtbare Geschichte.«

»So grausam, daß Sie den Namen des Jungen vergessen haben«, stellte van Appeldorn fest.

»Wie bitte?« Die Empörung in Mühlenbecks Stimme paßte nicht zu seinem Gesicht.

»Können Sie uns sagen, was genau passiert ist?« fragte Toppe beschwichtigend.

»Ich verstehe zwar nicht, was das nach all der Zeit ... aber natürlich, ich war ja dabei.« Mühlenbeck schloß die Augen und rieb sich mit Daumen und Mittelfinger die Nasenwurzel. »Es war während einer unserer meditativen Übungen mit Kerzenlicht. Um letztendlich zum tiefsten Punkt der Versenkung zu finden, sind sprachliche Übungen ein gutes Mittel.«

»Lallen?« hakte Toppe nach.

»So könnte man es nennen. Jedenfalls passierte es dabei. Es war erschreckend. Wir haben sofort den Notarzt gerufen.«

»Bitte schildern Sie uns genau, was passiert ist.« Toppe ließ nicht locker.

Mühlenbeck seufzte. »Nun, bei den Glossolalieübungen fing der Junge plötzlich an zu zucken. Daß es sich um etwas Schlimmeres handeln mußte, haben wir erst bemerkt, als Blut aus seinem Mund kam. Er hatte sich die Zunge durchgebissen. Außerdem hatte er auch Schaum auf den Lippen.«

»Hatte der Junge seine Medikamente genommen?«

Mühlenbeck sah Toppe bedauernd an. »Das kann ich Ihnen leider nicht sagen. Ich wußte doch gar nicht, daß der Junge krank war.«

»Interessant«, fuhr van Appeldorn dazwischen. »Eine ärztliche Betreuung haben Sie hier vermutlich nicht.«

»Nein, wozu?«

»Sehr interessant. Die Jugendlichen legen Ihnen auch kein Gesundheitszeugnis vor, nehme ich an.«

Mühlenbeck funkelte ihn an. »Ich habe nicht die geringste Ahnung, worauf Sie hinauswollen, aber Ihr Ton gefällt mir nicht.«

»Nicht?« Van Appeldorn lächelte ölig. »Ich sammele nur Informationen, das ist alles.«

»Und Ralf Poorten war dabei, als die Sache mit Bülow passierte?«

Mühlenbeck drehte sich wieder zu Toppe und überlegte. »Daran kann ich mich nicht mehr erinnern. Da müßte ich in meinen Unterlagen nachschauen.«

»Sparen Sie sich das«, übernahm van Appeldorn wieder. »Er war dabei. Aber Sie haben Unterlagen über die einzelnen Seminare, Teilnehmerlisten?«

»Selbstverständlich.«

»Das ist sehr gut. Dann wollen wir uns die doch mal ansehen.« Van Appeldorn zeigte auf die Regale, aber Mühlenbeck blieb sitzen.

»Sie werden Ihre Nase auf gar keinen Fall in unsere Papiere stecken. Ich nehme den Datenschutz nämlich sehr ernst. Oder haben Sie eine richterliche Anordnung?«

»Nein, aber ich freue mich, daß Sie die Frage gestellt haben.«

Toppe holte einen Zettel aus der Innentasche seines Mantels. »Sagt Ihnen der Name Alexander Wirtz etwas?«

Mühlenbeck schüttelte den Kopf.

»Claudia Hamaekers, Kirsten Glade, Frank Toenders?«

Immer nur Kopfschütteln.

»Die waren samt und sonders bei Ihnen auf einem Seminar«, sagte van Appeldorn. »Darauf wette ich.«

Bernhard Mühlenbeck sah auf seine Uhr. »Also, meine Herren, da kann ich Ihnen im Augenblick nicht helfen ...«

»Selbstverständlich könnten Sie uns helfen«, unterbrach ihn Toppe. »Sie könnten uns Einblick in Ihre Unterlagen gewähren.«

Mühlenbeck blieb fest. »Dazu habe ich Ihnen meine Ansicht bereits mitgeteilt.«

»Gut«, meinte Toppe ruhig. »Zwei Fragen hätten wir noch: Hat es bei Ihnen noch einmal einen ähnlichen Vorfall gegeben wie mit Karsten Bülow?«

»Das hätte ich Ihnen doch längst gesagt!«

Van Appeldorns Kommentar war nicht zu verstehen.

Toppe nickte. »Dann stelle ich Ihnen die letzte Frage für heute: Hat Poorten Sie auf Karsten Bülow angesprochen?«

»Ralf? Nein, warum? Ich kann mich nicht mal erinnern, ob Ralf danach noch einmal bei einem Seminar gewesen ist. Hören Sie, ich mache Ihnen einen Vorschlag: Sie lassen mir die Namen hier, und ich schaue in den Unterlagen nach und spreche auch mit meiner Frau und mit Bruder Ignatius.«

»Eine gute Idee«, lächelte van Appeldorn ihn an. »Sie hören dann morgen wieder von uns.«

»Mußtest du so hart rangehen?« schimpfte Toppe, kaum daß sie aus dem Haus waren.

Van Appeldorn blieb stehen. »Was ist denn in dich gefahren? Das ist doch bloß eine verfluchte Abzockertruppe, die die Blödheit von Minderjährigen ausnutzt!«

»Stimmt. Trotzdem haben deine moralischen Bedenken in einer Vernehmung nichts zu suchen.«

»Sag mal, spinnst du jetzt? Ach, mir geht ein Licht auf! Du bist sauer, weil ich Astrid angemacht habe.«

»Das war auch verdammt überflüssig«, antwortete Toppe wütend. »Walter und ich haben denselben Mist gebaut.«

Van Appeldorn hielt ihn an der Schulter fest. »Ist schon in Ordnung, Helmut, du hast recht. Es tut mir leid. Ich bin wohl doch noch nicht wieder so ganz fit. Aber die richterliche Verfügung für morgen besorge ich mir trotzdem.«

Toppe knurrte nur.

Christian verzog gequält das Gesicht. »Ich will nicht streiten, Mutter.«

Seit über einer halben Stunde versuchte Gabi, ein einigermaßen vernünftiges Gespräch mit ihm zu führen, aber er tauchte dauernd weg, ließ sich auf nichts ein.

»Aber ich!« schrie sie und knallte die Broschüre auf den Fußboden. »Du bist nicht mehr gescheit! Ich verbiete dir, noch einmal zu diesen Leuten zu gehen. Schluß damit, verstanden? Noch bist du nicht volljährig.«

»Ach, Mama«, sagte er nur traurig und stand auf.

»Wo willst du hin?«

»Ins Altenheim.«

»Von wegen! Du bleibst schön zu Hause, mein Lieber.«

»Ich muß zu Opa Czesnik.«

»Wer ist das?«

»Das ist ... mein Freund. Er kann jeden Tag sterben, und ich will ihn sehen.«

»Gehört der auch zu diesen ... Leuten?«

Christian hielt kurz die Luft an. »Nein«, meinte er dann, »der bestimmt nicht.«

Sie drehte sich weg und legte die Hände vors Gesicht.

»Mama.« Er umfaßte sie von hinten und küßte sie linkisch aufs Haar. »Ich bleibe nicht lange, okay?«

Wer auch immer Alexander Wirtz sein mochte, sein Elternhaus lag nicht gerade in der feinsten Wohngegend von Kleve. Toppe wich naserümpfend einem Hundehaufen aus und schaute hoch zu den nackten Fenstern des Wohnblocks. Eine Haustür gab es nicht mehr, die meisten Klingelschilder waren nicht beschriftet. Den Namen ›Wirtz‹ fanden sie jedenfalls nicht am Block mit der Nummer 5, wo er eigentlich hätte sein sollen. Van Appeldorn streckte die Hand aus, zögerte dann aber und sah Toppe an. Der grinste versöhnlich; er wußte, daß Norbert in solchen Fällen gern die ganze Hand auf die Klingeln legte und genüßlich das Chaos abwartete. Aber da kam auch schon eine hutzelige Frau um die Ecke, in jeder Hand einen prallgefüllten Nylonbeutel. Sie ließ sie zu Boden plumpsen.

»Wer seid ihr denn?«

»Wir suchen die Familie Wirtz«, sagte Toppe nur.

»Kripo«, fügte van Appeldorn gern hinzu.

Sie musterte ihn. »Kripo, so so? Familie Wirtz, aha. Da kommen Sie zu spät, würde ich meinen.«

Sie mußte weit über Siebzig sein, und sie stank nach Urin und saurer Milch. »Der Alte ist heute morgen in den Bau gegangen. Ihr wollt Bullen sein und wißt dat nicht? Zeigt mir doch mal eure Marken!«

Van Appeldorn zückte seinen Dienstausweis und hielt ihn ihr so dicht unter die Nase, daß sie zurückstolperte.

»Und wo ist Frau Wirtz?« fragte Toppe.

»Wat weiß denn ich? Die hab ich schon wochenlang nich' gesehen. An deren Stelle hätte ich schon vor Jahren in den Sack gehauen. Der Alte hat die doch regelmäßig durchgelassen.«

»Eigentlich möchten wir mit Alexander Wirtz sprechen«, hob Toppe wieder an.

»Mit dem Ali? Ha!« Sie verzog das Gesicht zu einer komischem Grimasse, eine einzige ausgemergelte Faltenlandschaft. »Der sitzt schon lang in Bedburg.«

»Wo?« Toppe hatte sie kaum verstanden, weil sie anscheinend plötzlich ihre Stimme verloren hatte.

»In der Klapsmühle«, schrie sie ihm ins Ohr. »Der is' nich' ganz dicht, verstehst du?«

Es kostete sie eine Menge Überredungskunst, einen Kaffee, ein Stück Schwarzwälder Kirsch, vier Schnäpse, die verächtlichen Blicke der Serviererin im nächstgelegenen Café und über eine Stunde Zeit, dann endlich hatten sie ein Bild: Wirtz war ein Säufer, der ab und an einen kleinen Bruch machte. Seine Frau hatte in den letzten zwei Jahren mehr Zeit im Frauenhaus verbracht als in der Wohnung. Sie hatten fünf gemeinsame Kinder. Nach ewigem Hin und Her waren inzwischen vier davon dauerhaft in Pflegefamilien untergebracht. Alexander, oder Ali, wie die Hutzelfrau ihn nannte, der Älteste, war der einzige, der ständig bei den Eltern gelebt hatte, und »Mutters Augäpfelchen«. Eine Zeitlang war er sogar auf die Penne gegangen und hatte »in anderen Kreisen verkehrt«, hatte »seinen Alten sogar die Pfaffen auf den Hals gehetzt«.

»Jedenfalls is' der dann mal von so 'ner Kirchengeschichte nich' mehr nach Hause gekommen, weil er wohl die Engelkes fliegen sah. Un' seitdem sitzt der Kerl in Bedburg.«

»Was für eine Kirchengeschichte?« hatte Toppe gefragt.

»Fragen Se mich! Irgendwat vonne reinen Seele oder so. Dat, wat die einem immer so verkaufen wollen.«

Sie saßen kaum im Auto, als van Appeldorn grau in sich zusammenfiel.

»War wohl doch ein bißchen viel für dich«, meinte Toppe besorgt.

Van Appeldorn schwieg.

»Es ist sowieso zu spät, jetzt noch nach Bedburg zu fahren. Du kannst also ruhig Feierabend machen. Soll ich dich zu Hause absetzen?«

»Nee, ich fahre mit zum Präsidium«, quetschte van Appeldorn durch die Zähne. »Ich brauche mein Auto.«

Toppe machte es sich im Ledersessel bequem, legte die Beine auf den Tisch und genoß die Ruhe in seinem Chefbüro. Damit würde es wohl nächste Woche vorbei sein. Er ließ seinen Gedanken freien Lauf, und je länger er nachdachte, um so frischer fühlte er sich. Dieser Fall kriegte endlich Hand und Fuß.

Zweimal störte ihn das Telefon. Beim ersten Mal war es Arend Bonhoeffer, der ihn und Astrid für morgen abend einladen wollte. »Sofia bereitet in Antwerpen eine Ausstellung vor, und ich habe das Strohwitwerdasein langsam dicke. Ich koche uns auch was. Wäre Rehrücken genehm?«

»Perfekt«, lachte Toppe.

»Und frag doch Gabi, ob sie auch Lust hat.«

»Die wollte mit Peter übers Wochenende wegfahren. Nach Amsterdam, glaube ich.«

»Was ist mit Walter? Den hab ich seit einer Ewigkeit nicht gesehen.«

»Lust hat der bestimmt, aber ich habe meine Zweifel, ob dann ein Rehrücken ausreicht.«

»Das laß nur meine Sorge sein.«

Der zweite Anruf kam von Astrid. »Ich bin immer noch

in Grieth. Der alte Schmitz sagt mir, er hätte einfach vergessen, daß am 9. die Sitzung war. Gerade hab ich mit Klinger gesprochen. Der meinte, seine Frau hätte wohl auch einfach nicht daran gedacht. Ich weiß jetzt, wer nach der Sitzung noch bei Lambertz in der Kneipe war.«

»Stop mal«, unterbrach Toppe ihren müden Redefluß. »Du hörst dich furchtbar an. Ist es wegen Norbert heute morgen?«

»Ach, ich bin einfach kaputt. Also, in der Kneipe waren nur Klinger, Schmitz und der alte Albers. Später ist dann noch dessen Sohn dazugekommen. Die anderen Leute vom CDU-Ortsverband sind sofort nach Hause gegangen. Ich habe alle gesprochen, bis auf die Albers, und da gehe ich jetzt hin.«

»Astrid«, Toppe wäre gern bei ihr gewesen, »das kannst du ebenso gut morgen erledigen. Du mußt niemandem beweisen, daß du gute Arbeit leistest. Das wissen wir.«

»Ach!« Sie ließ ihn nicht an sich heran.

»Was ist los, Liebes?« fragte er eindringlich.

»Ich weiß nicht, vielleicht ist es ja bloß die Mens ...«

»Komm nach Hause«, sagte er leise. »Ich warte mit einer Wärmflasche und einer Decke, ja? Tee oder Kakao?«

Er konnte sie lächeln hören. »Kakao – mit Rum und ganz viel Zucker. Ich beeile mich mit dem Albers, okay?«

21

Mit einem Ruck wachte Toppe auf. Es dämmerte schon; dicke Regentropfen klatschten gegen die Fensterscheiben. Neben ihm wühlte sich Astrid tiefer ins Kopfkissen. Zwanzig vor sieben. Vorsichtig schob er sich aus dem Bett. Sie konnte ruhig noch eine halbe Stunde liegenbleiben. Im Haus war alles still.

Bevor er ins Bad ging, schaltete er die Kaffeemaschine ein und wärmte den Ofen vor; es waren noch Brötchen von gestern übrig, die er aufbacken wollte.

Als er in sein Zimmer zurückkam, war Astrid schon

auf – ein bemerkenswerter Anblick, wie sie dastand in ihren dicken Wollsocken, die sie letzte Nacht angezogen hatte, weil ihr schrecklich kalt gewesen war, und ansonsten splitternackt. Er betrachtete sie entzückt.

»Lustmolch«, kicherte sie.

»Aber immer«, murmelte er und stellte fest, daß es ihr offensichtlich viel besser ging.

Sie ließen sich Zeit mit dem Frühstück, blieben sitzen, bis alle anderen das Haus verlassen hatten. Astrid erzählte gerade von Albers Junior, und wie brummig der gewesen war, als draußen auf dem Hof ein Auto hupte. Toppe lugte aus dem Küchenfenster. »Das ist Norbert. Was will der denn? Es ist doch gerade mal acht.«

Da läutete es schon. Astrid runzelte schweigend die Stirn und ließ Toppe zur Tür gehen.

Van Appeldorn schimpfte über den Regen. »Der Boden ist noch knochenhart gefroren, und auf den Nebenstraßen ist es spiegelglatt. Man kann Gott danken, wenn man nicht in den Graben rutscht.« Dann räusperte er sich. »Astrid, äh, ich wollte mich entschuldigen.«

»Angenommen«, nickte sie nur. »Was bringst du denn da?« zeigte sie auf die Papiere, die er unter dem Arm hatte.

»Ich komme gerade vom Haus Barbara«, antwortete er und reichte Toppe die Blätter. »Das sind ein paar von deren Unterlagen.«

»Seit wann machst du Nachtarbeit?« staunte Toppe. »Nimm Platz!«

Van Appeldorn setzte sich. »Ich habe mir gestern noch die richterliche Anordnung besorgt und gedacht, heute überrasche ich die Typen mal, klingele sie aus dem Bett. Aber Pustekuchen! Die haben echt einen an der Klatsche, die glauben tatsächlich diesen ganzen Scheiß, die waren schon beim zweiten Morgengebet, oder wie man das nennt. Mühlenbock war immer noch zugeknöpft, aber seine Frau gab sich erstaunlich kooperativ. Also, Alexander Wirtz und Claudia Hamaekers waren beide bei denen auf Seminaren, das Mädchen schon dreimal, Wirtz nur im letzten August. An eine Kirsten Glade und an einen Frank Toenders kann sich auch die Frau angeblich nicht erinnern, und die Namen wollen sie in ihren Unterlagen auch noch nicht gefunden haben. Von Alexander Wirtz haben die nichts mehr gehört, aber Claudia Hamaekers – haltet euch fest! Hat der Mühlenbeck nicht behauptet, es wäre außer bei Bülow nie irgendwas vorgefallen? Von wegen! Claudia Hamaekers war zuckerkrank, und sie ist bei so einem Seminar ins Koma gefallen. Man hat einen Arzt gerufen, und der hat sie ins Krankenhaus gebracht.«

Toppe schüttelte den Kopf. »Und wieso lügt Mühlenbeck uns an?«

»Angeblich wußte er nichts davon, weil es in der Mädchengruppe passiert ist, und die betreut seine Frau. Ist natürlich Quatsch.«

»Du hast die Adresse von dem Mädchen?«

»Ja, sagte ich doch schon. Aber wollen wir nicht erst mal nach Bedburg fahren und sehen, was aus Alexander Wirtz geworden ist?«

»Gut.«

Astrid packte Zigaretten und Feuerzeug in ihre Handtasche. »Und ich nehme mir die Leute vom Kirchenchor vor, wenn's recht ist. Verdammt, die Liste liegt im Büro!«

Heinrichs war nicht da. Auf dem Anrufbeantworter blinkte die Anzeige. Astrid drückte die Nachrichtentaste: eine brüchige Stimme, ein alter Mann. »Jaa ... ich weiß nicht, wie ... mein Name ist Guntram Feuerbach. Ich muß etwas aussagen wegen dem Motorrad und dem jungen Kerl, weil der ... wo in der Zeitung stand. Jedenfalls wohne ich im Franziskushaus und warte auf Ihre ... auf Ihren Besuch. Auf Wiederhören.«

Astrid ließ sich auf ihren Stuhl fallen. Franziskushaus – das war das Altenheim an der Spyckstraße. Eine Aussage wegen des Motorrads? Weil es in der Zeitung stand? Das war doch ewig her. Na gut, es konnte nicht schaden, wenn sie dort vorbeifuhr. Sie hatte sowieso keine Lust auf einen neuen Befragungsmarathon.

»Alexander Wirtz ... Alexander Wirtz ... ah, hier hab ich ihn! Haus 50«, meinte der Pförtner. »Wenn Sie geradeaus fahren, dann da vorne ...«

»Schon in Ordnung, Meister«, winkte van Appeldorn ab. »Wir finden das.«

»Du findest das?« murrte Toppe. »Kapier ich nicht. Für mich sieht das hier alles gleich aus.«

Van Appeldorn grinste. »Na ja, deinen ausgeprägten Orientierungssinn kennen wir ja.«

Sie rollten langsam durch das Klinikgelände, über die schmalen Wege zwischen alten Baumriesen und Backsteinhäusern aus den zwanziger Jahren.

Zur Station kam man über eine ausgetretene gesprenkelte Steintreppe. An der Milchglastür klingelten sie und mußten warten. Es roch unangenehm nach Schweiß, Rauch und süßlichem Reinigungsmittel. Endlich öffnete ihnen ein Pfleger.

»Wir möchten zu Alexander Wirtz.«

Er beäugte sie skeptisch. »Sind Sie Angehörige?«

»Nein, wir sind von der Kripo.«

Sein Gesichtsausdruck sollte ihnen sagen, daß er sich das natürlich schon gedacht hatte. »Dann hole ich Ihnen mal die Stationsärztin.«

Die kam dann auch – klein, dunkelblond, ein bißchen rund, und sie sah in ihrer weißen Uniform so perfekt aus, daß man sie sich in Zivil gar nicht vorstellen konnte. Aber auch das wischte ihre Unsicherheit nicht weg.

»Ich weiß gar nicht, ob ich Ihnen überhaupt ...« haspelte sie sich durch das Gespräch, und je mehr van Appeldorn drängte, um so mehr zog sie sich zurück. Toppe bemühte sich, van Appeldorn auszubremsen, aber als er es endlich schaffte, war es schon zu spät, und das Wort ›Datenschutz‹ war schon gefallen.

»Hatten wir das nicht schon mal?« drehte sich van Appeldorn zu Toppe herum, aber der riß sich zusammen und blieb freundlich. »Ist der Junge vernehmungsfähig?«

»Ich muß zuerst Rücksprache mit dem Chef nehmen. Bitte verstehen Sie mich.«

»Ich bemühe mich«, sagte Toppe. »Sie können uns also

die Diagnose nicht nennen, mit dem Jungen dürfen wir nicht sprechen, aber bestimmt können Sie uns doch eine Auskunft ohne den Segen von oben geben: Wann ist Alexander Wirtz zu Ihnen gekommen, und wer hat die Einlieferung veranlaßt?«

Sie sah ihn starr an, man konnte es klickern hören. »Jaa ... ich denke, gut, ja. Kommen Sie mit ins Dienstzimmer, dann suche ich Ihnen das raus.«

Sie mußte nicht lange suchen, hier hatten die Wände Ohren. Der Pfleger, der ihnen die Tür aufgeschlossen hatte, hielt den Aktendeckel schon in der Hand.

Zwei Minuten später waren sie wieder draußen, und Toppe schimpfte vor sich hin. »Kannst du mir erklären, warum wir bei diesem Fall immer auf Leute treffen, die alles daran setzen, uns das Leben schwer zu machen? Nein, warte, Norbert, fahr noch nicht los. Wie hieß der noch? Reimann, genau!«

»Der Psychologe?«

»Ja, der war damals ganz kooperativ.«

»Der arbeitet doch in der Forensik. Was hat der mit dem Wirtz zu tun?«

»Vermutlich nichts, aber vielleicht kann der trotzdem ein paar Informationen für uns sammeln.«

Van Appeldorn zuckte die Achseln. »Ein Versuch kann nichts schaden«.

Auch an Reimann waren die letzten sechs Jahre nicht spurlos vorübergegangen. Sein braunes Haar war von dichten grauen Strähnen durchzogen, und um die Taille rum war er fülliger geworden, aber sonst hatte er sich wenig verändert. Er war noch genauso ernst und aufmerksam wie damals.

Von Haus Barbara hatte Reimann schon mal gehört, aber er hatte keine Vorstellung davon, was dort ablief. Als Toppe von den Jugendlichen erzählte, von den Exerzitien und dem reinigenden Fasten, konnte man spüren, daß Reimanns Interesse wuchs.

»Und Karsten Bülow ist gestorben«, schloß Toppe seinen Bericht.

»Genial«, sagte Reimann. »Glossolalieübungen mit einem Epileptiker! Und dann wundern die sich, daß der in den Status rutscht. Was sind denn das für Typen?«

»Von einem zweiten Fall haben wir auch erfahren«, fuhr Toppe fort. »Ein junges Mädchen, Diabetikerin, ist ins Zuckerkoma gefallen.«

Reimann nickte. »Wahrscheinlich während der Fasterei. Das ist unglaublich. Sind das alles Minderjährige?« Aber man merkte auch, daß er sich fragte, warum sie ihm das eigentlich alles erzählten.

»Wegen einer dritten Geschichte sind wir jetzt bei Ihnen. Alexander Wirtz, 16 Jahre alt, sitzt hier bei euch auf der Geschlossenen in Haus 50. Und zwar wurde er am 28.8.95 eingeliefert, einen Tag, nachdem er auf einem Seminar im Haus Barbara gewesen war. Wir kommen gerade von der Stationsärztin, die sich leider ziemlich zickig angestellt hat.«

Reimann runzelte die Brauen. »Erwarten Sie, daß ich heimlich für Sie in Krankenakten rumschnüffele?«

»Nein, natürlich nicht«, hob Toppe die Hände.

»Wir werden uns über die Staatsanwaltschaft schon Akteneinsicht besorgen«, sagte van Appeldorn. »Nur – das kann dauern. Wirtz' Familienverhältnisse sind etwas kompliziert.«

»Ich dachte, wenn Sie sich einfach mal so umhören unter den Kollegen«, meinte Toppe ein wenig kleinlaut.

Reimann grinste leise auf seine Hände hinunter. »Okay«, sah er schließlich auf. »Aber versprechen kann ich nichts. Lassen Sie mir mal Ihre Telefonnummer da. Ob das allerdings vor Montag noch was wird ...«

Die Altenpflegerin brachte Astrid in den ersten Stock zu Feuerbachs Zimmer. Der Mann saß in einem Ohrensessel am Fenster. Sein rechtes Bein war bis zum Knie in Gips und lag auf einem Fußbänkchen. Er sah krank aus mit der dünnen gelblichen Haut und den trüben Augen.

»Sie sind Polizistin?« staunte er.

»Ja«, lächelte Astrid und holte sich einen Stuhl heran. Auf dem runden Tisch lag die Zeitung mit dem Foto von Ralf Poorten und seinem Motorrad.

»Warum haben Sie sich eigentlich nicht früher bei uns gemeldet, Herr Feuerbach?«

Er klopfte mit seinen knotigen Fingerknöcheln auf den Gips. »Ich war nicht so ganz auf dem Posten. Deswegen bin ich erst gestern dazu gekommen, die alten Zeitungen zu lesen.«

»Was ist denn mit Ihrem Bein passiert?«

»Ausgerutscht«, meinte er nur. »Soll ich jetzt meine Aussage machen?«

»Ja, gern.« Astrid nahm ihren Block heraus.

Feuerbach guckte neugierig. »Wird das ein Protokoll? Muß ich das unterschreiben?«

»Das kommt später«, lächelte Astrid wieder. »Im Augenblick mache ich mir nur ein paar Notizen.«

»Ich habe den Jungen da gesehen, mit seinem Motorrad. Schon öfter habe ich den gesehen, hier unten vorm Haus. So eine Maschine habe ich nämlich selbst gefahren, früher.«

»Und wann haben Sie ihn gesehen?«

»Das letzte Mal am 9. Februar abends gegen Viertel vor acht.«

»Wieso können Sie sich so genau an das Datum erinnern?« hakte Astrid nach.

Seine Augen wurden frech. »Weil ich eine Viertelstunde später auf die Nase gefallen bin, deshalb. Das werde ich ja wohl noch wissen!«

»Und was hat Ralf Poorten hier gewollt?«

»Der hat Clara abgeholt.«

»Clara Albers? Sie kennen Clara?«

»Ob ich Clara kenne? Die ist unser Sonnenschein hier. Jeden Freitag ist sie gekommen. Jetzt schon länger nicht mehr.« Seine Stimme und sein Blick verloren sich.

»Ralf Poorten hat Clara abgeholt«, erinnerte ihn Astrid. »Das haben Sie beobachtet.«

»Ja, ich war hier am Fenster, und der Junge stand unten mit seiner Maschine und hat gewartet, bis Clara rauskam. Die hatten 'n Krösken«, kniff er Astrid ein Auge.

»Ein was?«

»Ein Techtelmechtel. Jedenfalls hat er sie in die Arme

genommen und geküßt, und Clara hat mitgemacht. Das nennt man heutzutage wohl knutschen. Ja, und dann ist sie zu ihm auf das Motorrad gestiegen, und sie sind weg.«

»Ich glaub, ich spinne«, flüsterte Astrid.

»Und außerdem hat er Clara schon mal abgeholt, aber das war letztes Jahr. Da hat er sie nicht geküßt.«

Astrid hatte den Brocken noch nicht geschluckt. Die keusche Clara und der schüchterne Ralf. »Sind Sie ganz sicher, daß es Ralf Poorten war?«

»Hundertprozentig! Ich bin doch nicht verkalkt! Und meine Augen sind noch sehr gut. Da können Sie aber jeden hier fragen.«

Ja, dachte sie, sie mußte mit dem Personal sprechen und mit anderen Heimbewohnern. Vielleicht konnte jemand Feuerbachs Aussage bestätigen.

Aber dann traf es sie plötzlich wie ein Schlag.

»Herr Feuerbach«, sagte sie hastig und sprang auf. »Ich mache das Protokoll fertig und komme noch mal vorbei, damit Sie es unterschreiben können. Vielen Dank erst mal.«

Sie setzte sich in ihr Auto und starrte auf das Armaturenbrett. Guntram Feuerbach war also der letzte, der Ralf Poorten lebend gesehen hatte. Ralf und Clara! Wer hatte eigentlich Clara nach dem 9. Februar noch einmal gesehen? Keiner, mit dem sie bisher gesprochen hatten. Poorten war am Freitag nicht beim Jugendkreis gewesen. War Clara dort gewesen? Danach hatten sie nicht gefragt. Verdammt! Hoffentlich erwischte sie den Kaplan oder sonst jemanden von der Truppe.

Claudia Hamaekers Eltern hatten eine Metzgerei in der Innenstadt, eine sehr gutgehende offenbar, aber vielleicht war freitags überall so viel Betrieb.

Eine Dame in grünem Loden kreischte empört auf, als Toppe sich an ihr vorbeiquetschte, um eine der Verkäuferinnen nach Herrn oder Frau Hamaekers zu fragen.

»Das ist ja wohl die Höhe! Nix da, Männeken, immer schön hinten anstellen!«

»Polizei«, fuhr van Appeldorn sie an.

»Komiker«, giftete sie zurück. »Und wenn Sie der Papst wären! Vier Rouladen, Frau Hamaekers. Aber schöne große.«

»Richtig, lassen Sie sich bloß nix gefallen!« schob sich von der anderen Seite eine Blondine heran. »Schnösel!« zischte sie van Appeldorn feucht ins Gesicht.

Der wischte sich angeekelt über den Mund und verlagerte sein Gewicht.

»Aua«, schrie sie. »Sie stehen auf meinem Fuß!«

»Oh Gott, das tut mir jetzt aber leid.«

Toppe hatte sich endlich verständlich machen können.

»Mein Mann ist hinten in der Wurstküche. Die Tür da. Ich komme auch sofort.«

Das Ehepaar Hamaekers war in seinem gemeinsamen Leben vom Schicksal nicht gerade gestreichelt worden. Auch Claudias älterer Bruder hatte juvenile Diabetes gehabt und war vor kurzem, gerade fünfundzwanzig Jahre alt, daran gestorben. Claudias Prognose sah nicht besser aus, schon jetzt war sie so gut wie blind. Das alles erzählten die Eltern sehr gefaßt und mit einer fiebrigen Zuversicht.

»Sie sind katholisch«, sagte Toppe.

»Ja, natürlich«, antwortete die Frau, und der Mann nickte. »Unser Glaube hat uns die Kraft gegeben, die letzten Jahre zu überstehen. Wir sind dankbar.«

Toppe fror.

Claudias Koma im Haus Barbara vor ein paar Monaten nahmen sie hin. »Das war nicht das erste Mal«, erklärte der Vater. »Sie ist jung und will leben. Da passiert es schon mal, daß sie nicht aufpaßt.«

»Und wir sind sehr glücklich, daß unser Kind jetzt auch zum tiefen Glauben gefunden hat«, meinte die Mutter. »Das ist ja heutzutage nicht mehr selbstverständlich. Und es gibt ihr viel innere Stärke. Wir sind der Gemeinschaft sehr verbunden.«

Van Appeldorn moserte irgendwas von nicht aussterbenden Bekloppten auf dieser Welt, während sie die

Stadt hochgingen zum Parkplatz, aber Toppe brütete vor sich hin. Vor einer Bäckerei blieb van Appeldorn stehen und betrachtete gierig die Hefeteilchen im Schaufenster. »Und? Was hast du jetzt schon wieder?«

»Ach nichts.« Toppe schaute an ihm vorbei. »Ich denke nur gerade, es ist grausam, wenn man ein Kind verliert. Meinst du, daß solchen Leuten ihr Glaube wirklich hilft? Die wirken immer so stark.«

»Quatsch! Das ist doch auch bloß 'ne Art von Verdrängung. Aber eine wohlangesehene. Kann man sich noch großartig bei vorkommen.« Van Appeldorn klimperte mit dem Kleingeld in seiner Hosentasche. »Wie ist es, soll ich dir eine Mohnschnecke mitbringen?«

Astrid konnte den Widerschein des Blaulichts an den Hauswänden sehen, bevor sie um die Ecke bog. Ein Krankenwagen stand in Albers' Einfahrt.

Sie ballte die Hände. Clara war am 9. nicht beim Jugendkreis gewesen, und auch sonst hatte sie niemand mehr gesehen seit dem Donnerstag davor, als sie noch putzmunter gewesen war.

Vor fast jedem Haus standen Leute und gafften den Krankenwagen an. Gerade in dem Augenblick, als Astrid auf den Hof gelaufen kam, brachten die Sanitäter die Trage aus dem Haus. Die tiefstehende Sonne spiegelte sich im Turmfenster, sie mußte die Augen zusammenkneifen, aber sie erkannte Clara sofort, auch wenn nur wenig von dem strahlenden Mädchen auf den Fotos übrig war.

Teilnahmslos lag sie auf der Bahre, die Wangen waren eingefallen und das Haar stumpf, die Hände dürr und schlaff. Ihre Mutter ging neben der Trage her, hielt sich daran fest, hatte den Mantel nur über die Schultern gelegt. Sie sah Astrid nicht.

Die beiden Sanitäter schoben die Bahre in den Wagen und halfen Frau Albers hinein.

In der Garage auf dem Hof wurde ein Motor angelassen, und ein heller Mercedes rollte heraus. Albers Junior saß am Steuer. Er warf Astrid einen verächtlichen Blick zu, dann fuhr er an ihr vorbei auf die Straße und hinter dem Krankenwagen her.

Auf der Haustreppe stand ein Mann und wischte sich die Augen. Das mußte Claras Vater sein. Er sah nicht aus wie ein Bauer, trug einen grauen Anzug und blankgewichste Schuhe.

»Herr Albers?«

Langsam drehte er den Kopf. Seine Augen waren dunkel, fast schwarz, über die linke Wange und das Kinn zog sich ein handtellergroßer Leberfleck.

Astrid stieg die Treppe hoch. »Wir haben uns noch nicht kennengelernt. Mein Name ist Steendijk. Ich komme von der Kripo.«

Er senkte grüßend das Kinn, aber die Lippen blieben zusammengepreßt.

»Mußte Clara nun doch ins Krankenhaus?«

Wieder nur ein kurzes Nicken.

»Könnte ich mit Ihnen sprechen? Ich habe nämlich erfahren, daß Clara am Abend des 9. Februar, der Tag, an dem Ralf Poorten getötet wurde, mit dem Jungen zusammen gewesen ist. Und man hat mir auch erzählt, daß die Beziehung der beiden über eine bloße Freundschaft hinausging.«

Alle Farbe wich aus Albers' Gesicht. Jetzt geht er mir an die Kehle, dachte Astrid, aber er fing sich. »Ist Ihnen eigentlich gar nichts heilig? Es ist mir schon zu Ohren gekommen, daß Sie überall rumlaufen und unser Kind in den Dreck ziehen wollen. Aber das lasse ich nicht zu. Ich nicht und eine ganze Menge anderer Leute auch nicht. Verschwinden Sie!«

Astrid sah ihm kühl in die Augen. »Wie Sie wollen, Herr Albers. Dann darf ich Sie zu einer Vernehmung ins Präsidium bitten, am Montag morgen um zehn Uhr. Eine Frage noch: in welches Krankenhaus bringt man Clara?«

Er drehte sich auf dem Absatz um und ging ins Haus.

Auf der Straße standen die Leute zusammen und redeten. Einige grüßten, als Astrid vorbeikam, die meisten verschwanden rasch in ihren Häusern und knallten die Türen.

Sie hatten Clara ins Klever Krankenhaus gebracht. Im Augenblick war sie auf der Intensivstation. Der Arzt gab sich nett, konnte Astrid aber nichts sagen, weil die Untersuchungen noch nicht abgeschlossen waren. Auf alle Fälle war das Mädchen nicht ansprechbar.

Leeres Gewäsch, dachte Astrid wütend.

Van Appeldorns harsche Stimme schallte über den Flur. »Nein, Frau Steendijk ist nicht da. Das habe ich Ihnen jetzt schon dreimal gesagt. Will das nicht in Ihren Kopf?«

Der Mann und das Mädchen waren von den Wartestühlen aufgestanden. Van Appeldorn überragte sie um gut zwanzig Zentimeter und sah ärgerlich auf die beiden hinunter. »Sie halten mich von der Arbeit ab, aber in Gottes Namen: Was wollen Sie? Ich nehme an, es geht um Leben und Tod, wie immer.«

»Herr Marx, Cornelia!« rief Astrid und beschleunigte ihre Schritte.

Die beiden drehten sich erleichtert zu ihr um.

Sie sah van Appeldorn bitterböse an und faßte das Mädchen bei der Hand. »Kommen Sie, wir gehen in ein anderes Zimmer.«

Zehn Minuten später war Astrid wieder im Büro. »Du Idiot!« fuhr sie van Appeldorn an.

Heinrichs zuckte zusammen. »Na, na ...«, aber Astrid ließ sich nicht aufhalten. »Das war Cornelia Marx, das Mädchen, das vergewaltigt worden ist, und du scheißt sie zusammen. Ich kann's echt nicht fassen.«

»Woher sollte ich das denn wissen?« meinte van Appeldorn lahm.

»Du weißt doch sonst immer alles so genau.«

»Was wollte das Mädchen denn?« fragte Heinrichs.

Astrid setzte sich. »Sie wollte wissen, warum wir immer noch kein Ergebnis haben. Es macht sie wahnsinnig, daß der Kerl frei rumläuft. Mich übrigens auch. Außerdem hat der Typ ihr durch seine Tochter ausrichten lassen, sie solle sich das doch noch mal überlegen mit der Anzeige, und er würde sich auch nicht lumpen lassen. Und Herr Marx macht sich Sorgen um sein Kind. Er sagt, es ginge ihr von Tag zu Tag schlechter. Ich habe ihnen die Nummer von der Beratungsstelle gegeben.«

Van Appeldorn knurrte Unverständliches und griff sich seinen Mantel.

»Wo willst du denn hin?« wunderte sich Heinrichs.

»Ich habe ein Rendezvous mit einem Richter.«

»So spät noch?«

»Ja, ich hole mir die Erlaubnis, sämtliche Akten im Haus Barbara beschlagnahmen zu können, und dann lege ich denen morgen eine Zaubershow aufs Parkett.«

»Am Samstag?«

»Gerade am Samstag! Ich liebe Überraschungen. Du nicht?«

Astrid hatte ihre Zweifel. »Ich kann mir nicht vorstellen, daß der Richter mitspielt. Die Verdachtsmomente sind doch ein bißchen arg dünn.«

Aber van Appeldorn grinste. »Kommt immer auf den rechten Zeitpunkt an. Mit dem Staatsanwalt habe ich schon gesprochen.«

»Dr. Stein«, tippte Heinrichs.

»Genau, und von den Richtern hat an diesem Wochenende Knickrehm Dienst, und zwar ...« Er schob den Mantelärmel hoch und sah auf die Uhr. »Seit genau fünf Minuten.«

22

Der Rehrücken war ausgezeichnet gewesen und der Wein so gut, daß Toppe und Astrid beschlossen hatten, den Wagen später stehenzulassen und ein Taxi zu nehmen. Walter Heinrichs hatte sich beim Essen, wie erwartet, keine Bescheidenheit auferlegt, sich aber mit dem Trinken bisher zurückgehalten – er kannte Bonhoeffers Bestand an Wein- und Obstbränden.

Arend Bonhoeffer goß Kaffee und Cognac ein, legte Holz im Kamin nach, und setzte sich. »Anbetung des reinen Herzens, so, so. An eurer Stelle würde ich auf jeden Fall an den Leuten dranbleiben. Was die da treiben, ist zumindest grob fahrlässig. Sie können die Kinder nicht einfach so fasten lassen, ohne sich zu erkundigen, ob die auch alle gesund sind. Im übrigen kommt mir das alles bekannt vor. Die Tochter eines Kollegen ist vor Jahren zu ›Opus Dei‹ gegangen. Da laufen ähnliche Dinge: meditative Übungen, Geschlechtertrennung, sexuelle Enthaltsamkeit. Der Vater versucht immer noch, das Mädchen da rauszuholen, aber er hat keine Chance. ›Opus Dei‹ ist zwar offiziell eine katholische Laienorganisation, arbeitet aber mit denselben Mitteln wie eine Sekte. Die Jugendlichen müssen jeden Kontakt zu ihren Familien abbrechen, werden zur Selbstaufgabe getrieben. Es dauert gar nicht lange, dann kommst du von außen an die Kinder nicht mehr ran.«

»Ist da Geld im Spiel?« wollte Toppe wissen.

»Weniger, denen geht es wohl um Macht, die wollen in Schlüsselpositionen. Aber man fängt gerade erst an dahinterzusteigen.«

»Opus Dei«, murmelte Heinrichs. »Da habe ich es ja auch nicht so mit.« Dann hob er sein Glas und schnupperte hingegeben.

»Bist du eigentlich noch in der Kirche, Arend?« fragte Astrid.

Bonhoeffer schüttelte den Kopf. »Nein, das war ich auch nie. Ich denke, ich bin Agnostiker, wenn man schon einen Begriff dafür finden will.« Er lachte über Astrids erstauntes Gesicht. »Warum wundert dich das? Weil ich Bonhoeffer heiße?«

»Ja, dein Onkel ist doch wegen seines Glaubens im KZ hingerichtet worden.«

»In Flossenbürg, ja. Aber ich komme aus dem unorthodoxen Teil der Familie. Meine Mutter stammt aus einer Freidenker-Sippe, und mein Vater hat mit Freuden der protestantischen Tradition den Rücken gekehrt, als er sie kennenlernte. Mit Religion bin ich erst konfrontiert worden, als ich zur Schule kam. Da allerdings massiv, weil mich natürlich jeder Lehrer auf das Schicksal meines Onkels ansprach.«

»Und du hast nie Ärger damit gekriegt, daß du nicht in

der Kirche warst? Ich meine, du arbeitest doch in einem katholischen Krankenhaus.«

»Ach«, meinte er, »bei einem Arzt sieht man schon mal großzügig über diesen Makel hinweg. Wenn ich allerdings Krankenpfleger wäre, dann hätte ich wohl kaum eine Chance auf eine Stelle gehabt.«

»Solche Geschichten hat mir meine Cousine auch erzählt«, nickte Astrid. »Die arbeitet bei der Familienbildungsstätte. Bei denen muß man katholisch sein, wenn verheiratet, dann kirchlich, und Geschiedene werden nicht eingestellt.«

»Oder bei Wiederheirat entlassen«, ergänzte Toppe.

Heinrichs stellte sein Glas ab. »Was wollt ihr denn? Es wird doch kein Mensch gezwungen, in einer kirchlichen Einrichtung zu arbeiten.«

Toppe zuckte zusammen. »Da kriege ich schon wieder so einen Hals, Walter. Du weißt genauso gut wie ich, daß die in vielen Gegenden ein Monopol haben. Bei Kindergärten und Krankenhäusern, zum Beispiel. Guck dir doch mal den Niederrhein an!«

»Trotzdem, was ist so falsch daran? Wenn man sich deren Ziele anschaut«, entgegnete Heinrichs, aber Astrid unterbrach ihn: »Das mag sich naiv anhören, aber meiner Ansicht nach verstoßen deren Auflagen gegen das Grundgesetz, gegen die Menschenrechte.«

»Menschenrechte«, tippte sich Heinrichs an die Stirn. »Jetzt geht es aber mit dir durch!«

Bonhoeffer stand auf, holte die Cognacflasche vom Kaminsims und goß noch einmal ein.

»Die heißesten Diskussionen über Religion hatte ich während meines Studiums. Das war immerhin in den Sechzigern. Aber selbst meine politisch höchst engagierten Kommilitonen konnten den Agnostiker nicht einfach so schlucken. Die Protestanten nahmen mich betroffen in die Arme, aber bei denen hatte ich immer das Gefühl, daß sie mir insgeheim Verrat an meinem Onkel vorwarfen. Und die Katholen fingen bei jeder Diskussion irgendwann an, mir was von der unverzichtbaren Rolle ihrer Kirche im sozialen Leben zu erzählen und von der

Bedeutung einer emotionalen Heimat.«

»Ja und?« fragte Heinrichs. »Das stimmt doch auch. Wo wären wir denn ohne caritative Altenpflege? Wer organisiert denn Seniorentreffs? Wer fängt denn die Gestrauchelten auf? Wer kümmert sich denn darum, daß es noch irgendeine Art von Geborgenheit in der Gemeinschaft gibt?«

Arend Bonhoeffer winkte ab. »Und wo gehört da der Liebe Gott rein? Wieso kaufe ich den gleich mit? Das ist doch eine Mogelpackung.«

Astrid schüttelte den Kopf. »Ich kapiere das nicht so ganz, was du da von deinem Studium erzählt hast. Ich dachte, das wäre die Zeit gewesen: Unter den Talaren der Muff von tausend Jahren?«

»Stimmt. Es waren teilweise dieselben Leute, die die Parolen anstimmten. Die sahen darin keinen Widerspruch. Ich habe denen gern die fragwürdige Rolle der Kirche im Dritten Reich unter die Nase gerieben, aber da kam dann immer nur was Schwammiges von Kirchenkampf und Kardinal Galen. Auch von der ›Klosterroute‹ wollte noch nie einer was gehört haben.«

»Entschuldige«, räusperte sich Astrid, »ich auch nicht.«

»Nach Kriegsende haben sich eine ganze Menge gesuchter Nazischergen in die Obhut von Mönchen begeben, sind in Klöstern untergetaucht. Dort haben sie auf neue Papiere gewartet und sind dann ab nach Südamerika. Das ganze Unternehmen war perfekt organisiert und von hoher kirchlicher Stelle abgesegnet. Historiker gehen davon aus, daß mehr als dreihundert Nazis auf diesem Weg abgetaucht sind. Eichmann hat sogar aus Dankbarkeit seinen jüngsten Sohn nach dem Pater benannt, der ihn versteckt hat.«

»Und jetzt kommen noch die Kreuzzüge«, grinste Heinrichs.

Bonhoeffer lachte. »Bei meinen Kommilitonen kam ich mit dieser Geschichte auch nicht so gut an. Dabei waren das alles grundanständige Menschen, sind es heute noch, regen sich ganz selbstverständlich über die ›Auschwitzlüge‹ auf. Aber wenn es um Religion und Kirche geht, hakt irgendwas aus. Da habe ich auch heute noch das Gefühl, die Aufklärung ist an den Leuten spurlos vorübergegangen.«

»Ja«, mischte sich Toppe wieder ein. »Ich habe neulich eine Fernsehdiskussion gesehen mit einem Schriftsteller, höchstens dreißig, der sich selbst als ›Jungen Wilden‹ beschrieb und der sagte, er sei natürlich nicht mehr Mitglied der katholischen Kirche; was ihm aber noch sehr viel bedeute, sei die mystische Atmosphäre. Und außerdem nähme er Kritik an der katholischen Kirche nur ernst, wenn sie von einem Katholiken käme. Da hab ich mich auch gefragt, in welchem Jahrhundert ich eigentlich lebe.«

Heinrichs leerte sein Glas und sah vor sich hin. »Komisch, aber das stimmt. Das mit der Kritik geht mir genauso ...«

Astrid holte scharf Luft. »Was? Und die Morde, die islamische Fundamentalisten begehen, die darf ich nicht verurteilen, weil ich keine Muslimin bin? Und außerdem«, schnaubte sie, »mystische Atmosphäre! Wenn ich so was höre, wird mir ganz schlecht. Merken die denn gar nicht, daß man genau dadurch zu einem willigen Werkzeug wird? Für was auch immer.« Sie strich sich die Haare aus dem Gesicht. »Ich hätte nie geglaubt, daß ich mir noch mal so viele Gedanken über diesen Kram machen würde, aber in den letzten Tagen ist mir genau das immer wieder durch den Kopf gegangen. Erst durch die Aufklärung sind die Judenghettos abgeschafft worden, erst die Aufklärung hat mit dem Aberglauben aufgeräumt und dafür gesorgt, daß keine Hexen mehr verbrannt wurden. Die Aufklärung hat uns mündig gemacht, und nur durch sie ist Demokratie überhaupt möglich geworden. All das habe ich mal geglaubt, aber was ich in den letzten zwei Wochen gesehen und gehört habe, hat mein Weltbild ganz schön erschüttert.«

»Ja, ja«, meinte Bonhoeffer. »Es gibt keine höhere Instanz als die Vernunft – schön wär's! Du redest mit einem, und der regt sich auf über den Nahostkonflikt, Nordirland, über die Fundamentalisten in Afghanistan.

Der sagt dir vielleicht sogar noch: Opus Dei, um Himmels willen! Und mit dem Zweiten Vatikanischen Konzil kann ja wohl keiner einverstanden sein. Und derselbe Mensch trifft auf einen Protestanten und rümpft mitleidig die Nase über dessen Verblendung – alleinseligmachend, nicht wahr? – und wirft ihm vor, er folge einem Führer, der damals die Bauern in ihren Kriegen nicht unterstützt hat. Und daß der Papst die Erde des Gastlandes küßt, ist eine Geste der Achtung vor den Menschen dort und nicht die Hybris eines Sterblichen.« Er hielt inne und verzog komisch das Gesicht. »Entschuldige, Walter. Jedesmal wenn dieses Thema kommt, geht es mit mir durch.«

Heinrichs schob ihm sein Glas hin. »Der Cognac ist auf alle Fälle hervorragend.«

»Und du gehst wirklich nie in die Kirche, Arend?« wollte Astrid wissen. »Nicht mal bei einer Beerdigung, wegen der letzten Ehre?«

»Was hat die Ehre eines Menschen mit der Kirche zu tun? Nein, ich gehe nie.« Er grinste. »Ich würde auch zu keiner Sonnwendfeier gehen.«

Toppe lachte leise.

Bonhoeffer drehte den Cognacschwenker zwischen den Handflächen. »Freud hat mal gesagt, es wäre prima, wenn die Menschen aufhörten, ihre Erwartungen auf das Jenseits zu richten. Die freigewordenen Kräfte könnten sie dann auf das irdische Leben konzentrieren und damit erreichen, daß das Leben für alle erträglicher wird und die Kultur keinen mehr erdrückt.«

»Aber dafür braucht man doch eine Anleitung«, wandte Heinrichs ein. »Damit es für jeden einzelnen leichter wird.«

»Warte mal.« Bonhoeffer stand auf und ging zu seinem Bücherschrank. »Ich habe da neulich noch was gefunden, auch von Freud.«

Er nahm ein dickes, gelbes Buch heraus und blätterte. »Hier steht's: *Die Technik der Religion besteht darin, den Wert des Lebens herabzudrücken und das Bild der realen Welt wahnhaft zu entstellen, was die Einschüchterung der Intelligenz zur Voraussetzung hat. Um diesen Preis, durch die ge-*

waltsame Fixierung eines psychischen Infantilismus und Einbeziehung in einen Massenwahn gelingt es der Religion, vielen Menschen die individuelle Neurose zu ersparen. Aber kaum mehr ... Auch die Religion kann ihr Versprechen nicht halten. Wenn der Gläubige sich endlich genötigt findet, von Gottes ›unerforschlichem Ratschluß‹ zu reden, so gesteht er damit ein, daß ihm als letzte Trostmöglichkeit und Lustquelle im Leiden nur die bedingungslose Unterwerfung übriggeblieben ist. Und wenn er zu dieser bereit ist, hätte er sich wahrscheinlich den Umweg sparen können.«

Heinrichs' ohnehin immer leicht gerötetes Gesicht war noch dunkler geworden. »Willst du damit sagen, daß alle religiösen, alle gläubigen Menschen blöd sind? Daß ich durch meinen Glauben und seine Regeln manipulierbarer bin als du?« Dann seufzte er. »Für mich begründet sich unsere Kultur auf Gottes Gebote. Wenn ich die in Frage stelle, dann hält mich doch eigentlich nichts mehr davon ab, meinen Nachbarn zu erschlagen, wenn er mir stinkt. Das, was mir die Kirche bietet, sind die simpelsten Regeln menschlichen Zusammenlebens. Wenn die Menschen die befolgen würden, brauchten wir keine Gerichte mehr.«

»Und wir wären unseren Job los«, griente Toppe, aber Heinrichs hörte ihn gar nicht.

»Auch wenn ihr das alles ablehnt oder für zu einfach haltet, für mich gibt es die Frohe Botschaft. Gott ist Liebe, und ich für mein Teil lebe sehr gut in dieser Liebe. Und genauso will ich es. Ich weiß, ich könnte nie so leben wie du, Arend.«

Astrid beugte sich vor und stützte die Ellbogen auf den Tisch. »Ich denke gerade an Clara.«

Heinrichs zuckte die Achseln. Bonhoeffer hatte sich wieder hingesetzt und schaute Astrid abwartend an.

»Hast du noch nie von Clara gehört? Von Clara mit den heilenden Händen«, begann sie ihre Geschichte.

Arend Bonhoeffer hörte zunächst amüsiert zu, aber dann wurde seine Miene immer härter.

»Ich verstehe es einfach nicht«, schloß Astrid. »Clara ist fünfzehn Jahre jünger als ich, und selbst mir war Kirche schon völlig egal. Das müßte doch bei den Jugendlichen heute noch viel stärker sein.«

»Na ja«, meinte Toppe, »bei mir war das so ähnlich wie bei dir, aber wir beide waren ja auch evangelisch.«

»Ich weiß nicht«, unterbrach ihn Bonhoeffer, »ob das so einfach ist. Guck dir doch mal das puritanische Amerika an oder die Alt-Lutherischen unter den Protestanten.«

»Die kenne ich nicht«, entgegnete Toppe, »aber wie sich Katholizismus auf das Denken und Fühlen und das tägliche Leben von Menschen auswirkt, das habe ich erlebt. Gabi war bestimmt kein großer Kirchgänger, aber sie hatte ganz schöne Spuren in sich. Schuld und Sühne, diese glatte Verbindung, Sünden und Buße, der strafende Gott, all das sitzt so tief, daß man kaum rankommt.«

Heinrichs beschloß, noch einen Cognac zu trinken.

Bonhoeffer sah Astrid an. »Mir ist diese Clara gar nicht so unverständlich. Du sagst, ihre Familie ist tief religiös, sie hat immer in dieser engen Umgebung gelebt, ihre nächste Bezugsperson ist der Bruder, der Priester ist. Schon als kleines Kind hat man sie zu etwas Besonderem, Großartigem stilisiert. Wie soll sie es da schaffen, einen Blick von außen drauf zu werfen?«

»Aber«, beharrte Astrid, »sie geht in eine normale Schule mit ganz normalen Gleichaltrigen. Dort wird sie doch mit Büchern konfrontiert, mit Philosophie, mit Literatur, die nichts mit ihrem Glauben zu tun hat, ihn vielleicht sogar in Frage stellt.«

»Sie selbst würde ihn nie in Frage stellen«, sagte Bonhoeffer.

»Guck dir doch mal den Hochadel an«, wandte Toppe ein. »Bei denen ist es modern geworden, ihre Kinder auf ›normale‹ Schulen zu schicken. Deshalb bleiben die aber doch trotzdem abgehoben, sind sich ihrer Rolle oder Aufgabe, oder was weiß ich, bewußt.«

»Oder nimm die musikalischen Wunderkinder«, überlegte Bonhoeffer. »Selbst wenn die mit Gleichaltrigen zu tun haben, entsteht kein echter Kontakt. Diese Kinder leben in ihrer eigenen, scheinbar wirklichen Welt, und die meisten von ihnen sind emotional verkümmert und bleiben unreife Menschen.«

Astrid wehrte sich. »Von Clara wird genau das Gegenteil gesagt. Sie reden von ihrer unendlichen Liebe, ihrem Verständnis für andere, ihrer Wärme, ihrer Zuversicht ...«

Bonhoeffer verzog das Gesicht. »Was für scheußliche Worthülsen! Ich kann mir jedenfalls nicht vorstellen, daß das Mädchen die Chance hat, aus ihrer Rolle und mittlerweile auch ihrem Selbstverständnis rauszukommen. Eine normale Schule schafft das nicht. Da müßte schon was Drastisches passieren.«

»Und der Mann aus dem Altenheim sagt, Clara hätte mit Ralf Poorten geknutscht. Das paßt doch hinten und vorn nicht zusammen!«

»Bist du sicher, daß der Alte sich das nicht nur aus den Fingern gesogen hat?« fragte Toppe.

»Nein«, seufzte Astrid, »da bin ich überhaupt nicht sicher. Ich wünschte, ich könnte endlich mit Clara selbst sprechen.«

Ackermann platzte vor Tatendrang und hätte hüpfen mögen vor Begeisterung: wenn er sie brauchte, seine Jungs von den ›Rubber Duckies‹, dann waren sie auch zur Stelle, Manni, Joe, Keule und Taff jedenfalls. Schon zu Volksschulzeiten waren sie wie Pech und Schwefel gewesen und hatten Kranenburg unsicher gemacht, später dann hatten sie Feten gefeiert und waren mit den Weibern um die Häuser gezogen, die Duckies. Auch heute noch trafen sie sich regelmäßig alle drei Monate in der alten Kneipe, tranken sich einen, sangen den Rubber-Ducky-Song, immer noch dreistimmig, und schwärmten von alten Heldentaten. An dem Termin wagte auch die militanteste Gattin nicht zu rütteln.

Aber die Zeiten waren immer schlechter geworden für Heldentaten, deshalb waren die vier wohl auch sofort Feuer und Flamme gewesen, als Ackermann mit seiner Idee kam.

Er schaute auf seine Armbanduhr. »Halb elf, Freitach abend. Wenn dat nich' der ideale Zeitpunkt is'. Sieht so aus, als könnten wer loslegen, Jungs.«

Sie standen unter der Laterne vor Lambertz' Kneipe und betrachteten den Plan der Gemeinde Grieth, den Ackermann sich irgendwo besorgt hatte. An verschiedenen Stellen waren dicke grüne Punkte eingezeichnet. »Dat sind die markanten Plätze, an denen ihr operieren sollt«, erklärte Ackermann. »Ich stell mich 'n bisken abseits un' schreib mir auf, wat ich so seh. Besonders laut müßt er nich' sein, aber man soll et schon hören. Also, macht mir keine Schande, Kumpels!«

Keule gab ihm einen kräftigen Knuff. »So wat verlernt man doch nich', Jupp!«

Markierte Schlägereien, die waren mal ihre Spezialität gewesen. Damit hatten sie schon so manchen Kneipenwirt oder braven Bürger geschockt, in Kranenburg, und als sie älter wurden auch in Kleve und Nimwegen. Und sich kaputtgelacht, wenn jemand eingreifen wollte. Der besondere Kitzel war gewesen, auf den letzten Drücker, aber noch rechtzeitig zu verschwinden, bevor die Bullen anrückten. Meistens hatte das auch geklappt.

Eine gute Stunde später rieb Ackermann sich die Hände. Wenn das kein voller Erfolg war! Keine einzige der inszenierten Schlägereien war unbemerkt geblieben. In den Häusern waren sofort die Lichter angegangen, Fenster waren aufgerissen worden, Leute waren auf die Straße gekommen, hatten geschimpft und mit der Polizei gedroht. Kneipenheimkehrer waren stehengeblieben und hatten geglotzt. Über jede Reaktion hatte Ackermann genau Buch geführt, und er war sich ganz sicher: Wenn Ralf Poorten in Grieth zu Tode geprügelt worden war, dann gab es dafür Zeugen. Verlogene Bande! Steckten alle unter einer Decke. Bloß unter welcher?

Jetzt blieb nur noch eine Möglichkeit: der Deich. Vielleicht hatte man den Jungen dort zusammengeknüppelt.

Ackermann hatte die Stelle ausgesucht, die am weitesten von jedem Wohnhaus entfernt war, am Ende von Albers' Grundstück, nur ein paar Meter hinter dem Clara Kreuz.

»Auf geht's, Freunde!« Keule holte brüllend aus; er hatte einen Bärenspaß an der Sache.

»Klasse«, schrie Ackermann. »Jetz' könnt er ma' richtich Radau machen.«

Ohne die Straßenlaternen, im Vollmondlicht, sah alles gespenstisch echt aus. Ihm liefen die Schauer über den Rücken.

Sie legten ihr ganzes Herz in die Sache, aber im Ort blieb alles still, die wenigen Häuser, die man von hier aus sehen konnte, waren finster.

Taff taumelte und rutschte auf einem Grasbüschel aus. Mit Schwung kullerte er den Deich hinunter und prallte gegen eine Schuppenwand. Sein Fluchen war diesmal echt. Auf Albers' Hof schlug der Hund an.

»Ej, Taff«, rief Ackermann und versuchte etwas zu erkennen, aber eine Wolke hatte sich vor den Mond geschoben. »Bisse noch ganz?«

»Sieht so aus«, kam es stöhnend zurück.

Ackermann nickte. »Weiter, Leute, ma' kucken, ob sich jetz' wat tut.«

Keule und Joe bearbeiteten Manni mit perfekt gesetzten Fußtritten. Der krümmte sich schreiend.

Auf dem Hof drehte der Köter durch, sein Gebell wurde zu einem hohen, hysterischen Kläffen.

Taff hatte den Aufstieg bewältigt und rieb sich das Hinterteil. »Ich lege eine kleine Pause ein, Jupp, wenn's recht ist.«

Jetzt ging auf Albers' Hof die Außenbeleuchtung an. »Setzt noch einen drauf, Kinders! Sieht aus, als hätten wer endlich jemand ausse Heia gekitzelt.«

Albers Junior kam zum hinteren Tor gelaufen und versuchte, in der Dunkelheit etwas zu erkennen.

»Was, zum Teufel ...« Die Wolke war am Mond vorbeigezogen. Albers trug einen gestreiften Schlafanzug und Gummistiefel.

»Ihr Verrecklinge! Macht, daß ihr wegkommt. Kloppt euch woanders.« Er hatte keinen Erfolg. »Ruhe, oder ich rufe die Polizei!«

Ackermann kicherte und ging bedächtig zum Tor hinunter. »Dat können Se sich schenken. Ich bin vonne Polizei. 'n Abend übrigens.«

»Was soll das heißen?« kochte Albers. »Was Sie da veranstalten, ist nächtliche Ruhestörung!«

»Nö, dat is' bloß 'n Experiment«, grinste Ackermann freundlich.

»Mir ist scheißegal, wie Sie das nennen. Ich werde mich beschweren. Name und Dienstgrad!«

Ackermann lachte. »Dienstgrad! Mit solchen Sachen hab ich et nich' so. Ich heiße Jupp Ackermann, un' wenn Se bei de Kripo in Kleve fragen, da kennen se mich alle. Schönen Abend noch, der Herr.«

Die Jungs standen beim Kreuz und warteten. »Wie seht ihr dat? Wenn Taff nich' gegen den Schopp gedonnert wär' un' der Köter dat nich' gehört hätt, dann hätten wer uns noch bis morgen früh kloppen können, ohne dat einer wat gemerkt hätte, oder?«

Nachdenklich sah Ackermann zum Fluß hinunter. Es roch nach Brackwasser und Öl. »So könnt et gewesen sein«, murmelte er. »Auffem Deich haben se den Kerl alle gemacht ...«

Auf der gegenüberliegenden Rheinseite blinkten ein paar Lichter. Der Dornicker Grund, da war die Leiche hängengeblieben. Was war das denn da am Ufer? Im Mondlicht blitzte Metall.

Ackermann kniff die Augen zusammen. Dann schlug er sich auf einmal gegen die Stirn. »Gott, waren wir blöd!«

Da nervten sie die Leute in Duisburg wegen der Motorboote und hatten an das Naheliegende nicht gedacht: ein Ruderboot mit einem starken Außenborder. So ein Teil hatte doch hier jedes zweite Bäuerlein, und diese Dinger waren nirgendwo registriert.

23

Opa Czesnik lag im Bett und sah aus, als ob er fest schliefe, aber sein Geist war hellwach.

»Und dann?« drängelte er, ohne die Augen zu öffnen.

»Nichts«, antwortete Christian bedrückt. »Das ist es ja

eben. Gestern hat mich der Arzt nicht zu Clara gelassen, weil sie noch zu schwach war. Heute sagt mir die Krankenschwester, ich könnte ruhig zu ihr gehen für ein paar Minuten. Aber da sitzt Claras Mutter am Bett, springt sofort auf, als sie mich sieht und schickt mich wieder raus. Die tun alle so, als hätte ich die Pest, als könnte ich Clara mit meiner Anwesenheit verseuchen.«

Opa Czesnik lachte gurgelnd.

»Ich hab Clara nicht mal ansehen können, weil die Mutter davorstand.« Christians Stimme wurde rauh. »Aber dann bin ich einfach hintenrum in den Park. Claras Zimmer liegt im Erdgeschoß und hat ein schönes, großes Fenster. Und dann konnte ich sie endlich sehen. Sie liegt da wie tot. Einmal hat sie ganz kurz die Augen aufgemacht, aber ich glaube, sie hat mich gar nicht erkannt.«

Opa Czesnik murmelte etwas, aber Christian konnte es nicht verstehen. Er beugte sich über den alten Mann und lauschte.

»Kämpfen ...« flüsterte Czesnik. »Du mußt um dein Mädchen kämpfen ... gesund ... wegholen von denen ...«

Christian ließ sich wieder auf den Stuhl fallen. »Wie soll ich das denn machen? Opa? Ich hab so ein ganz blödes Gefühl, und ich weiß nicht, ob ..., wie ich ...«

Aber der alte Mann war eingeschlafen.

Der Verputzer, den Ackermann geschickt hatte, war ein munterer Geselle. Schon um acht Uhr am Samstag morgen stand er auf der Matte, verkündete, er nehme achtzehn Mark die Stunde und machte sich ohne großes Federlesen ans Werk.

Bis zum Mittag kannten sie seine ganze Lebensgeschichte, die Krankheiten seiner Frau im Detail und waren bestens unterrichtet über die Schulkarrieren seiner vier Kinder und die Alkoholprobleme seines Schwiegervaters. Um zwei Uhr betrachtete er zufrieden sein Werk, kassierte seinen Lohn, schüttelte ihnen die Hände wie ein langjähriger Freund, der zu einer Weltreise aufbricht, und ließ sie allein mit fünf leeren Bierflaschen und einer unglaublichen Menge Dreck.

Astrid stand mitten in der Halle und betrachtete resigniert das Chaos. »So langsam hängt mir die Bauerei zum Hals raus.«

Toppe kam schon mit dem Putzeimer. »Und wie immer ist keiner zu Hause, wenn's Arbeit gibt«, brummte er. »Genau das, was man sich an einem geruhsamen Wochenende so vorstellt.«

»Geruhsam?« meinte sie gereizt. »Du wirst wirklich immer komischer. Im Fall Poorten überschlagen sich die Dinge, und du spielst Wochenende.«

Er zog es vor, darauf nicht zu antworten, sondern fing an, mit einer Maurerkelle die feuchten Putzreste in den Eimer zu schaufeln.

Kurze Zeit später kam Christian nach Hause, schob sich mit einem leisen Gruß an ihnen vorbei, überlegte es sich dann aber, als er schon auf der Treppe war. »Kann ich euch helfen?«

Toppe grunzte nur, doch Astrid schaute erstaunt hoch. »Danke, aber wir sind sowieso jetzt fertig.«

Der Junge sah traurig und verwirrt aus. Sie ließ den Aufnehmer in den Eimer gleiten. »Trinkst du einen Tee mit?« Er zuckte die Achseln, kam aber mit in die Küche.

»Seid ihr schon weitergekommen mit Ralf?« fragte er beiläufig.

Astrid stutzte. »Na ja, ein bißchen schon, aber der große Durchbruch ist es noch nicht.«

Toppe hatte sich eine Zigarette angezündet und stand gegen den Türrahmen gelehnt. »Gut, daß du fragst, Christian. Dieses Haus Barbara, wir haben da ein paar Hinweise gekriegt. Der Laden gefällt mir nicht. Wußtest du, daß bei denen neulich ein Junge gestorben ist, weil sie nicht darauf geachtet haben, daß der krank war?«

Christian riß die Augen auf, aber sein »Was?!« klang schlapp.

Toppe setzte sich an den Tisch und erzählte auch von den anderen Zwischenfällen.

»Und ich muß dir sagen, mir wird ziemlich flau, wenn ich sehe, wie sehr die Leute Einfluß auf Minderjährige nehmen. Die meisten sind ja noch jünger als du. Mir wäre es wirklich lieb, wenn du nicht mehr dort hingingest.«

»So oft war ich doch gar nicht da, Vater«, meinte Christian beschwichtigend, und er blieb auch ganz ruhig, als Toppe über ›Opus Dei‹ und über Sekten sprach.

»War Clara eigentlich auch immer auf den Seminaren?« fragte Astrid.

»Ja, ich habe sie dort erst richtig kennengelernt. Ich meine, ich kannte sie vom Sehen in der Schule und im Altenheim, aber so richtig näher gekommen bin ich ihr erst bei der Gemeinschaft.«

»Ich denke, dort wird man nach Geschlechtern getrennt«, wunderte sich Toppe.

»Ach was, doch nur, wenn Exerzitien sind.«

»Wir haben einen Zeugen gefunden, der Ralf an dem Abend, als er getötet wurde, zusammen mit Clara gesehen hat«, sagte Astrid.

Christian schüttelte stumm den Kopf.

»Doch. Und er sagt auch, die beiden hätten geknutscht.«

Der Junge blickte auf seine gefalteten Hände, die Knöchel wurden weiß. »Kann ich mir nicht vorstellen, Clara und Ralf. Das kann einfach nicht sein! Clara ... nein«, entgegnete er gequält.

Norbert van Appeldorn hätte seine Aktion am liebsten schon vor Tagesanbruch gestartet, aber dafür wollte sich der Staatsanwalt nicht erwärmen lassen. Wie der Einsatz konkret ablaufen sollte, hatte van Appeldorn wohlweislich nicht mit Stein abgesprochen.

Die sechs uniformierten Kollegen machten ihre Sache denn auch wirklich gut. Wie sie den Einsatzwagen mit quietschenden Reifen auf dem Hof zum Stehen brachten, wie die Türen an beiden Seiten aufglitten, wie sie alle gleichzeitig heraussprangen und sich in Sekundenschnelle rechts und links von der Eingangstür postierten, all das hätte jedem Unterrichtsfilm alle Ehre gemacht.

»Könnte man sagen, daß Sie vielleicht ein klein wenig übertreiben, lieber van Appeldorn?« fragte Stein, aber man hörte, daß er sich nur mit Mühe das Lachen verkniff.

»Das einzige, was ich wirklich bedauere, ist, daß es hier keine Nachbarn gibt«, meinte van Appeldorn und streckte die Hand nach der Klingel aus. »So ein kleiner Menschenauflauf käme noch besser.«

Mühlenbeck war nur einen kurzen Moment lang sprachlos, dann spuckte er Gift und Galle. »So etwas muß ich mir nicht bieten lassen! Ich rufe meinen Anwalt an.«

»Das bleibt Ihnen selbstverständlich unbenommen«, entgegnete Stein gelassen. »Aber einstweilen werden wir unsere Arbeit erledigen. Meine Herren«, forderte er die sechs Beamten mit einer einladenden Handbewegung auf, »Ihr Kollege van Appeldorn wird Ihnen zeigen, was er benötigt.«

Magda Mühlenbeck stand auf der Treppe und rang die Hände. »Wir sind doch keine Verbrecher«, flüsterte sie.

»Das muß sich erst noch rausstellen«, meinte van Appeldorn im Vorbeigehen und schüttelte den Kopf über ihren Aufzug. Die Tunika hing schlapp an ihrem Körper und hatte die Farbe eines alten Feudels.

Sie räumten das ganze Büro leer, kein Blatt Papier, das sie nicht mitnahmen.

»Gibt es noch weitere Unterlagen im Haus?« wollte Stein wissen.

»Nein!« bellte Mühlenbeck zurück.

»Davon würde ich mich lieber selbst überzeugen«, drängte van Appeldorn, und Stein nickte dazu.

Die Polizisten schwärmten aus, und van Appeldorn bekam die Gelegenheit, einen Blick in die »Gästezimmer« zu werfen, die ihn stark an die Zellen für die U-Häftlinge im Präsidium erinnerten: nackte Wände, blanker Steinboden, eine gemauerte Pritsche mit einer dünnen Matratze.

Mühlenbecks Privaträume waren nur wenig bequemer ausgestattet. Ein Schlafzimmer mit Doppelbett, Schrank und Gebetbank. Im zweiten Zimmer ein Tisch, zwei Stühle, ein Sofa, ein Schreibtisch. Auch darin nur christliche Schriften, Entwürfe für Seminarprogramme, keinerlei private Korrespondenz. Es gab keinen Fernseher, nicht einmal ein Radio.

Im winzigen Badezimmer, eine halbe Treppe tiefer, gab es nur ein Klo und ein Waschbecken, auf einem Brett einen Rasierapparat, ein Stück grünliche Seife und eine Haarbürste. Die beiden Handtücher waren grau und hart.

Van Appeldorn kehrte in die Halle zurück. Stein stand mit dem Rücken gegen die Haustür gelehnt und schaute ihm fragend entgegen.

»Nix«, sagte van Appeldorn. »Und bei den anderen?«

»Auch nichts. Sie sitzen schon im Wagen.«

»Dann war's das wohl. Wo stecken denn der Hirte und seine Betschwester?«

Stein runzelte die Stirn. »Mühlenbecks? Die sind weggefahren. Wir sollen die Haustür hinter uns zuziehen.«

»Weggefahren?«

»Zu ihrem Anwalt. Ich konnte sie nicht davon abhalten«, zuckte Stein die Achseln und zeigte dann auf das Fenster, das zum Kolk hinausging. »Haben Sie den schon gesehen?«

Am Wasser stand der Mönch mit zum Himmel gestreckten Armen. Um seine nackten Füße scharten sich Enten.

»Ach, der«, meinte van Appeldorn nur. »Der gehört hier zum Inventar. Vater Immanuel, oder so ähnlich. Hat 'ne ganz schöne Schacke weg, wenn Sie mich fragen.«

Etwa zur selben Zeit zerschlug Heinrichs Ackermanns schöne neue Theorie. »Das kann nicht hier auf dem Deich passiert sein, Jupp, tut mir leid.«

»Un' wieso nich', bitte schön?«

»Ralf Poorten ist direkt neben seinem Motorrad zusammengeschlagen worden. Und hier ist kein befestigter Weg, hier kann man doch kein Motorrad abstellen.«

»Bestimmt kann man dat«, erwiderte Ackermann trotzig. »Et gibt nix, wat et nich' gibt.«

»Ach, Jupp, Mensch, bei dem Eis, das wir vor vierzehn Tagen hatten, wärst du mit einem Motorrad doch gar nicht hier hochgekommen.«

»Ja, un' dann? Dat kann doch bloß heißen, dat uns einer anlügt, oder?«

Heinrichs wiegte zweifelnd den Kopf. »Aber deine andere Idee, die mit dem Ruderboot, die gefällt mir.« Er sah zum Fluß hinunter. »Was hältst du davon, wenn wir am Montag mal einen kleinen Schuß ins Blaue wagen? Vorausgesetzt, van Gemmern hat Zeit.«

Ackermann fühlte sich sofort getröstet. »Guter Plan, un selbs' wenn nix rauskommt dabei. Et tut einem ja schon gut, wenn man die Bande hier 'n bisken aufscheucht.« Aber schon runzelte er wieder die Stirn. »Sach ma', Walter, meinste, der Chef is' sauer wegen de Schau hier gestern mit de Duckies?«

Heinrichs lachte. »Bei dem kann man das im Moment nie so genau sagen, aber bis jetzt hat er noch keinem den Kopf abgerissen.«

»Weiß ich ja, et is' nur, ich kann den echt leiden, den Chef.«

Christian stand wieder am Fenster. Er hatte einen guten Platz gefunden; halb verdeckt von einer Eibe konnte er nur einen kleinen Ausschnitt vom Zimmer sehen: Claras Kopf und Schultern, den Nachtschrank und die Tür zum Bad. Das genügte ihm völlig. Claras Bruder, der am Tisch saß und Zeitung las, wollte er nicht sehen, vor allem wollte er von ihm nicht entdeckt werden.

Seit gut zehn Minuten starrte er die schlafende Clara an und betete sich vor: Mach die Augen auf, guck mich an, mach die Augen auf, guck mich an ... Sie sah klein aus und traurig.

Plötzlich schlug sie tatsächlich die Augen auf und schaute ihn an. Und er wußte genau, daß sie ihn erkannte. Erschrocken legte er den Zeigefinger vor die Lippen. Sie reagierte nicht, guckte nur. Er hielt den Kopf schräg und lächelte, wollte irgendwas mit den Händen sagen, wußte nicht, wie. Unsicher ließ er sie wieder sinken.

Und da wurde ihr Blick auf einmal weich, war beinahe wie früher. Er winkte, und sie bewegte die linke Hand ein bißchen. Dann schloß sie schnell die Augen. Der Bruder kam ins Blickfeld, beugte sich über sie. Sie hielt die Augen geschlossen und rührte sich nicht.

Christian blieb. Der Bruder verschwand wieder am Tisch, aber Clara lag nur da, eine Ewigkeit. Christians Finger wurden taub vor Kälte.

Dann schlug sie die Augen erneut auf. Er schob sich näher an die Scheibe. »Clara«, formte er, so gut es ihm mit seinen steifen Lippen möglich war. »Ich komme wieder. Ich komme wieder, Clara.«

Ihre Augen glänzten. Er hatte sie noch nie weinen sehen.

Es gab einen Weg, vielleicht gab es einen Weg. Aber wenn er unrecht hatte, dann würde sie ihn nie mehr ansehen, nie mehr in seinem ganzen Leben. Er konnte nicht unrecht haben, er wußte es.

Opa Czesnik hatte Morphium gekriegt.

»Scheiße, Toppe«, brummte er sich an, »du mußt das allein durchziehen.«

Christian schwang sich auf sein Fahrrad und machte sich auf den Heimweg. Warum war er beim Jugendkreis bloß nie zur Bibelstunde gegangen, verflucht? Den Text kannte er so ungefähr, aber wo stand der? Er lachte hinterlistig; er wußte doch genau, warum er nie zu den Bibelstunden gegangen war: Clara hatte immer parallel dazu in einer anderen Gruppe über Gebete gesprochen.

Er würde die Stelle finden, und wenn er Tage brauchte!

Am späten Sonntag nachmittag kamen Gabi und Peter aus Amsterdam zurück, aufgekratzt vor lauter Versöhnung. Oliver hatten sie auf dem Heimweg bei seinem Freund abgeholt, wo er übernachtet hatte. »Festessen!« brüllte er durch die Halle und schleppte eine Kiste herein. »Mama hat uns was mitgebracht!«

Toppe lugte in den Karton und leckte sich die Lippen: Vanillevla, Dubbelvla, bunter Zuckerstreusel, Schokoflocken, Huzarensla, Kletskoppen, Krabbenbrot, all die perversen Köstlichkeiten, die die holländische Küche zu bieten hatte.

Eine halbe Stunde später saßen sie in Gabis Wohnzimmer und löffelten Vla. Nur Astrid machte sich überhaupt nichts aus dem süßen Puddingzeugs. Christian war mit seiner Portion in seinem Zimmer verschwunden.

»Bleibt es jetzt bei nächstem Samstag für unser Einweihungsessen?« fragte Gabi und streute noch mehr Schokoflocken über ihren Vla.

Astrid nickte. »Ich habe die Einladungen schon alle fertig. Sie brauchen nur noch eingetütet und abgeschickt zu werden.«

»Dann müssen wir spätestens Mittwoch mit den Vorspeisen anfangen«, mümmelte Toppe mit vollem Mund. »Gemüse marinieren und Sud kochen.«

Astrid war die ganze Zeit schon nur halb bei der Sache, jetzt stand sie entschlossen auf. »Ich fahre ins Krankenhaus.«

»Ins Krankenhaus?« sah Gabi sie besorgt an.

»Es ist nur wegen einer Zeugenaussage«, meinte Astrid und winkte ab, als Toppe auch aufstehen wollte. »Bleib ruhig hier. Du kannst schließlich nichts dafür, wenn es mich umtreibt. Ihr könnt doch schon mal die Einladungen fertigmachen.«

Sie klopfte und öffnete gleichzeitig die Tür. Zwei Köpfe fuhren herum: Vater und Mutter Albers saßen an Claras Bett und hielten sich bei den Händen.

»Guten Tag«, sagte Astrid forsch. »Die Schwester meinte, Ihrer Tochter ginge es ein wenig besser, und ich könnte sicher kurz mit ihr sprechen.«

Sie schenkte dem Vater, der sofort aufgesprungen war und breitbeinig dastand, keine Beachtung, sondern trat an ihm vorbei ans Bett heran.

»Hallo, Clara.« Das Mädchen lag auf dem Rücken und sah sie aus großen Augen an: tiefblaue, wunderschöne Augen, todtraurige Augen.

Im linken Handrücken steckte eine Kanüle, der Schlauch führte zu einer Infusionsflasche.

Astrid strich vorsichtig über die Hand. »Wir haben einen gemeinsamen Freund: Christian, Christian Toppe. Ich lebe mit seinem Vater zusammen.«

Clara nickte langsam und öffnete den Mund. Ihre Lippen zitterten. Die Mutter drängte Astrid hastig zur Seite und fing an, Claras Gesicht mit einem feuchten Waschlappen abzutupfen.

Albers' Hand legte sich fest auf Astrids Schulter und zog sie ein Stück zurück. »Lassen Sie unser Kind endlich in Ruhe. Sehen Sie nicht, wie krank sie ist?« Seine Stimme war belegt.

Astrid drehte sich zu ihm um und schüttelte dabei seine Hand ab.

»Bitte«, sagte sie eindringlich, »nur fünf Minuten. Es ist so wichtig. Ich verspreche Ihnen, daß ich sofort aufhöre, wenn es Clara zuviel wird.«

Aber er schüttelte unerbittlich den Kopf.

Erst jetzt fiel Astrids Blick auf den Tisch an der Wand, der überquoll von Blumensträußen, Gebetbüchern, Karten mit betenden Händen und Marienbildern, manche mit Glitzerdruck, und vor allem Kerzen jeder Art in verschnörkelten Ständern. Auf einem zweiten Tischchen stand ein Clara-Kreuz, zwei Kerzen brannten rechts und links davon, davor lag ein Rosenkranz.

Die Mutter hatte fertiggetupft, und Astrid ergriff ihre Chance. »Ich arbeite bei der Polizei, Clara. Du weißt, daß Ralf Poorten gestorben ist, nicht wahr?«

Clara sah an die Decke. »Ja«, hauchte sie kaum hörbar.

»Er ist ermordet worden, Clara. Wir haben gehört, daß du an dem Abend ...«

Clara zuckte, krümmte sich und bäumte sich auf, ein tiefes Stöhnen, dann würgte sie.

»Guter Gott«, schrie die Mutter, »es geht wieder los!« Sie hastete um das Bett herum, riß die Nierenschale vom Nachtschrank, umfaßte Claras Kopf mit festem Griff und hielt ihr die Schale vor den Mund. »Lauf, hol die Schwester, Werner!«

Albers packte Astrids Handgelenk und zog sie hinter sich her. Er war stark.

»Und Sie verschwinden endlich! Sehen Sie nicht, was Sie unserem Kind antun?«

Auf dem Gang ließ er sie los und lief zum Schwesternzimmer. Astrid blieb stehen, lehnte sich an die Wand und atmete gegen ihr Herzklopfen an. Durch die offene Zimmertür konnte sie Claras krampfartiges Würgen hören und die Mutter, die laut und deutlich begann: »Vater unser, der du bist im Himmel, geheiligt ...«

Albers kam mit der Schwester, sah an Astrid vorbei, aber sie hielt ihn am Arm zurück. »Wieso tu *ich* Ihrem Kind das an?«

Er schnaubte nur.

»Wir sehen uns dann morgen früh, Herr Albers.« Damit ging sie und fühlte sich miserabel.

Es war kurz nach Mitternacht, als van Appeldorn endlich das Präsidium verließ und sich auf den Heimweg machte. Er zitterte vor Müdigkeit und Kälte, seine Augen brannten vom vielen Lesen; ihm war klar, daß ihm in zehn Minuten ein saftiger Ehekrach bevorstand, weil er sich das ganze Wochenende lediglich zum Schlafen nach Hause begeben hatte, aber all das konnte seiner guten Laune nichts anhaben.

In Mühlenbecks Unterlagen gab es ganz einwandfrei Lücken, sehr aufschlußreiche Lücken.

24

Der Montag begann mit einem Riesenchaos. Alle trafen ziemlich gleichzeitig im Büro ein, fast alle waren angespannt, alle redeten.

»Da ist eine Nachricht von Reimann auf dem Anrufbeantworter«, sagte van Appeldorn.

»Hee, das Ergebnis von der Vergewaltigung ist da!« rief Heinrichs.

»Van Gemmern hat gleich Zeit für uns, Walter«, brüllte Ackermann.

Toppe schlug mit der Faust auf den Tisch. »Seid ihr alle bescheuert?«

Astrid hielt sich die Ohren zu.

»Bevor hier irgendwas läuft, will ich wissen, was das hier sein soll.« Er hielt ein Stück Papier hoch. »Haben die mir gerade bei der Wache in die Hand gedrückt: eine

Beschwerde gegen Herrn Josef Ackermann wegen nächtlicher Ruhestörung.«

»Wat 'n Spinner«, entfuhr es Ackermann, aber dann war er sehr reumütig. »Ich hätt et Ihnen sowieso gesagt, Chef, dat schwör ich.«

Toppe hörte sich die Beichte an und fragte sich, was die Griether Bürger von der Kripo halten mußten, aber zum Schluß siegte sein Humor. »Hoffentlich hat es wenigstens Spaß gemacht.«

»Dat können Se laut sagen!« Ackermann unterdrückte ein Kichern. »Un' zuerst dacht ich ja, et hätt wirklich wat gebracht. Weil, ich hab quasi bewiesen, dat et bloß auf 'm Deich passiert sein kann, aber dann kommt Walter un' macht mir alles wieder kaputt.«

Heinrichs erzählte den Rest der Geschichte.

»Aber dann ist doch bei der Aktion auf jeden Fall was rausgekommen«, meinte Astrid. »Wir wissen jetzt, daß man sich in Grieth nicht unbemerkt prügeln kann. Jedenfalls nicht auf der Straße. Also, entweder sagen uns ein paar Leute nicht die Wahrheit, oder man hat Ralf Poorten in irgendeinem Gebäude totgeschlagen, in einer Garage vielleicht. Wobei ich mich immer noch frage, warum.«

»Weil du zu sehr an Grieth klebst und an dieser Clara«, erklärte van Appeldorn. »Es kann genauso gut auf der Landstraße vor oder hinter dem Dorf passiert sein. Du liegst ganz falsch, glaub mir. Haus Barbara ist der Schlüssel zu der ganzen Geschichte.«

Und dann berichtete er, nicht ohne Stolz, von seinem Show-down am Samstag.

»Stein hat ein Ermittlungsverfahren eröffnet?« Toppe wunderte sich. »Mit welchem Aufhänger?«

»Fahrlässige Tötung im Fall Karsten Bülow.«

»Hätte ich nicht gedacht«, meinte Heinrichs. »Und was ist jetzt mit den Akten? Bist du fündig geworden?«

»Allerdings! Mühlenbeck hat zu jedem Seminar seit 1982, als das Haus eröffnet wurde, einen Ordner mit Programm, Einladung, Teilnehmerlisten und Quittungen von jedem einzelnen über die Gebühren. Alles sehr sorgfältig sortiert und geheftet, teilweise sogar noch mit den

Dankschreiben, die zu den einzelnen Veranstaltungen eingegangen sind. Um so auffälliger, daß bei drei Seminaren, alle im letzten Jahr, die Teilnehmerlisten fehlen und die Quittungen. Ich muß wohl nicht erwähnen, daß die Namen Glade und Toenders nirgendwo auftauchen.«

»Wenn ich dich recht verstehe, gehst du davon aus, daß Mühlenbecks vertuschen wollen, daß die beiden Jugendlichen bei ihnen waren, weil mit denen auch irgendwas passiert ist«, meinte Astrid.

»Das liegt doch wohl auf der Hand! Und Ralf Poorten wußte davon. Ich sage doch, Haus Barbara ist der Schlüssel. Hast du nicht erzählt, daß die am fraglichen Tag bei der Chorprobe waren? Da hättest du dann sogar dein geliebtes Grieth. Hast du inzwischen die Leute vom Chor befragt?«

»Wann denn? Ich weiß sowieso nicht, wo ich anfangen soll. Eigentlich müßte ich zum Franziskusheim und mir Feuerbachs Aussage von jemand anderem bestätigen lassen, aber vorher ...«

»Dann gib, in Gottes Namen, mir die Liste«, unterbrach van Appeldorn sie ungeduldig. »Ich fahre jetzt zu Reimann und höre mir an, was der für uns hat. Dann kommt der Chorleiter dran oder irgendein anderer Sangesbruder. Und danach werde ich dem Mühlenbeck mal anständig auf seine sauberen Finger klopfen. Kommst du mit, Helmut?«

»Langsam«, bremste Toppe. »Was hast du eben von der Vergewaltigung gesagt, Walter?«

»Post aus Wiesbaden. Der eindeutige Beweis, daß Cornelia Marx die Wahrheit sagt. Wir können den Scheißkerl einbuchten. Die Chefin muß wirklich einen dicken Draht nach oben haben, sonst wäre das nicht plötzlich so ruck, zuck gegangen.«

»Übernimmst du das?« fragte Toppe. »Dürfte ja nicht allzu lange dauern.«

Heinrichs wechselte einen Blick mit Ackermann und nickte dann: »Geht klar.«

Astrid sah auf ihre Uhr. »Um zehn habe ich noch eine Vernehmung. Claras Vater kommt.«

»Was willst du denn mit dem?« fragte van Appeldorn übertrieben gedehnt, aber Astrid antwortete nicht, sah ihn nicht einmal an. Norbert war offensichtlich ziemlich geladen, und sie hatte keine Lust, den Punchingball zu spielen.

»Und was haben Sie vor, Ackermann?« Toppe war schon in seinen Mantel geschlüpft.

»Ooch, wir wollen da ma' wat antesten ...«

»Ähem, Herr Ackermann ...«

»Nee, nee, keine Sorge, Chef«, sprang Ackermann auf. »Walter is' ja dabei un' Klaus auch, un' dat war sowieso mehr Walters Idee.«

Werner Albers kam fünf Minuten zu früh. Er war abweisend und störrisch, genau wie die letzten beiden Male. Hauptsächlich deswegen entschied sich Astrid für die klassische Variante: Sie nahm ihn mit ins Vernehmungszimmer und schaltete das Tonband ein.

»Geht es Clara wieder besser?«

»Nein. Nach dem Rückfall gestern!«

Den Vorwurf konnte Astrid nicht überhören, aber sie wollte endlich weiterkommen.

»Warum sind Sie eigentlich so feindselig, Herr Albers? Ich erledige nur meine Arbeit. Können wir nicht einmal ganz sachlich und ruhig miteinander reden?«

Er fuhr sich mit der Hand über den Kopf und stöhnte erschöpft.

»Ich will Ihrer Tochter bestimmt nichts Böses. Ich will auch Ihren Ruf nicht schädigen, oder was immer Sie sich in den Kopf gesetzt haben.«

»Warum tun Sie es dann? Warum lassen Sie das Kind nicht einfach in Ruhe?«

»Das kann ich nicht, Herr Albers. Clara war mit Ralf Poorten zusammen, und zwar am Freitag, dem 9. Februar, abends gegen acht Uhr.«

»Blödsinn!«

Astrid verdrehte innerlich die Augen. »Also gut, fangen wir anders an: Wo war Clara am Abend des 9. Februar?«

»Da, wo sie jeden Freitag ist.«

Astrid wartete einfach.

»Im Franziskusheim, bei den alten Leuten«, meinte Albers schließlich.

»Von wann bis wann?«

»Von fünf bis acht, wie sonst auch.«

»Wie ist sie hin- und zurückgekommen? Fährt sie mit dem Fahrrad?«

»Im Winter?« Da war Entrüstung in seiner Stimme. »Ich soll das Kind im Dunkeln alleine fahren lassen? Nein, ich habe sie mit dem Auto gebracht.«

»Und um zwanzig Uhr haben Sie sie wieder abgeholt?«

»Nein, mein Sohn hat sie abgeholt. Ich war verhindert.«

»Richtig, Sie waren beim CDU-Ortsverband. Und Sie wissen genau, daß Ihr Sohn Clara abgeholt hat?«

»Natürlich, er hat es mir gesagt.«

»Wann und wo?«

Er verschränkte die Arme. Wie kam dieser harte Mensch zu einem Kind wie Clara?

»Als er zurückkam. Er kam zu Lambertz rüber und sagte: Das Kind ist zu Hause.«

»Um wieviel Uhr war das?«

»Weiß ich nicht, hab nicht drauf geachtet. Kann aber nicht spät gewesen sein, sonst wäre es mir aufgefallen.«

»Wo holen Sie Clara normalerweise ab. Gehen Sie ins Altenheim, oder wartet sie draußen?«

»Meistens drinnen, besonders wenn es kalt ist.«

»Kannten Sie Ralf Poorten?«

»Nein.«

»Wußten Sie, daß Clara ein Verhältnis mit ihm hatte?«

Albers stand auf, stützte die Hände auf die Tischkante und beugte sich drohend vor. »Meine Tochter hat mit keinem Kerl ein Verhältnis! Und wenn ich mir noch einmal so eine schmutzige Verleumdung anhören muß, dann zeige ich Sie an.«

Astrid blieb ganz ruhig. »Setzen Sie sich, bitte. Schmutzig? Was ist daran schmutzig? Clara ist ein hübsches siebzehnjähriges Mädchen, eine junge, normale Frau.«

Er ließ sich auf den Stuhl fallen und legte die Hand über die Augen. »Nein.«

»Wie gut ist Ihr Verhältnis zu Ihrer Tochter. Würde sie es Ihnen erzählen, wenn sie sich verliebt hat?«

Er sah auf einmal aus, als würde er gleich in Tränen ausbrechen. »Sie verstehen es wirklich nicht, nicht wahr? Clara liebt Gott.« Seine Stimme war jetzt fest. »Clara lebt in ihrer Liebe, durch ihre Liebe zu Gott. Clara ist kein normales Mädchen. All diese Dinge, die Sie ansprechen, sind ihr fremd. Für mich, für uns alle, ist Clara eine Heilige, und es wird nicht mehr lange dauern, dann wissen das alle Menschen.«

Um 10.58 Uhr fand Klaus van Gemmern die Fasern.

Reimann war heute ungewohnt lebhaft. Er bot sogar Kaffee an, ging im Zimmer hin und her und saß nicht wie sonst gelassen in seinem Sessel, und er duzte sie, zumindest in der Pluralform. »Ja, ich habe was für euch. Ich habe eine Weile rumgeknobelt, aber dann wollte ich es doch lieber ganz offen machen. Hab halt mit der Stationsärztin gesprochen, dann mit dem Chef. Ihr könnt also jetzt ruhig zu Haus 50 gehen und eure Fragen stellen. Ist kein Problem mehr.«

Toppe griente. »Aber Sie können uns auch erzählen, was los ist.«

Reimann griente zurück. »Okay. Alexander Wirtz hat ein schizoaffektives Syndrom.«

»Schon klar«, nickte van Appeldorn.

»Dabei mischen sich Symptome von Schizophrenie und manisch-depressiver Psychose«, fuhr Reimann fort.

»Genau«, bestätigte van Appeldorn. »Nö, ich mein, ist wirklich alles klar jetzt.«

Reimann lachte. »Ich hätte das sowieso in Klartext gebracht, aber ihr könntet euch doch wenigstens ein kleines bißchen beeindruckt zeigen. Die Anwälte, mit denen ich hier zu tun habe, die nicken wenigstens betroffen. Na gut, ich habe selbst mit dem Jungen geredet. Der hat einen massiven Gotteswahn, der Kerl. Wirkt auf den ersten

Blick völlig normal, aber wenn man dem ein bißchen Futter gibt, dann sieht er sie echt fliegen. Gott spricht zu ihm, Gott steht mitten im Zimmer, manchmal spricht Gott auch durch ihn, dann predigt er. Deswegen ist er auch eingewiesen worden. Stand morgens in der Schule plötzlich auf dem Fensterbrett und hat in den Hof runtergepredigt. Die Pauker haben recht fix reagiert und einen Arzt geholt. Ihr könnt übrigens selbst mit dem Jungen sprechen. Der Chef hat seine Zustimmung gegeben.«

»Wenn's nicht sein muß«, meinte Toppe unbehaglich.

»Geht trotzdem mal zur Station rüber. Man hat mir nämlich erzählt, daß Alexander Wirtz ein paarmal Besuch von einem Freund gehabt hat. Und der Name des Freundes war Ralf Poorten. Könnte das für euch nicht interessant sein? Fragt nach Jupp Müller, dem Pfleger. Der hat mit Poorten gesprochen. Für die behandelnden Ärzte war eure Information über diese Seminare übrigens nicht unwichtig. Insofern wäscht eine Hand die andere. Ich meine, klar lag bei dem Jungen eine Prädisposition vor ...«

Van Appeldorn stöhnte vernehmlich.

Reimann lachte wieder und setzte sich endlich hin. »Kein Mensch weiß, wie krank Alexander Wirtz vorher war. Es kann zumindest nicht auffällig gewesen sein, denn da ist nichts aktenkundig. Obwohl, bei den Familienverhältnissen, hätte es wahrscheinlich eh kein Mensch gemerkt. Wie auch immer, zumindest hat das Seminar in dieser ominösen Einrichtung einen schweren Schub bei dem Jungen ausgelöst.«

»Kann ich mal zusammenfassen?« fragte van Appeldorn. »Alexander Wirtz war sowieso schon bekloppt, aber wenn die den Firlefanz auf diesem ›ominösen‹ Seminar nicht veranstaltet hätten, dann hätte der Kerl noch wunderbar damit leben können?«

Toppe und Reimann schauten sich an und runzelten einvernehmlich die Stirn. Aber dann wurde Reimann ganz ernst. »Ich finde das wirklich sehr übel, was diese Leute da treiben. Und ich denke auch nicht daran, das so auf sich beruhen zu lassen.«

»Kein Handlungsbedarf«, antwortete van Appeldorn. »Die Staatsanwaltschaft hat sich schon eingeschaltet.«

Diesmal erwartete sie der Pfleger schon an der Stationstür und schloß sofort auf.

»Müller, guten Tag. Reimann hat mich gerade angerufen, daß Sie kommen.« Dann nahm er sie mit ins Pflegerzimmer. »Setzen Sie sich. Ist nicht gerade gemütlich hier, aber na ja. Was soll ich Ihnen denn erzählen? Der Freund vom Wirtz, dieser Poorten, war zweimal hier. Gleich zu Anfang, als Wirtz noch ganz schön in den Preisen hing. Beim zweiten Mal hat der Jung am Ende so richtig rumgehext, und das hat Poorten wohl fertiggemacht. Der stand hier auf dem Flur und hat geheult wie ein Schloßhund. Deshalb hab ich den auch mit in unser Zimmer genommen. Da hab ich dann schnell gemerkt, daß der vor Wut am heulen war. Hat immer wieder gebrüllt: Denen hänge ich was an, die mach ich fertig! Ich dachte zuerst, der meint uns.«

Toppe war bis auf die Stuhlkante vorgerutscht. »Aber das war nicht so. Wen meinte Poorten denn? Wen wollte er fertigmachen?«

»Das hab ich mir erst jetzt genau zusammengereimt, als der Reimann hier war. Poorten hat immer nur was von ›der Gemeinschaft‹ gefaselt und, daß die schuld ist, daß Alex bei uns sitzt. Aber solche Sachen nimmt unsereins hier ja nicht ernst.«

Toppe nickte. »Mehr hat Poorten nicht gesagt?«

»Doch, doch. Der Wirtz wäre nicht der einzige, und jetzt wäre das Maß voll, und seine Schwester kennt einen beim *Stern*, und mit einem von der *Bildzeitung* hätte er schon Kontakt.«

Van Appeldorn warf Toppe einen triumphierenden Blick zu.

Christian schwänzte den Unterricht. Heute hatte er es erst gar nicht probiert, zu Clara ins Zimmer zu kommen, sondern war gleich zu seinem Fensterplatz gegangen. Die Schwägerin hatte vergeblich versucht, Clara mit Butterbrotbröckchen zu füttern. Und er hatte heiße Backen gekriegt, als Clara ihn sah. Jetzt saß er hier im Schwesternzimmer und hampelte rum wie ein Erstklässler. Dabei war die Krankenschwester echt nett zu ihm, er hatte bloß überhaupt keine Übung im Einschleimen.

»Sie ist also deine Freundin, und die Eltern finden das nicht so gut, ja?«

Er nickte, so konnte man es auch sagen. »Sie wollen nicht mal, daß ich Clara besuche. Dabei möchte ich ihr doch so gern sagen, daß ich an sie denke und daß sie schnell wieder gesund werden soll.« Mann, hörte sich das bescheuert an!

»Kann ich gut verstehen«, lächelte die nette Schwester. »Soll ich Clara von dir grüßen, wenn es keiner hört?«

»Das wäre wahnsinnig lieb von Ihnen!« Gleich wurde ihm schlecht. »Und ich dachte auch ...«

»Nur raus damit!«

»Wenn ich Clara einen Brief schreiben würde, ob Sie ihn ihr geben könnten? Heimlich, meine ich.«

Sie schmunzelte. »Ich wüßte nicht, was mich daran hindern sollte.«

»Das darf aber keiner merken, sonst kriegt Clara echt Ärger.«

»Hab ich schon verstanden, kein Problem. Also, gib mir ruhig deinen Brief.«

Christian zog die Schultern zusammen. »Na ja, ich habe noch keinen geschrieben. Ich wußte doch nicht, daß Sie so verständnisvoll sind.« Das war jetzt bestimmt zu dick aufgetragen.

Aber sie wischte ihm kurz übers Haar. »Dann halt dich mal ran. Meine Kollegin von der Nachmittagsschicht ist nicht so romantisch wie ich.«

»Haben Sie denn morgen früh auch wieder Dienst?«

»Sicher, die ganze Woche bis zwei Uhr. Soll ich Clara schon mal von dir grüßen, wenn ich gleich ihr Bett mache? Heimlich, versteht sich«, zwinkerte sie verschwörerisch.

»Ja! Sagen Sie ihr, nein, ach, sagen Sie ihr nur herzliche Grüße von Christian.«

Toppe hatte sich unter einem Chorleiter immer jemanden Zierliches, Elegisches vorgestellt – warum, wußte er eigentlich nicht so genau – und er war verblüfft, als er den Hünen sah, der da in seinem Garten mit einer Kettensäge dicke Äste von den Bäumen schnitt.

Der Mann war überhaupt nicht begeistert, daß ihn die beiden Polizisten aus seiner Tätigkeit rissen. Äußerst widerwillig schaltete er den röhrenden Motor aus.

»Die Mühlenbecks!« Sein Gesicht sprach Bände, er schätzte das Paar nicht sehr. »Am 9. Februar? Ach, genau, das war *der* Abend. Da sind die beiden ganz früh von der Probe weg. Angeblich ging es ihr nicht so gut. Ich habe mich noch gefragt, warum sie dann überhaupt gekommen sind.«

Wieder durfte Toppe van Appeldorns Triumphgesicht über sich ergehen lassen. »Ganz früh weg«, sagte er. »Um wieviel Uhr war das genau?«

Der Riese zuckte mit den Schultern. »Gegen acht, würde ich sagen. Aber nageln Sie mich bloß nicht darauf fest.«

Astrid wollte es gar nicht glauben. Nach all dem zähen Murks hatte sie heute auf Anhieb einen Volltreffer gelandet. Frau Bauer, diese kleine, resolute Altenpflegerin, bestätigte nicht nur Feuerbachs Beobachtung, sie hatte auch noch eine ganze Menge mehr zu berichten. Zum ersten Mal in ihrem Leben war Astrid froh, daß es so geschwätzige Leute gab.

»Ich bin ja von Natur aus neugierig«, feixte Frau Bauer, und Astrid wußte gar nicht, wo sie hingucken sollte. Die Frau ließ sich auf dem Sofa, das in einer Nische der Halle stand, nieder – »sollen doch die anderen zwei mal ein bißchen rennen« – und klopfte auf den freien Platz neben sich. »Setzen Sie sich hin, dann erzähle ich Ihnen alles.«

Astrid hatte noch nicht mal ihren Block aufgeklappt, da sprudelte Frau Bauer schon los: »Die Clara, die kommt schon gut zwei Jahre zu uns, singt mit den Oldies, erzählt ihnen was, manchmal spielt sie auch Gitarre. Immer freitags. Ein herrlicher Mensch, wirklich. Nur eben schwer katholisch. Ihr Papa hat sie immer gebracht und abgeholt. Und dann letztes Jahr, das muß so im Spätsommer gewesen sein, da gucke ich eines Abends aus dem Fenster und sehe hier vor der Haustür einen Burschen mit seinem Motorrad stehen. Ich will gerade raus und fragen, was der hier zu suchen hat, da kommt Clara und sagt, sie würde den kennen – und tschüs. Dabei war es erst zwanzig vor acht. Die beiden haben dann draußen gestanden und gequatscht. Kurz bevor Papa kam, ist der Junge abgedüst. Da hab ich mir ja noch nichts gedacht. Aber die Woche drauf, da war Clara schon um halb acht so anders und gar nicht mehr bei der Sache. Man hat ja ein Auge für so was. Jedenfalls kannte ich sie so gar nicht. Und auf einmal stand dieser Bursche wieder draußen, und Clara ist dann auch nichts wie raus. Da haben die beiden dann schon weniger gequatscht, sondern mehr Händchen gehalten und sich tief in die Augen geguckt. Kennt man ja von sich selbst, ne?«

Astrid lachte über das komische Gesicht.

»Ich hab mir noch gesagt, schau an, die Clara, wer hätte das gedacht? Das ging dann noch ein-, zweimal so, jedenfalls ist sie dann eines Tages zu ihm auf die Maschine gestiegen und mit ihm weggefahren. Als Papa kam, da wurde es dann etwas ungemütlich hier. Ich persönlich hätte ja meinen Mund gehalten, aber meine Kollegin, die Sabine, das ist eine alte Quatschtüte.«

»Und was hat Albers dazu gesagt?«

»Ganz wenig. Der sah zwar aus wie Käse, Milch und Spucke, hat sich aber gehalten wie 'ne Eins.«

»Hört sich vielleicht blöd an«, meinte Astrid, »aber ich muß Sie das trotzdem fragen: Sind Sie ganz sicher, daß es sich bei dem Jungen um Ralf Poorten gehandelt hat?«

»Aber hundertpro! Feuerbach hat mir erst gestern wieder die Zeitungsfotos gezeigt. Aber Sie wollten doch wissen, was weiter gelaufen ist, oder? Da war erst mal tote Hose. Clara ist jeden Freitag hier gewesen, Papa hat sie abgeholt, und mehr war nicht. Ich bin ja bald aus den Pantinen gekippt, als dann auf einmal der Junge wieder vor der Türe stand.«

»Wann war das?«

Frau Bauer hatte alles minutiös im Kopf. »Zum ersten Mal vor vier Wochen. Dasselbe Spiel wie im letzten Jahr. Haben sich hier zusammen im Eingang rumgedrückt, nur daß es diesmal von Anfang an ein bißchen mehr zur Sache ging. Wir verstehen uns doch, ne? Ich muß zugeben, daß ich ein bißchen gelünkert hab.« Frau Bauer war obenauf. »Und dann am Freitag vor vierzehn Tagen, da steht der Junge wieder hier, und Clara geht raus. Irgendwann will der Mensch ja mal was Genaueres wissen. Auf alle Fälle, wenn das Fenster da vorne auf Kipp steht, das linke da, dann kriegen Sie ziemlich gut mit, was vor der Tür gesprochen wird. Geschmust wird, müßte ich in dem speziellen Fall sagen. Ich weiß es noch wie heute, du merktest förmlich, wie der Junge sich fast in die Hosen gepinkelt hat, bis er es raus hatte: Meine Eltern sind heute kegeln, und meine Schwester ist auch nicht da, kommst du mit zu mir? Und wie die Clara dann ›ja‹ gesagt hat, also, das treibt mir heute noch die Gänsehaut über den Rücken. Clara, das muß man sich mal vorstellen!«

Astrid stellte es sich vor und bekam einen trockenen Mund.

»Ich finde es ganz furchtbar, daß die Geschichte so ein Ende genommen hat. Der arme Kerl, und ich möchte nicht wissen, wie es der Clara jetzt geht!«

Astrid wußte es. »Ist Clara dann mit Poorten weggefahren?«

»So schnell, wie die auf dem Moped saß, konnte keiner gucken. Hatte wohl Angst vor der eigenen Courage.«

»Und wer wollte sie dann abholen?«

Frau Bauers Grinsen sah richtig gemein aus. »Das war ihr Bruder. Den hab ich sowieso gefressen, den Stiesel. Aber da war meine liebe Kollegin gottlob nicht hier, und ich hab dem bloß gesagt, Clara sei schon weg, und ich wüßte nicht, wer sie abgeholt hat. Der hat zwar blöd geguckt, ist aber weggefahren. Blieb ihm ja auch nichts anderes übrig.«

Es war genau 13.30 Uhr, als Klaus van Gemmern ins Büro kam und ihnen den Plastikbeutel mit dem leuchtendroten Faserbüschel auf den Tisch legte.

»Volltreffer!« Und tatsächlich lächelte er.

25

Sie schellten noch ein zweites Mal und warteten, aber im Haus rührte sich nichts. Dann hörten sie die Stimme. An dem großen Kolk stand der Mönch, Bruder Ignatius, und sprach mit den Enten. Er warf ihnen Brotrinden zu. Als er Toppe und van Appeldorn kommen sah, lächelte er breit. Auf Toppe hatte er schon beim letzten Mal einen reichlich verwirrten Eindruck gemacht, aber der Mann war wohl einfach nur sehr alt. Seine Kutte war es jedenfalls – sie verströmte einen jauchigen Geruch. Langsam kam er näher, er bewegte sich linkisch, achtete auf jeden Schritt.

»Wir wollen zu Mühlenbeck«, erklärte van Appeldorn.

Der Mönch sperrte den Mund auf, sagte aber nichts, vielleicht hörte er schlecht.

»Ach so«, antwortete er dann doch, legte die Stirn in Falten und versuchte, sich zu konzentrieren. »Der Hirte ist mit der Frau im Mutterhaus in Köln.«

Van Appeldorn wollte sich schon wieder zum Gehen wenden – der Alte war ohne Zweifel nicht ganz richtig im Kopf – aber Toppe hielt ihn zurück.

»Bei Ihnen im Haus ist vor einem Jahr ein Junge gestorben, nicht wahr?« fragte er.

Es dauerte wieder.

»Nein«, kam es dann deutlich zurück.

»Kennen Sie Alexander Wirtz?« beharrte Toppe.

»Jaa!« Der Mönch breitete die Arme aus und hüllte sie ein in eine Wolke seines Gestanks. »Ich kenne sie alle.«

»Alle wen?« fragte van Appeldorn verdutzt.

»Alle Kinder, die zu uns kommen. Der Alexander, ja, der war im letzten August bei uns, ein guter Junge.« Er schrabbte sich über die grauen Bartstoppel. »Sie sind nicht alle gut, wissen Sie?«

»Alexander Wirtz ist in einer psychiatrischen Anstalt«, versuchte es Toppe. »Er hat einen Gotteswahn.«

»Oh, oh«, jammerte der Alte.

»Den er sich bei euch hier eingefangen hat«, stichelte van Appeldorn, aber darauf reagierte der Mönch nicht.

Er jammerte, und jetzt sprudelten seine Worte nur so. »Der arme, arme Junge. Krank! Ich will gleich für ihn beten. Ich will den Hirten bitten – wir müssen eine Messe für ihn lesen, oh, und Clara natürlich. Clara kann helfen. Der gute Junge. Er ist ...« Ihm war etwas eingefallen. Er legte die Hand auf Toppes Schulter. »Er war ein Freund, ein Freund von dem toten Jungen.«

»Ja, das wissen wir«, antwortete Toppe, aber der Alte brabbelte weiter: »Sie haben sich ein Zimmer geteilt, und ich fühlte, wie ihre Freundschaft wuchs.«

»Was?« Van Appeldorn sah verwirrt aus.

»Wann haben Sie Ralf Poorten zuletzt gesehen?« fragte Toppe, aber der Mönch hatte seine Konzentration verloren, und es dauerte eine Weile, bis die Antwort kam. »Im vorigen Sommer, als das Ferienseminar war. Danach nicht mehr.«

»Das Seminar, an dem auch Alexander Wirtz teilgenommen hat?«

Bruder Ignatius nickte.

»Sagen Ihnen die Namen Kirsten Glade und Frank Toenders etwas? Sie kennen doch alle Kinder.«

»Frank und Kirsten.« Der Mönch sah auf seine Füße. »So etwas gibt es nicht unter unserem Dach.«

»Was meinen Sie damit? Was gibt es nicht unter Ihrem Dach?«

Der Alte lächelte.

»Kannten Sie Kirsten und Frank?«

»Wen?« Immer noch das weltabgewandte Lächeln.

»Kirsten Glade und Frank Toenders, kannten Sie die beiden?«

»Nein.«

»Wann kommen die Mühlenbecks zurück?« fuhr van Appeldorn dazwischen.

»Später.« Unvermittelt wandte der Mönch sich ab und

stakste zu seinen Enten zurück. Am Wasser drehte er sich noch einmal um und winkte.

»Die Adresse vom Mutterhaus«, wollte van Appeldorn ihm nachsetzen, aber Toppe hielt ihn auf. »Die steht in jedem dieser Pamphlete, die Astrid aus Poortens Zimmer mitgebracht hat.«

Er atmete tief durch. »Laß uns ein Stück gehen, ich brauche ein bißchen frische Luft. Ich hab gedacht, ich kotze dem gleich auf die Füße.«

Sie wanderten den Weg entlang, der zu dem kleineren Kolk führte.

»Glade und Toenders waren hier«, sagte van Appeldorn heftig. »Und irgendwas ist zwischen den beiden gelaufen.«

»Vermutlich«, bestätigte Toppe.

»Die haben miteinander gepennt!«

»Kann sein. Kann aber genauso gut was anderes gewesen sein. Diese Leute sind mir so fremd. Wer weiß, was die alles verdammen.«

Aber van Appeldorn hörte ihn gar nicht. »Jetzt ist auch klar, warum Poorten erst im August bei den Eltern von Karsten Bülow aufgetaucht ist.«

»Ja«, überlegte Toppe. »Das macht Sinn. Im Januar 95 stirbt Bülow an einem epileptischen Anfall, und Poorten ist dabei. Claudia Hamaekers Zuckerkoma war zwei Monate später. Vielleicht hat Poorten das ja auch mitgekriegt. Und die Geschichte mit Wirtz hat ihm dann offensichtlich den Rest gegeben.«

»Richtig, er wollte mit der ganzen Sache an die Öffentlichkeit. Und das hat er dem Mühlenbeck auch verklikkert. Verdammt gute Idee, das mit der Presse.«

»Eben, eine gute Idee«, meinte Toppe. »Erzähl mir nur eines: Wenn er das sowieso an die Presse geben wollte, warum sollte er es dem Mühlenbeck überhaupt noch vorher erzählen?«

»Rache«, schlug van Appeldorn vor. »Kann ich gut verstehen, daß er sehen wollte, wie der große Hirte zum winselnden Hündchen wird. Wer jault denn da?«

Auch Toppe blieb stehen und horchte. Es war das

Funkgerät in ihrem Wagen, das wie verrückt jodelte. Rasch liefen sie zum Auto zurück.

»Helmut? Na endlich!«

»Walter? Was machst du denn in der Zentrale? Brennt es?«

»Lichterloh, glaub mir. Ihr müßt sofort kommen! Hört zu: auf Albers' Hof ...«

Van Appeldorn beugte sich rüber. »Bitte wahren Sie Funkdisziplin.«

»Da pfeif ich drauf, du Affe! Auf Albers Hof liegt unten am Wasser ein Ruderboot, eins mit einem Motor. Van Gemmern hat sich das heute morgen zur Brust genommen. Am Rand hing ein Büschel Wolle, hellrot. Da ist jemand mit irgendwas hängengeblieben. Es sind Webpelzfasern, und sie stammen von ...«

»Ralf Poortens Weste«, vollendete Toppe.

»Ja, kapierst du? Mit dem Boot haben die ...«

»Ja, Walter, schon verstanden. Hat van Gemmern sich festgelegt, wie lange die Fasern schon da hängen?«

»Allerhöchstens drei Wochen, sagt er.«

»Wir sind in fünf Minuten da.«

Claras Eltern wollten offenbar wegfahren. Der Vater saß schon im Auto, und die Mutter stieg gerade ein, hielt aber inne, als Astrid auf den Hof kam.

»Kann ich Ihnen helfen?« fragte sie freundlich, aber ihr Gesicht blieb ausdruckslos. »Wir wollten gerade ins Krankenhaus fahren und unsere Schwiegertochter ablösen.«

Auf der Rückbank saßen zwei Kinder. Das Mädchen, vielleicht vier Jahre alt, lächelte Astrid verschmitzt an. Frau Albers folgte Astrids Blicken. »Das sind unsere Enkelkinder.«

Der Junge war älter, sicher schon zehn. Er mußte das Kind sein, das Clara damals »geheilt« hatte.

»Ich wollte eigentlich Ihren Sohn sprechen, Frau Albers. Ist der zu Hause?«

»Er wollte den Traktor reparieren. Wenn Sie da um die Scheune rumgehen, dann finden Sie ihn bestimmt.«

Albers Junior kam ihr schon entgegen. »Oh, die schöne Frau Kommissarin«, sagte er munter. »Ich würde Sie ja gern höflich begrüßen, aber leider ...« hielt er ihr seine ölverschmierten Hände hin.

Was ist denn mit dem los, dachte Astrid, voriges Mal hat er die Zähne nicht auseinander gekriegt, und jetzt spielt er den Charmeur? Wenn er lachte, sah er um Jahre jünger aus, und man konnte gut erkennen, daß er Claras Bruder war.

»Um was geht es denn heute?«

»Um den 9. Februar. Clara war an dem Tag im Franziskusheim.«

»Richtig, da ist sie jeden Freitag.«

»Das habe ich schon gehört. Wer hat Clara abends abgeholt?«

»Na, ich.« Es klang wie eine Frage, dann lachte er auf. »Jetzt verstehe ich, worauf Sie hinauswollen! Da war was Komisches an dem Abend. Mein Vater hatte Sitzung, also bin ich gefahren. Und als ich im Altenheim ankomme – wissen Sie, die haben da so eine leicht überdrehte Schwester, und die sagt mir doch glatt, Clara sei schon abgeholt worden. Ich muß ziemlich dämlich geguckt haben. Jedenfalls bin ich wieder ins Auto gestiegen und die Straße runtergefahren, und dann habe ich sie auch gefunden. Sie saß auf der Bank an der Schule und war sehr müde.«

»Müde?«

»Zuweilen strengt sie das alles ziemlich an: morgens die Schule und nachmittags ihre soziale Arbeit. Da wandert sie dann manchmal abends draußen rum, um sich zu besinnen. Und ab und zu verläßt sie auch das Altenheim früher, wenn sie noch ein bißchen frische Luft schnappen will. Und da kann es auch schon mal passieren, daß sie die Zeit vergißt.«

»Und an dem Abend hat sie die Zeit vergessen?«

»Genau, aber das war nicht weiter schlimm. Ich kenne ja meine Schwester. Weit konnte sie nicht sein. Ich habe sie dann schnell nach Hause gebracht und dafür gesorgt, daß sie ins Bett kam. Vielleicht hat sie ja da schon den Virus ausgebrütet.«

»Und dann sind Sie in die Kneipe gegangen.«

»Ja, aber das habe ich Ihnen ja schon voriges Mal erzählt.«

Astrid hörte hinter sich ein Auto auf den Hof fahren. Den Motor kannte sie doch. Als sie sich umdrehte, waren Toppe und Heinrichs schon ausgestiegen.

»Was macht ihr denn hier?«

»Dasselbe könnte ich dich fragen«, meinte Toppe, und sie sah an seinem Gesicht, daß es ernst war.

»Kripo«, wandte er sich knapp an Albers. »Besitzen Sie ein Boot?«

Der lachte. »Wieso, wollen Sie angeln?«

Toppe verzog keine Miene.

»Ich verstehe zwar nicht, was das jetzt wieder soll, aber ja, wir haben ein Boot.«

»Würden Sie uns das bitte zeigen?«

»Wenn's sein muß«, fügte sich Albers und nahm sie mit zum hinteren Hoftor. »Da liegt das gute Stück.«

Heinrichs nickte Toppe zu. »Dann müssen wir uns jetzt mal etwas ausführlicher mit Ihnen unterhalten. Können wir ins Haus gehen?«

Albers führte sie in die Küche. Astrid hielt Toppe am Ärmel fest. »Was ist denn los?«

»Wart's ab.«

Heinrichs legte Albers den Plastikbeutel hin und rasselte die Fakten runter. »Wir müssen folglich davon ausgehen, daß Ralf Poortens Leiche in Ihrem Boot transportiert worden ist.«

»Und? Was habe ich damit zu tun?«

Heinrichs lachte über soviel Unverfrorenheit. »Auf diese Frage hätten wir eigentlich gern von Ihnen eine Antwort.«

»Dann ist das jetzt bestimmt eine große Enttäuschung für Sie. Unser Boot liegt das ganze Jahr über unten am Wasser, und es ist in keiner Weise gesichert. Ich weiß, das sieht die Polizei nicht gerne, aber es ist ja unser Risiko. Da kann eigentlich jeder ran.«

»Ach kommen Sie«, meinte Heinrichs, »das hätten Sie doch gemerkt!«

»Wieso sollten wir das gemerkt haben? Wir haben das Boot seit Monaten nicht benutzt.«

»Können wir mit Ihrem Vater sprechen?«

Albers schüttelte den Kopf. »Der ist nicht da.«

»Er ist zum Krankenhaus gefahren«, erklärte Astrid.

»So«, sagte Toppe, »dann möchte ich von Ihnen gern wissen, was Sie am 9. Februar zwischen 19 und 24 Uhr gemacht haben.«

»Schon wieder?« blaffte Albers. »Warum fragen Sie nicht Ihre hübsche Kollegin hier. Mit der habe ich schon zweimal alles durchgekaut.«

Toppe war blaß vor Anspannung, und Astrid wußte nicht, was sie sagen sollte.

»Ich habe mein Auto auf dem Marktplatz geparkt«, meinte sie schließlich. »Treffen wir uns im Präsidium?«

»Ich fahre noch zum Krankenhaus«, sagte er und sah an ihr vorbei.

»Helmut, ich habe auch ein paar wichtige Dinge. Wir müssen uns erst mal zusammensetzen.«

Heinrichs war schon eingestiegen, steckte jetzt aber neugierig den Kopf aus dem Fenster. »Hast du tatsächlich noch was Besseres als wir?«

Aber Toppe ließ Astrid nicht zu Wort kommen. »Im Krankenhaus kann das auch höchstens ein paar Minuten dauern, fürchte ich. Also, in spätestens einer Stunde im Büro. Hoffentlich sind Norbert und Ackermann noch da.«

»Ackermann bestimmt«, meinte Heinrichs. »Der hat Rotz und Wasser geheult, daß er nicht mitkommen durfte. Aber Norbert ist weggefahren. Wenn ich ihn richtig verstanden habe, wollte er nach Köln.«

Christian hatte sogar vier Bibelstellen gefunden. Ob er da jetzt einen Brief draus machen sollte? *Liebe Clara, ich habe viel nachgedacht* ... Sein Blick fiel auf eine Broschüre von der Gemeinschaft. *Nur Jesus kann uns mit Zärtlichkeit und Liebe erfüllen.* Wenn das tatsächlich so wäre! Ihm war scheußlich kalt. Irgendwo hatte er doch noch diesen dikken Pullover, den Mama ihm gestrickt hatte. Er durchwühlte seine Kommode, fand den Pulli ganz unten hinter den Jeans und zog ihn über. Dann drehte er die Heizung voll auf und setzte sich wieder an den Schreibtisch. Nein, kein Brief, nur der Text. Er schrieb in Blockbuchstaben: *Wer schuldig ist am Blut eines Menschen, der wird flüchtig sein bis zum Grab, und niemand helfe ihm. Sprüche 28,17.* Dann faltete er das Blatt ordentlich und steckte es in den Umschlag.

In der Halle duftete es nach Kräutern und feinem Essig. Seine Mutter stand in der Küche und putzte Champignons.

»Mmh, riecht das köstlich!«

»Ich lege Pilze ein für unser Essen am Samstag.« Sie sah ihn liebevoll an. »Du bist doch dabei, oder?«

»Logo! Ich fahre noch mal schnell nach Opa Czesnik sehen.«

»Wie geht es ihm denn?«

»Er kriegt Morphium, und Schwester Angelika sagt, dann dauert es höchstens noch ein paar Tage. Bis gleich!«

»Christian«, hielt sie ihn zurück. »Fährst du gar nicht mehr zum Jugendkreis?«

»Im Moment nicht.«

Sie saßen schon seit über einer Stunde im Büro, aber van Appeldorn war noch nicht aufgetaucht. Ihre Stimmung rutschte immer weiter in den Minusbereich, selbst Akkermann muffelte vor sich hin: »So simpel is' dat: Die sagen einfach, hab ich nix mit zu tun, un' wir stehen dumm zu kucken.«

Der alte Albers hatte Toppe die gleiche Auskunft gegeben wie sein Sohn, fast im selben Wortlaut, nur wesentlich ruppiger: »Was wollen Sie von mir? An das Boot kann jeder ran.«

Heinrichs schnorrte bei Astrid schon die dritte Zigarette. »Es gibt immer Beweise. Wir müssen sie nur finden.«

»Hört, hört«, meinte Toppe ärgerlich. »Ich werde jeden von der Familie einzeln herbestellen, und jeder darf mir minutiös aufschreiben, was er am 9. Februar gemacht hat.

Und dann werden wir das ebenso minutiös nachprüfen.«

Die Begeisterung der anderen hielt sich in Grenzen.

»Ej, kuckt doch ma'!« Ackermann breitete seinen zerknautschten ›Plan der Gemeinde Grieth‹ aus. »Hier is' Albers' Hof, un' gegenüber stehen bloß drei Häuser: Schmitz, die Lehrerin un' Klinger.«

»Und Frau Günther war übers Wochenende verreist«, sagte Astrid.

»Schmitz und Klinger waren mit Albers in der Kneipe«, meinte Heinrichs. »Die geben sich quasi gegenseitig ein Alibi.«

»Ja, dat dacht ich grad«, bestätigte Ackermann. »Hier könnt et passiert sein, in die Straße. Dat hätt vielleicht keiner gehört.«

»So ein Quatsch!« schüttelte Toppe den Kopf. »Was ist mit Frau Klinger? Was ist mit Frau Albers und der Schwiegertochter? Was ist mit Clara?«

Aber Ackermann ließ sich nicht einschüchtern. »Frau Klinger is' um neun Uhr in 't Bett gegangen, un' die schläft hinten raus. Un' wir wissen doch ga' nich', ob die Albersfrauen überhaupt zu Hause waren.«

»Clara war angeblich zu Hause«, erinnerte Astrid ihn.»Sie lag im Bett, hat ihr Bruder gesagt, und was seitdem mit ihr ist ...«

»Wetten, dat dat all gelogen is'?« regte sich Ackermann auf. »Wetten, dat Clara bei Poorten war auf 'n Schäferstundken? Un' wetten, dat Albers den Jung abgepaßt un' ihn verbimst hat?«

Sie schwiegen eine ganze Weile.

»Lambertz«, sagte Toppe plötzlich so laut, daß Astrid zusammenzuckte. »Der Wirt. Bei dem haben alle zusammengehockt. Den sollten wir dazu bringen, sich mal ein bißchen genauer zu erinnern. Der nimmt mir die Sache ein wenig zu lax.«

Die Tür ging auf.

»Komisch, ich hatte es irgendwie im Urin, daß ihr noch alle hier seid.« Van Appeldorn wischte sich durchs Gesicht. Die Haare klebten ihm am Kopf.

»Regnet et etwa schon wieder?« fragte Ackermann.

Van Appeldorn sah ihn lange an. »Wie kommst du bloß drauf?«

Auch er war nicht gerade in Hochstimmung. Im Kölner Mutterhaus der ›Gemeinschaft‹ hatte man ihm kühl mitgeteilt, Bruder Mühlenbeck sei bereits vor einer ganzen Weile nach Hause gefahren. Auch im Haus Barbara hatte van Appeldorn niemanden angetroffen. Es war alles dunkel gewesen, und auf sein Klingeln hatte niemand reagiert. »Wenn die morgen nicht wieder auftauchen, laß ich die zur Fahndung ausschreiben.«

»Zieh besser deinen Mantel aus, und setz dich hin«, riet Toppe. »Es kann etwas länger dauern.«

Als Christian auf den Hof fuhr, stiegen Astrid und sein Vater gerade aus dem Auto.

»'n Abend. Ihr seid aber spät dran heute.«

Astrid rieb sich die Schläfen. »Mir reicht es auch gründlich.«

Christian schloß die Haustür auf. »Habt ihr denn was Neues?«

»Das kann man wohl sagen! Ralfs Leiche ist in Albers' Boot transportiert worden.«

Christian blieb wie angewurzelt stehen und machte große Augen. »In Albers' Boot?!« Dann drehte er sich um und lief die Treppe hinauf.

Astrid sah ihm verdutzt hinterher. Sie hätte schwören können, daß seine Stimme erleichtert geklungen hatte.

Christian schloß die Zimmertür, holte den Umschlag unterm Kopfkissen hervor und riß ihn auf. »Ein guter Plan«, hatte Opa Czesnik gesagt. »Viel Glück, mein Junge, und mach mir keine Schande.«

Den zweiten Satz kriegte er nicht mehr aufs Blatt, das sah gequetscht aus. Also nahm er einen neuen Bogen, schrieb den Spruch noch einmal ab, ließ eine Lücke und setzte dann hinzu: *Jesus antwortete und sprach zu ihnen: Ich sage euch: Wenn diese schweigen, so werden die Steine schreien. Lukas 19,40.*

Heinrichs erklärte sich bereit, die Mitglieder der Familie Albers einzeln und in Ruhe zu vernehmen. Er hatte bisher am wenigsten mit den Leuten zu tun gehabt, und er war sowieso schon immer der geduldigste von ihnen gewesen.

»Kann ich dabei sein? Ich hab mir da vor'ge Nacht so 'n paar kleine Tricks ausgedacht«, bettelte Ackermann.

»Von mir aus gern«, antwortete Heinrichs. »Ich weiß nicht, was Helmut vorhat.«

Toppe war bei den »kleinen Tricks« merklich zusammengezuckt, aber was sollte schon noch schiefgehen? Mit van Appeldorn hatte er sich heute morgen schon gestritten.

»Norbert, ich weiß ja, daß die Mühlenbecks Dreck am Stecken haben, aber ich glaube einfach nicht, daß sie für Ralf Poortens Tod verantwortlich sind.«

»Seit wann ist das eine Glaubensfrage? Sie waren zum richtigen Zeitpunkt in Grieth, sie hatten ein Motiv.«

»Was ist dann mit dem Boot?«

»Hast du nicht selbst gesagt, daß da jeder ran kann?«

Darauf hatte Toppe nichts mehr gesagt. Wenn van Appeldorn diesen Ton drauf hatte, konnte man ihn sowieso nicht bremsen. Auf jeden Fall war mit ihm heute im Präsidium nicht mehr zu rechnen.

Lambertz' Kneipe war noch geschlossen, aber durch den kleinen Laden kamen sie in den Schankraum. Lambertz stand hinter dem Tresen und spülte Gläser. Er sah nur kurz hoch. »Sie schon wieder!« Hinter ihm wischte eine Frau das Flaschenregal aus.

»Ja, ich schon wieder«, sagte Toppe. »Und dies hier ist meine Kollegin Frau Steendijk.«

»Morgen«, brummte Lambertz. Astrid fand ihn abstoßend mit seinen wulstigen Lippen, den kleinen, fettverquollenen Augen und dem dünnen, semmelblonden Haar.

Die Frau hatte den Wischlappen aus der Hand gelegt und sich umgedreht.

»Meine Frau«, meinte Lambertz mit einer abfälligen

Kopfbewegung. Eine zierliche Asiatin, bestimmt fünfzehn Jahre jünger als Lambertz.

Sie lächelte grüßend, tauchte den Lappen in die Laugenschüssel, wrang ihn aus und nahm sich das nächste Bord vor.

Toppe trat dicht an die Theke heran. »Es geht noch einmal um den Abend des 9. Februar.«

»Hab ich alles zu gesagt, was ich weiß.«

»Dann müssen Sie es leider noch mal wiederholen.«

Lambertz tunkte weiter Gläser ins Becken.

»Albers, Schmitz und Klinger waren hier. Wann sind sie gekommen?«

»Gegen halb acht.«

»Saßen die allein am Tisch?«

»Ja, hab ich doch schon gesagt. An dem Stammtisch neben der Tür. Bloß die drei.«

»Aber Sie sagten mir doch, Albers Junior wäre dazugekommen.«

»Korrekt.«

»Um wieviel Uhr?«

»Weiß ich nicht genau. Halb neun, kann auch schon Viertel vor gewesen sein.« Der Wirt griff nach einem karierten Tuch und trocknete sich die Hände ab. »Passen Sie auf, ich seh nicht ein, daß ich den ganzen Quark noch mal erzählen soll. Da kommt man sich ja blöd vor!«

»Das tut mir leid«, meinte Toppe ungerührt. »Wann haben die vier Männer das Lokal verlassen?«

»Weiß ich nicht. Freitags ist hier der Teufel los. Da hab ich keine Zeit, auf die Uhr zu gucken.«

Astrid beobachtete, wie Frau Lambertz einen steifen Rücken bekam.

»Haben die Männer den ganzen Abend an dem Tisch gesessen, oder ist zwischendurch mal einer rausgegangen? Einer oder mehrere?«

»Keine Ahnung. Ist mir nicht aufgefallen.«

Frau Lambertz drehte sich um und sah ihren Mann an.

»Geh das Leergut zusammenräumen«, sagte der und tatschte ihr auf den Hintern.

Sie gehorchte.

Astrid hob die Klappe in der Theke hoch. »Warten Sie, Frau Lambertz, ich komme mit.«

Die Frau eilte einen dunklen Gang entlang und blieb erst in dem engen Innenhof stehen, wo sich Flaschenkästen stapelten und Kartons.

»Ja?« starrte sie Astrid an.

»Wollen Sie mir den 9. Februar aus Ihrer Sicht schildern?«

»9. Februar? Ich kann nicht. Mein Deutsch nicht so gut.« Sie sprach langsam, aber sehr deutlich.

»Frau Lambertz, wir wissen, daß Ihr Mann etwas ... ›vergessen‹ hat.«

»Sie wissen?«

»Ja«, nickte Astrid, ohne den Blickkontakt abzubrechen.

»Ich weiß nicht.«

»War am 9. Februar wirklich der Teufel los in der Kneipe?«

»Was ist ›Teufel los‹?«

»Waren viele Leute da?«

»Wir immer viel Leut.«

»Erinnern Sie sich an den Abend, Frau Lambertz? Saßen Schmitz, Klinger und die beiden Albers den ganzen Abend am Tisch?«

»Schmitz jede Tag, die andere viel.«

Astrid wollte eigentlich schon aufgeben, aber einen letzten Versuch startete sie noch: »Am 9. Februar ist hier in Grieth ...«

»9. Februar«, unterbrach sie die Frau. »Ich nicht weiß, wann war das.«

Astrid ließ sie einfach stehen und ging in die Kneipe zurück.

»Waren die Männer betrunken?« fragte Toppe gerade.

»Nicht sehr«, antwortete Lambertz.

»Was soll das, bitte schön, heißen?«

Lambertz lachte. »Was weiß denn ich, was Sie unter ›betrunken‹ verstehen? Die hatten jeder so ihre acht Biere und ein paar Korn.«

»Interessant, daran erinnern Sie sich genau. Aber Sie

wissen nicht, ob die Männer die Kneipe zwischendurch verlassen haben oder wann sie nach Hause gegangen sind.«

Lambertz zuckte die Achseln. »Ich bin Wirt, kein Polizist.«

»Na gut, dann wollen wir mal. Astrid, hast du mal einen Stift da?«

Astrid tauchte unter der Thekenklappe hindurch und fischte einen Kuli aus ihrer Handtasche.

»Was wollen wir mal?« fragte Lambertz mißtrauisch.

»Eine Liste machen. Eine Liste von all den anderen Gästen, die am 9. Februar in Ihrer Kneipe waren. Vielleicht hat ja einer von denen eine schärfere Beobachtungsgabe als Sie.«

»Das kann ich nicht.«

»Was können Sie nicht?«

»Eine Liste machen. Ich weiß doch heute nicht mehr, wer an dem Abend alles hier war!«

»Aber daß Klinger, Schmitz und Albers hier waren, das wußten Sie doch auch.«

»Doch nur, weil Sie mir gesagt haben, daß an dem Tag Verbandssitzung war, und weil die hinterher immer kommen!«

»Sie müssen doch Stammgäste haben«, mischte sich Astrid ein.

»Nö«, griente Lambertz sie an. »Oder anders, das halbe Dorf ist Stammgast. Aber daß einer an einem festen Wochentag regelmäßig käme, das könnte ich nicht sagen.«

»Vielleicht erinnert sich Ihre Frau etwas besser als Sie.«

»Vergiß es«, murmelte Astrid.

Lambertz grinste.

26

Für Astrid waren die nächsten Tage die schlimmsten in ihrer gesamten Dienstzeit. Die anderen hatten schon öfter Durststrecken erlebt und nahmen es mit mehr Gleichmut hin, ein wenig mehr Gleichmut.

Die Vernehmungen verliefen zäh und unergiebig, und schon am ersten Tag hatte Ackermann all seine Tricks verspielt.

Frau Albers weinte die ganze Zeit vor Erschöpfung; sie hatte seit mehr als zwei Wochen aus Sorge um ihre jüngste Tochter kaum geschlafen. Am 9. Februar hatte sie um 19 Uhr in der Frauenhilfe einen Diavortrag gehalten über das kleine afrikanische Dorf, an das der Erlös vom Weihnachtsbazar gegangen war. Als sie danach nach Hause kam, mußte sie sich um Clara kümmern, die mit Fieber im Bett lag.

Astrid fand sich in Grieth wieder, bekam prompt alle Angaben bestätigt und unaufgefordert noch einen Lobgesang auf die christliche und selbstlose Familie Albers, die das Vorbild und die Seele der Kirchengemeinde war.

Die Schwiegertochter hatte sich am 9. Februar den ganzen Tag schon nicht wohlgefühlt und war, gleich nachdem sie ihre Kinder ins Bett gebracht hatte, selbst schlafen gegangen. Dasselbe hatte auch schon ihre Schwiegermutter erzählt.

Für Donnerstag bestellte Heinrichs auch Klinger und Schmitz, die ihren Berichten nichts hinzuzufügen hatten. Auch Ackermann fiel auf, daß sich die Aussagen der vier Männer im Wortlaut immer ähnlicher wurden.

Obwohl Haus Barbara nach wie vor verwaist war, erlebte van Appeldorn am Dienstag ein kleines Zwischenhoch. Er hatte endlich Kirsten Glade ausfindig gemacht, ein fünfzehnjähriges Mädchen aus Wachtendonk. Aber als er dann mit ihr und ihren Eltern sprach, erfuhr er lediglich, daß sie im Juli im Haus Barbara an Exerzitien teilgenommen hatte, eine der Veranstaltungen, bei der in Mühlenbecks Unterlagen die Teilnehmerliste fehlte. Angeblich war nichts Ungewöhnliches vorgefallen. Van Appeldorn wußte, daß sie log, aber auch sein zähes Drängen brachte sie nicht zum Reden. Von Frank Toenders wollte sie in ihrem Leben nie etwas gehört haben.

Am Mittwoch war endlich die Fahndung erfolgreich. Mühlenbecks hatten sich in die Obhut des Mutterhauses begeben, und die ›Gemeinschaft‹ hatte inzwischen eine bundesweit prominente Anwaltskanzlei mit der Vertretung von Mühlenbecks Interessen betraut. Auch van Appeldorn hatte vorläufig das Ende einer Sackgasse erreicht.

Toppe kochte allabendlich gegen seinen Frust an. Er hatte sich ein zweites italienisches Kochbuch gekauft und noch mehr köstliche Vorspeisen entdeckt. Als Gabi am Donnerstag abend den Kühlschrank und die Vorratskammer inspizierte, entschied sie, die Pasta, die sie als Hauptgericht geplant hatten, zu streichen, und machte statt dessen ein zweites Tiramisu.

Astrid hatte ihre längst vergessene Liebe zum Joggen wiederentdeckt.

Jeder ging jedem aus dem Weg.

Schon seit Stunden atmete Opa Czesnik nur noch unregelmäßig, mit langen Pausen, und er war offenbar nicht bei Bewußtsein. Trotzdem hielt Christian seine Hand und streichelte ihm hin und wieder über den Kopf.

Er schrak zusammen, als der alte Mann die Augen aufschlug. »Hast du es geschafft, Junge?« Seine Stimme war heiser, aber gut zu verstehen.

»Noch nicht«, beugte Christian sich über ihn. »Aber heute, als ich am Fenster stand, da hat sie so getan, als müßte sie auf die Toilette, und als sie am Fenster vorbeikam, hat sie die Hand an die Scheibe gelegt und genickt. Ihre Augen haben ein bißchen gelächelt.«

»Das ist sehr gut«, flüsterte Opa Czesnik.

»Und für morgen habe ich einen neuen Spruch aufgeschrieben«, redete Christian weiter. »Wer den Schuldigen gerecht spricht und den Gerechten schuldig, die sind beide dem Herrn ein Greuel.«

Er wartete, aber der alte Mann sagte nichts mehr. Der nächste Atemzug blieb aus.

Christian weinte.

Am Freitag rief Toppe mittags das Team zusammen.

»Wir sehen alle aus wie die Vogelscheuchen«, begann er, und nicht mal Ackermann lachte.

»Am Montag fängt die neue Chefin an, und da sollten wir doch ein etwas frischeres Bild abgeben. Deshalb schicke ich uns jetzt alle ins Wochenende. Dies ist nicht der erste Fall, bei dem wir uns totgelaufen haben. Also sehen wir zu, daß wir die Köpfe leer kriegen und dann am Montag noch mal ganz von vorn anfangen. Und wenn ihr morgen abend bei uns auf der Einweihung erscheint, dann will ich entspannte Gesichter sehen.«

Astrid kümmerte sich nicht um die anderen und umarmte ihn. Er streichelte ihren Rücken. »Und wir beide gehen jetzt den Wein für morgen einkaufen. Wein und Schnaps.«

»Ach ja, Chef«, meinte Ackermann. »Ich wollt mich noch ma' bedanken, auch im Namen von meine Frau, dat Sie uns auch eingeladen haben.«

Die Halle war prächtig. Wie hatten die beiden Frauen das bloß gezaubert?

Die langen Biertische sahen aus wie eine Prunktafel in einem Nobelhotel, dabei hatten sie statt Damast nur weiße Bettlaken decken können, aber die hatten sie gestärkt und geplättet. Bänke waren ihnen zu popelig und zu unbequem gewesen, also war Astrid losgefahren und hatte bei allen Bekannten Stühle organisiert, je älter, desto besser. Auch das weiße Porzellan, die Gläser und das Besteck waren aus mehreren Haushalten zusammengesucht, und sie hatten alles auf Hochglanz poliert. Gabis Blumendekoration und die Servietten paßten farblich perfekt zu den Kacheln, die vielen Kerzen und vor allem Astrids Kronleuchter waren das Tüpfelchen auf dem i.

»Hee«, kam Astrid aus ihrem Zimmer. »Es ist Viertel vor, und du bist noch nicht umgezogen.«

»Umgezogen?« Toppe betrachtete ihr sehr enges, sehr kurzes, sehr schwarzes Kleid und merkte, wie sein Puls schneller wurde.

»Das ist ein Festessen, Süßer«, küßte sie ihn. »Du willst doch nicht in diesem buffigen Pullover bleiben.«

Er schnupperte. »Du hast ein neues Parfum.«

Sie boxte ihm gegen die Brust. »Schande auf dein

Haupt! Das habe ich schon seit drei Tagen.«

Ackermanns waren die ersten, und beim Anblick der Festtafel verstummte selbst Jupp Ackermann. Seine Frau hingegen brach in lautstarke Begeisterung aus. Sie trug ein hautnahes Etwas aus weißer Spitze, mit hellrotem Taft unterlegt. Astrid schnappte kurz nach Luft, eine gewagte Wahl bei einer Körpergröße von 1,82 m und mindestens neunzig Kilo Gewicht.

Alle waren blendender Laune. Sogar van Appeldorn erzählte witzige Geschichten von der Pampersmannschaft seines Fußballclubs, und seine Frau strahlte ihn verstohlen an.

Bonhoeffer lobte jedes einzelne Gericht und machte sich einen Spaß daraus, alle Zutaten herauszuschmecken.

Gabi hatte zu Anfang kurz geschmollt. »Christian hat versprochen, daß er dabei ist.«

Aber Toppe hatte sie schnell auf den Mund geküßt. »Wart's ab, der kommt noch.«

Um halb zehn öffnete Toppe den Kühlschrank und überprüfte besorgt den Weißweinvorrat.

»Da ist noch eine Kiste in der Kammer«, sagte Astrid, die ihm nachgekommen war und sich von hinten an ihn schmiegte.

Er drehte sich um und umfaßte sie. »Dann ist es ja gut. Ich hab schon gedacht, es würde eng.«

Sie schob ihren Schenkel zwischen seine Beine und sah ihm herausfordernd in die Augen. Er hielt ihren Blick fest, zog langsam ihr Kleid hoch und legte ihr die Hand auf den Po. »Ich hasse Strumpfhosen.«

»Wo bleibt der Wein?« rief Gabi von der Tür her und schüttelte dann kichernd den Kopf. »Also wirklich! In der Küche!«

Toppe gab Astrid frei. »Stellst du noch ein paar Flaschen kalt? Ich trage die zwei hier schon mal rein. Es hat geklingelt!« rief er, aber Gabi war schon gelaufen.

Es war Christian. Er sah an seiner Mutter vorbei zu Toppe hin. »Papa?« Seine Augen brannten.

Toppe stellte die Flaschen auf den Tisch. »Was ist passiert?«

Die Gespräche verstummten.

Christian blieb an der Tür. »Hast du mal zwölf Mark für das Taxi? Und kannst du mir helfen?«

Toppe schob sich an den Stühlen vorbei und folgte seinem Sohn nach draußen.

Alle sahen sich an.

»Kommt, Kinder«, rief Heinrichs. »Bloß keine Aufregung. Vielleicht hat der Junge nur einen über den Durst getrunken.«

Aber da öffnete sich die Haustür schon wieder, und Astrid hielt die Luft an. Ihr lief ein Schauer über den Rücken.

Christian und Toppe kamen langsam herein. In der Mitte, vorsichtig gestützt, Clara.

Sie war schwach, ging sehr vorsichtig, aber ihr Blick, der über die Anwesenden glitt, war klar und fest.

Van Appeldorn, der am Ende des Tisches saß, stand leise auf und schob seinen Stuhl vor.

Clara setzte sich und legte die Hände im Schoß zusammen. Christian trat sofort hinter sie und hielt sie bei den Schultern.

»Du hast sie einfach aus dem Krankenhaus geholt?« fragte Toppe fassungslos.

»Durch das Fenster«, nickte Christian. »Als ihr Bruder draußen rauchen war.«

Astrid kam langsam näher und ging dann neben Clara in die Hocke.

»Geht es dir gut, Clara?« fragte sie leise.

»Ich weiß es nicht«, flüsterte sie.

Christian drückte seine Hände fest auf ihre Schultern. »Sie hat alles gesehen. Wie ihr Vater und ihr Bruder und die beiden Nachbarn, wie sie Ralf ... sie ist fast gestorben, Papa ... und das mit dem Boot ...«

»Mein Bruder hat das Motorrad in der Scheune versteckt.« Clara schaute auf den Tisch. »Ich habe Hunger.«

Leenders/Bay/Leenders

Königsschießen

Der erste Fall des Klever K 1
ISBN 3-89425-029-1
Nominiert zum »Glauser 1992«
8. Auflage

»Das feucht-fröhliche Schützenfest in einem Dorf am Niederrhein endet jäh mit dem Mord am allseits beliebten Bäcker ... Wie lassen sich menschliche Schwächen und Eifersüchteleien besser darstellen und vorführen als in einem Krimi in der Provinz? Exakt nach diesem Motto verfährt *Königsschießen...*«
(Wiesbadener Kurier)

»Das Buch kann man sogar als eine Art Liebeserklärung an die niederrheinische Grenzlandschaft und die hier lebenden Menschen verstehen. ... Mit viel Liebe zum Detail ist das Buch verfaßt. Einfach köstlich beispielsweise die Schilderung, wie es auf dem Schützenfest in Keeken rundgeht. ... Die Geschichte ist ganz im Stil klassischer englischer Kriminalromane aufgebaut, obwohl es selbstverständlich ein echter Niederrheinkrimi ist. ... Unbedingt lesen!«
(NRZ, Zeitung an Rhein und Issel)

»Offensichtlich fordern die drei Autoren einander hart, denn es gibt in diesem Buch keinen Durchhänger, keine psychologische oder kriminalistische Unstimmigkeit, wohl aber einen lebensecht arroganten Chef, einen pfanneschwingenden Racheengel und manch andere holzschnitthaft klare Figur.«
(Sächsische Zeitung)

»*Königsschießen* ist jedenfalls ein amüsanter Roman ...«
(WDR)

Leenders/Bay/Leenders

Belsazars Ende

Der zweite Fall des Klever K 1

ISBN 3-89425-037-2 6. Auflage

Das tote Genie liebte schöne Lolitas, die Honoratioren der Stadt lieben große Feste, und Astrid Steendijk liebt es spontan und intensiv.

»Die drei Autoren haben einen spannenden und heute fast schon selten guten Kriminalroman abgeliefert, ... Das Lesen wird zum spannenden Vergnügen, und so soll es bei einem guten Krimi ja sein. Ein sehr empfehlenswerter Kriminalroman ...«
(Der evangelische Buchberater)

»Die Bücher aus Kleve zeichnen sich vor allem durch ihre Authenzität und die Normalität ihres Personals aus.«
(Rheinische Post)

»... auch der jüngst erschienene Roman ist geschickt konstruiert, flott geschrieben und spannend zu lesen.«
(Badische Neueste Nachrichten)

»Die diffizile Ermittlungsarbeit von Hauptkommissar Toppe, seiner attraktiven Kollegin und seiner Kollegen wird wieder realistisch dargestellt, auch ihr privates Umfeld wird einbezogen.«
(ekz-Informationsdienst)

»... geschickt werden drei Verdachtslinien nebeneinander geführt. Hat ein Einbrecher den Hausherrn niedergeschlagen? Wollte jemand seine pornographisch mißbrauchte Tochter oder Schwester rächen? Oder steht die mörderische Vergangenheit wieder auf?«
(Sächsische Zeitung)

»Mit Augenzwinkern und 'dem Volk aufs Maul geschaut', wird erzählt, und das wieder nach klassischer englischer Krimi-Art. Super beispielsweise die 'Entsorgungsgeschichte' rund ums Emmericher Krankenhaus. *Belsazars Ende* ist eine Klasse-Lektüre ...«
(NRZ)

grafit

Leenders/Bay/Leenders

Jenseits von Uedem

Der dritte Fall des Klever K 1

ISBN 3-89425-045-3 7. Auflage

»Der Krimi bietet Toxikologie für Anfänger, Beamte mit Privatleben, die realistisch lückenlose Indizienketten entwickeln, viel Lokalkolorit und Spannung bis zum Schluß.« (ekz-Informationsdienst)

»Dankenswerterweise führen Krimis ... auch in Weltgegenden ein, in die man noch nie hat reisen wollen, etwa in den linken Niederrhein, jene stockkatholische Gegend zwischen Ruhrgebiet und holländischer Grenze, die in der Literatur bisher nicht die geringste Rolle gespielt hat. Jetzt aber zeigen Hiltrud Leenders, Michael Bay und Artur Leenders, daß es auch *Jenseits von Uedem* Berichtenswertes von den Nachtseiten der menschlichen Natur gibt.« (Listen)

»Lassen Sie sich ein auf Land und Leute am Niederrhein, damit die spannende Geschichte ihren ganzen Reiz entfalten kann.«
(Der evangelische Buchberater)

»*Jenseits von Uedem* ... zeichnet sich ebenso durch menschliche Skizzierung der Personen und schwarzhumorige Untertöne aus wie durch seine Liebe zur Mundart und Schwarzbrot mit Rübenkraut.«
(Westdeutsche Zeitung)

»Im übrigen trägt zu den Freuden des Entdeckens erheblich bei, daß die Autoren sich nicht damit begnügt haben, ihr Werk mit dem Steinbeck-Zitat am Anfang zu garnieren, sondern sich fabelhafte Parallelen ausgedacht haben. ... Bei aller gekonnter Flapsigkeit, vor allem in den Dialogen, und mancher sarkastisch dargebotenen Beobachtung, es macht den Reiz und die eingangs erwähnte Realitätsnähe aus, daß in allem auch ein Stück Ernst steckt, den der Unernst nur scheinbar kaschiert.«
(WDR, Forum West)

»Das Trio Criminale vom Niederrhein schreibt packend, dicht am Alltag und entwickelt lückenlose Indizienketten. Es dürfte nicht nur am Niederrhein Fans haben.« (Brigitte)

»Das Trio Criminale will nicht nur spannend unterhalten, sondern mit all seinen Geschichtchen am Rande auch ein Stück Wirklichkeit abbilden. Die ist in Uedem nicht viel anders als in jeder Kleinstadt.«
(Rheinische Post)

grafit

Leenders/Bay/Leenders

Feine Milde

Der vierte Fall des Klever K 1

ISBN 3-89425-057-7 3. Auflage

»Erst werden zwei Säuglinge in einem abgestellten Kleinlaster bei Kleve tot aufgefunden, dann stirbt überraschend Kollege Breitenegger ... und hinterläßt nicht nur eine Frau, sondern vor allem seinen Dackel Franz-Josef. Schließlich muß auch noch Frau Jansen aus Materborn dran glauben, die Querulantin aus dem gemeinnützigen Verein "MEILE e. V.", der sich der Integration ausländischer Mitbürger widmet ... Es ist, als wenn alte Bekannte endlich aus dem Urlaub zurück sind.« (Rheinische Post, Moers)

»Wer je in einem Verein mitgearbeitet hat, dem sei *Feine Milde* wärmstens empfohlen.« (Dresdner)

»Lebensnah ist die Arbeit im Mordkommissariat dargestellt, wo es nicht ohne Animositäten untereinander, Ehrgeiz und Liebe abgeht.« (Der evangelische Buchberater)

»Das Autorentrio vom Niederrhein setzt mit dem 4. Szene-Krimi die vielversprechend begonnene Serie nach bewährtem Muster fort ...« (ekz-Informationsdienst)

»Lauter ehrenwerte, der Mildtätigkeit hingegebene Bürger vom Niederrhein mit ihrem Verein MEILE e. V., der sich um Adoptionsvermittlung und ähnliches kümmert? Bei näherem Hinsehen tut sich ein böser Filz von Neid und Profilneurosen, Intrigen und Verbrechen auf. Ein Fall für die bescheiden ausgestattete Truppe von der Klever Mordkommission, die auf der Suche nach dem Mörder eines ihrer Kollegen vom K 1 noch an ganz anderen, unverhofften Stellen fündig wird.« (Überblick)

»*Feine Milde* ist eine unterhaltsame Lektüre, die sich leicht und locker lesen läßt. Dabei sind es die Beschreibungen von Details und Personen, die das Buch so liebenswert machen.« (NRZ)

»Dabei fasziniert bei den Leenders-Bay-Leenders-Krimis nicht nur der "Plot", also der eigentliche Kriminalfall. Liebevoll werden die Charaktere vorgestellt und entwickelt, ziehen sich Handlungsstränge durch alle Romane - wie das Liebesverhältnis zwischen Toppe und Astrid Steendijk, das im neuen Roman eine Wende bekommt.« (Rheinische Post)

grafit

azmilde1296.cdr5

Krimis von Dorothee Becker

Mord verjährt nicht

ISBN 3-89425-056-9 DM 14,80

Veronika Wenger hilft ihrem Freund Donald Dack bei der Suche nach dem verschwundenen Theo de la Cour und lernt dessen Familienmitglieder kennen: das Familienoberhaupt Prof. Dr. med. Josef W. de la Cour, seine zweite Frau Grete, die spießige Tochter Ilse und die Punkie Svetlana, die mit ihrem schwulen Stiefbruder Theo das Schicksal teilt, nicht akzeptiert zu werden. Als in einer Essener Tiefgarage ein Anschlag auf sie verübt wird, ahnt Veronika Wenger, daß sie sich auf eine gefährliche Spurensuche eingelassen hat, die zu einer schrecklichen Gewißheit führt ...

»Die Figuren ... bieten einen gelungenen Querschnitt der Stadtgesellschaft.« (Gießener Anzeiger)

Der rankende Tod

ISBN 3-89425-040-2 DM 14,80

Clemens Heder stirbt auf dem Gleis der S-Bahn. Für Kommissar Schafstall gibt es am Selbstmord des Jaguar-Fahrers nicht viel herumzudeuteln. Clemens' Ex-Frau Veronika, die Ich-Erzählerin, gerät in die Rolle der Ermittlerin. Was trieb den lebenslustigen Nichtsnutz in den Selbstmord? Clemens besaß mehr Geld als ihm guttat. Aber sind Geld und reichlich Frauengeschichten Gründe zum Sterben? Die Heders hatten schon kurz vorher das Ableben eines Familienmitglieds zu beklagen.

»Die Handlung gefällt durch weitgehenden Verzicht auf rohe Gewalt, durch sympathische Figuren und durch immer neue überraschende Wendungen.« (Lexikon der Kriminalliteratur)